Pam Houston

Die Farbe des Abenteuers

Geschichten aus der Wildnis

Aus dem Amerikanischen von
Ulrike Wasel und Klaus Timmermann

Ein MALIK Buch

Piper München Zürich

Von Pam Houston liegen in der Serie Piper vor:
Die Wildnis im Herzen (3487)
Die Farbe des Abenteuers (3761)

Dieses Buch ist
David Hicks und
Dr. Andrew Loizeaux
gewidmet

Ungekürzte Taschenbuchausgabe
Februar 2003

Titel der amerikanischen Originalausgabe:
»Waltzing the Cat«, W. W. Norton & Company,
New York 1998

erschienen im Verlagsprogramm Malik
Umschlag / Bildredaktion: Büro Hamburg
Isabel Bünermann, Julia Martinez /
Charlotte Wippermann, Katharina Oesten
Foto Umschlagvorderseite: D. Madison / Getty Images / Stone
Foto Umschlagrückseite: Steve Griffin
Satz: Satz für Satz. Barbara Reischmann, Leutkirch
Druck und Bindung: Clausen & Bosse, Leck
Printed in Germany ISBN 3-492-23761-4

www.piper.de

23. Juli 1869: Nach dem Aufbruch gelangen wir sogleich an schwierige Stromschnellen und Wasserfälle, die an vielen Stellen jäher sind als in irgendeinem der Canyons, durch die wir bereits gekommen sind, und wir beschließen, diesen hier Cataract Canyon zu nennen.

Aus dem Tagebuch von John Wesley Powell,
The Exploration of the Colorado River and Its Canyons

Inhalt

Die beste Freundin, die du nie hattest

EIN WUNDERVOLLER TAG IN DER STADT BEGINNT IMMER folgendermaßen: Mein Freund Leo holt mich ab, und wir gehen zum Frühstück in ein Restaurant namens Rick and Ann's, wo man ein *Red Flannel Hash* aus Roter Beete und Speck bekommt, und dann überqueren wir die Bay Bridge und gehen in den Park des Palace of the Fine Arts, wo wir uns ins nasse Gras setzen und uns Gedichte vorlesen und über die Liebe sprechen.

In dem See wimmelt es von schwarzen, aus Sibirien importierten Schwänen, und wenn es ein schöner Tag und noch dazu Wochenende ist, finden Hochzeiten statt, fast ausschließlich asiatische. Die Bräutigame tragen schicke graue Nadelstreifenanzüge und die Frauen perlenbesetzte Kleider, die so schön sind, daß man schon vom Hinsehen Zahnschmerzen kriegt.

Die römischen Türme der Palace-Fassade ragen über uns auf, eher gelb als orange in der heller werdenden Mittagssonne. Von Leo weiß ich, daß die Türme für die 1939er Weltausstellung in San Francisco aus Gips und Pappmaché gebaut wurden und die Stadt trotz der schweren Zeiten Geld aufgebracht hat, um sie in Beton zu gießen und sie für die Ewigkeit zu erhalten.

Leo ist Architekt, und wenn man bedenkt, wie alt er ist, nämlich nur fünf Jahre älter als ich, ist seine Beziehung zu all den wunderschönen Gebäuden in dieser Stadt erstaunlich. Ich lebe vom Fotografieren; seit der Kunsthochschule arbeite ich für Zeitschriften und hangele mich von einem Stipendium zum nächsten.

Das Haus, das Leo für sich gebaut hat, ist wie ein Märchen, lauter Türme und Erker, und der letzte wilde Pfau in Berkeley lebt in seiner Straße. Ich wohne in den Oakland Hills in einem winzigen Haus an einer Straße, die so gewunden ist, daß man fast nur im Schrittempo fahren kann. Ich habe es gemietet, weil die Anzeige folgenden Wortlaut hatte: »Kleines Haus zwischen Bäumen mit Garten und Kamin. Hund selbstverständlich willkommen.« Ich habe zur Zeit keinen Hund, aber das ist nicht mein Normalzustand. Man kann nie wissen, wann mich wieder der Wunsch überkommt, dem Tierheim einen Besuch abzustatten.

Es ist ein warmer, blauer Samstag im November, und am Palace of the Fine Arts sind fünf asiatische Hochzeiten im Gange. Die jeweiligen Garderoben der Hochzeitsgesellschaften passen nicht zusammen, ergänzen einander aber, als wären sie extra bestellt worden, eine für jeden Bogen der goldenen Fassade.

Leo liest mir ein Gedicht über einen Salzsumpf im Morgengrauen vor, während ich meine alte Leica aufbaue. Ich mache immer die besten Fotos, wenn ich von niemandem dafür bezahlt werde. Wie der Schnappschuß, den ich einmal von einer Braut gemacht habe, die hinter einer Hecke mit einem Mitarbeiter vom Partyservice Walzer tanzte. Seine Kochmütze war so nach vorne geknickt, daß sie den Brautschleier oben berührte.

Dann lese ich Leo ein Gedicht über Sehnsucht in Syrakus vor. So haben wir schon immer miteinander gesprochen, Leo und ich, und es wäre die romantischste Beziehung des Jahrhunderts, wäre Leo nicht in Guinevere verliebt.

Guinevere ist eine buddhistische Weberin, und sie wohnt in einem Holzhaus auf Belvedere Island. Sie arbeitet an einem Webstuhl, den sie aus Tibet mitgebracht hat. Obwohl sie mit ihren Gobelins und Wandbehängen ein kleines Vermögen gemacht hat, weigert sie sich, die Klimaanlage in ihrem Audi zu benutzen, selbst wenn sie durchs Sacramento Valley fährt. Eine Klimaanlage, so sagt sie, zählt einfach zu den Dingen, die sie sich nicht erlaubt.

Daß Guinevere Leos Existenz offenbar nicht zur Kenntnis nimmt, ist für ihn keine große Enttäuschung, und daß sie – jedesmal, wenn sie ihm begegnet – vergessen hat, daß sie ihm schon etliche Male begegnet ist, füllt, wie er es nennt, ihren bezaubernden Korb der Unvollkommenheiten nur um eine weitere. Der einzige Buddha, den ich lieben könnte, sagt er, ist einer, der zu Vergeßlichkeit und Sünde fähig ist.

Guinevere ist in einen Mann in New York City verliebt, der ihr in einem Brief erklärt hat, es gäbe nur eines, das noch besser wäre als dreitausend Meilen zwischen ihm und dem Objekt seiner Begierde, nämlich, wenn die Frau seines Herzens eine tödliche Krankheit hätte.

»Ich könnte mich wirklich ganz und gar auf eine Beziehung mit einer Frau einlassen, die nur noch sechs Monate zu leben hat«, schrieb er. Sie zeigte mir die Worte, als wollte sie sich ihrer vergewissern, obwohl etwas in ihrem Tonfall in mir den Eindruck erweckte, daß sie stolz war.

Der einzige Mensch, von dem ich weiß, daß er in Leo verliebt ist (außer mir, ein bißchen), ist ein schwuler Mann namens Raphael, der sich in einen Hetero nach dem anderen verliebt und dann jedem eine komplette CD-Sammlung kauft. Sie kommen, sagt Leo, wie vom Columbia House Record Club, regelmäßig einmal im Monat, in einem einfachen Pappumschlag, ohne Absender und ohne Namen. Sie sind von Musikern, von denen die meisten Leute noch nie etwas gehört haben: The Nields und Boris Grebenschikow, Folklore aus den Anden, Hip-Hop und Beat.

Auf der anderen Seite des mit Schwänen betupften Sees hat eine Hochzeit soeben ihren Höhepunkt erreicht. Dem Bräutigam gelingt es, höchst feierlich und zugleich außer sich vor Freude zu wirken. Leo und ich sehen dem Kuß zu, und ich drücke auf den Auslöser, als der Kuß gerade zu Ende ist und die Hochzeitsgesellschaft in Applaus ausbricht.

»Trottel«, sagt Leo.

»Ach ja«, sage ich. »Als würdest du in diesem Moment nicht liebend gern dein Leben gegen seins tauschen.«

»Ich weiß nichts von seinem Leben«, sagt Leo.

»Du weißt, daß er daran gedacht hat, all die Dinge zu tun, die du vergessen hast.«

»Ich denke«, sagt Leo, »es wäre mir lieber, wenn du dir diese Predigt für dich selbst aufhebst.« Er deutet nach hinten über den See, wo die Braut gerade ihrer Brautjungfer in die Arme fällt, und ich mache wieder ein Foto. »Oder für einen deiner Lover mit Bindungsangst«, fügt Leo hinzu.

»Ehrlich gesagt, ich kann es ihnen eigentlich nicht verübeln«, sage ich. »Ich meine, wenn ich mich die Straße herunterkommen sähe, mit meiner ganzen Ausrüstung am Leib, weiß ich nicht, ob ich ein Auge auf mich werfen und mich aufreißen würde.«

»Natürlich würdest du das«, sagt Leo. »Und weil du das würdest und weil die Chance, daß es je passiert, so minimal ist und weil du trotzdem an der Hoffnung festhältst ... genau das macht dich zu einer wunderbaren Fotografin.«

»Wunderbar sein ist ganz nett«, sage ich zu ihm. »Aber ich wünsche mir Körperkontakt. Ich will den warmen Atem eines Menschen auf meinem Gesicht spüren.« Ich sage das so, als wäre es eine Herausforderung, was es nicht ist, wie wir beide wissen. Das Blumen streuende Mädchen auf der anderen Seite des Sees wirft aus vollen Händen Rosenblüten hoch in die Luft.

Ich kam vor über einem Jahr in diese Stadt am Meer, weil ich zuvor lange Zeit unter dem dunklen Wasser des Colorado River verbracht hatte, und ich deutete es als Zeichen dafür, daß der Fluß mich loswerden wollte. Ich hatte damals so viele Fotos von dem Chaos aufgeworfener Steine und erstarrtem Sand und endlosem Himmel gemacht, daß ich das Gleichgewicht verloren hatte und mitten hineingefallen war. Ich konnte nicht mehr unterscheiden, was das Land war und was ich.

Es gab dort einen Mann namens Josh, der bei weitem nicht genug von mir wollte, und eine Frau namens Thea, die viel zuviel wollte, und ich war zwischen ihnen eingezwängt, eine von den nachgiebigeren Felsschichten wie Kalkstein, der unter Druck verschwindet oder sich in etwas so Formloses wie Öl verwandelt.

Ich dachte, die Großstadt hätte vielleicht so etwas wie eine Ordnung: gerade Linien, glänzende Oberflächen und rechte Winkel, die mich mir selbst zurückgeben und meiner Arbeit eine andere Richtung geben würden, vielleicht hin zu einem sichereren Ort. Auch Einsamkeit war eine gerade Linie, und ich glaubte, daß ich genau das wollte, und so lud ich alles in meinen Pick-up, was hineinging, und ließ alles zurück, was ich nicht mitnehmen konnte, darunter auch zwei Paar Skier, eine voll ausgestattete Dunkelkammer und die Berge, ohne die ich, wie ich immer wieder beteuert hatte, nicht leben konnte.

Ich fuhr in Richtung Westen über den Highway 50 – *Die einsamste Straße Amerikas* steht auf den Schildern, die auf beiden Seiten aus der Wüste aufragen – durch ganz Utah und Nevada bis hinein in diese weiße, leuchtende Stadt an der Bucht.

Zunächst berauschte ich mich an der Stadt, so, wie manche sich an Wodka berauschen, an ihrer Lage, wie in einem Nest aus Erdbeerbäumen und Eukalyptus, daran, wie sie noch heller glitzert als das glitzernde Wasser, das sie umgibt, daran, wie die Golden Gate Bridge aus ihr herausgreift, wie Finger, hin zu dem wilden, weiten Ozean, der sich dahinter erstreckt.

Ich liebte den Geruch von Blaubeermuffins im Oakland Grill auf der Third Street Ecke Franklin Street, vor dessen Eingang das Pfeifen des Zuges ertönt und tätowierte Männer aller Hautfarben Kisten mit Blumenkohl, Brokkoli und Erbsen entladen.

In den ersten Wochen ging ich stundenlang durch die Straßen, verknipste an einem Tag mehr Filme, als ich mir in einer Woche leisten konnte, dieses pralle Leben in einer solch gefährlichen und unnatürlichen Nähe, all diese Geschichten, die meine Kamera erzählen konnte.

Ich ging durch die übelsten Viertel, das Blut pumpte so

laut durch meine Adern wie bei meinem ersten Anblick der Rocky Mountains vor vielen, vielen Jahren. Eines Abends im Mission-Viertel ging ich um eine Ecke und rannte förmlich in einen Typen im Rollstuhl hinein, der auf mich zielte und mich mit Urin bespritzte. Getauft, sagte ich am nächsten Tag zu meinen entsetzten Freunden, gesalbt mit dem Nektar der Stadtgötter.

Ich lernte prompt einen Mann namens Gordon kennen, und wir fuhren abends hinunter zu den Docks in Oakland und schauten hinaus auf die zwanzig Stockwerke hohen, hydraulischen Schiffshebeanlagen, die aussahen wie ein Bataillon Dobermannpinscher, die den Hafen vor möglichen Eindringlingen schützten. Gordons richtiger Name war Salvador, und er kam aus einer armen Familie, Erdbeerpflücker im Central Valley, zwei seiner Brüder waren durch Insektizidvergiftungen tot geboren worden. Er sah schon als kleiner Junge hübsch aus, mit pechschwarzem Haar, dunkler Haut, und von seiner Mutter hatte er die blauen Augen. Er verließ das Tal und zog in die Stadt, als er vom Gesetz her noch zu jung war, um den Lkw zu fahren, den er dem Plantagenbesitzer gestohlen hatte.

Er ließ ihn in zweiter Reihe vor dem Castro Theatre stehen, überredete eine Familie im Mission-Viertel, ihn gegen Arbeit bei sich wohnen zu lassen, nannte sich Gordon und bewarb sich für ein Stipendium an der San Francisco State University, um südamerikanische Literatur zu studieren.

Er hatte seinen Doktor in der Tasche, bevor er zwanzig wurde, mit einundzwanzig bereits eine befristete Dozentenstelle an der University of California in Berkeley. Als er seine erste Auszeichnung erhielt, saß seine Mutter im Publikum; als sich ihre blauen Augen trafen, nickte seine Mutter anerkennend, doch anschließend war sie nirgends zu finden.

»Ist das zu fassen?« sagte er, als er die Geschichte erzählte, mit einer solchen Mischung aus Stolz und Enttäuschung in der Stimme, daß ich nicht wußte, was unfaßbarer war: daß sie gekommen war oder daß sie verschwunden war.

»Wenn noch eine Frau, mit der ich mal zusammen war, lesbisch wird«, sagt Leo, »ziehe ich nach Minneapolis.«

Die Hochzeitsempfänge sind jetzt voll im Gange, und Lachen perlt über die Lagune zu uns herüber.

»Man könnte das auch als Kompliment auffassen«, sage ich, »wenn du dich zu einer solchen Gedankenverbiegung durchringen möchtest.«

»Möchte ich nicht«, sagt er.

»Vielleicht ist das bloß eine Wahl, die eine Frau trifft, wenn sie das Gefühl hat, daß sie alle anderen Möglichkeiten ausgeschöpft hat.«

»Ja klar, wie wenn man als Mensch anfängt«, sagt Leo, »und dann beschließt, ein Auto zu werden.«

»Manchmal denke ich, es ist entweder das oder Alaska«, sage ich. »Da stehen die Chancen besser als zehn zu eins.«

Ich muß an einen Aufkleber denken, den ich mal in Haines, Alaska, gesehen habe, nahe der Stelle, von der die Fähren ablegen und ins amerikanische Mutterland fahren: *Baby*, so der Text, *wenn du von hier weggehst, wirst du wieder häßlich.*

»In Alaska«, sage ich, »haben mir die Männer regelrecht zu Füßen gelegen.«

»Ich wette, ein paar Männer haben dir auch hier zu Füßen gelegen«, sagt er, und ich versuche, ihm in die Augen zu sehen, um herauszufinden, wie er das meint, aber er hält den Blick auf das Gedichtbändchen geheftet.

Er sagt: »Bin ich nicht die beste Freundin, die du nie hattest?«

Die letzte Frau, die Leo die große Liebe seines Lebens genannt hat, gewährte ihm drei Jahre lang nur zweimal die Woche ein Treffen. Sie war Kardiologin und wohnte im Jachthafen und sagte, sie habe den ganzen Tag mit gebrochenen Herzen zu tun und wolle nicht auch noch in ihrer Freizeit mit ihrem eigenen gebrochenen Herzen zu tun haben. Zu Beginn des vierten Jahres fragte Leo sie, ob sie sich nicht dreimal pro Woche sehen könnten, und sie brach die Beziehung auf der Stelle ab.

Danach ging Leo auf die Golden Gate Bridge. Das war, bevor dort die Telefone installiert wurden, über die man sich direkt von Psychologen betreuen lassen kann. Es war ein sonniger Tag, und es wurde Ebbe, und so weit er hinaus auf den Pazifik blicken konnte, hatten die Wellen weiße Schaumkronen. Nach einer Weile ging er wieder von der Brücke herunter, nicht weil es ihm besser ging, sondern wegen der Zahlen. Es hatte in dem Jahr bis dahin schon 250 Selbstmörder gegeben. Wären es 4 oder 199 oder gar 274 gewesen, so sagt er, hätte er es vielleicht getan, aber er war nicht gewillt, als eine so bedeutungslose Zahl wie 251 in die Statistik einzugehen.

Eine Frau, die in unserer Nähe im Gras sitzt, spricht Leo an und erzählt ihm, wie sehr er ihrem Geschäftspartner ähnlich sieht, doch in ihrer Stimme schwingt etwas mit, das ich nicht recht benennen kann, eine Eindringlichkeit, die verrät, daß sie in den Typen verliebt ist oder verrückt ist oder ihn gerade heute morgen ermordet hat und zum Palace of the Fine Arts gekommen ist, um auf ihre bevorstehende Verhaftung zu warten.

»Das Tolle an den Kaliforniern«, sagt Leo, als die Frau sich endlich verabschiedet hat, »ist, daß sie es absolut normal finden, ihre Neurosen in aller Öffentlichkeit zur Schau zu stellen, solange sie sich vorher dafür entschuldigen.«

Leo ist wie ich an der Ostküste aufgewachsen, hat wie ich Tiefkühlgemüse der Marke Birds Eye und Fleischpasteten von Swanson gegessen, vor dem Fernseher neben den Eltern und ihrem dritten Martini, und mit ihnen *What's My Line* und *To Tell the Truth* angesehen und über Gott und die Welt geredet, nur nicht über das, was nicht in Ordnung war.

»Ist da keine andere Frau außer Guinevere, in die du dich verlieben könntest?« frage ich Leo, nachdem er ein Gedicht über Taranteln und Grabwespen vorgelesen hat.

»Bei mir im Büro gibt es eine hübsche Frau«, sagt er. »Sie nennt sich Die Diva.«

»Leo«, sage ich, »merk dir das: Ich halte es für ratsam, um jede Frau einen Bogen zu machen, die einen Artikel in ihrem Namen verwendet.«

Heute verteilen Polizisten auf dem Gelände des Palace Flugblätter mit Tips, wie wir uns vor brutalen Autodieben schützen können, die seit fünf Monaten die Stadt unsicher machen. Die Gangster, so erfahren wir, gehen dabei so vor: Sie rammen von hinten den Wagen des Opfers, und wenn das Opfer aussteigt, um die Schadensregulierung zu klären, schlägt ihr – denn in der Regel ist das Opfer eine Frau – der Gangster mit einem schweren Gegenstand auf den Schädel, läßt sie auf dem Bürgersteig liegen, steigt in ihr Auto und fährt davon.

Das Flugblatt rät uns, die Türen zu verriegeln und die Fenster hochzukurbeln, wenn der andere Fahrer sich nähert, und durch die Scheibe zu sagen: »*Ich habe Angst. Ich werde nicht aussteigen. Bitte folgen sie mir bis zum nächsten Supermarkt.*« Unter keinen Umständen, so die eindringliche Warnung, sollten wir uns von dem Gangster zu Tatort Nummer zwei fahren lassen.

»Das könntest du nicht, stimmt's?« sagt Leo und schlägt mir auf den Arm wie ein Oberlehrer.

»Was meinen die wohl mit Tatort Nummer zwei?« frage ich.

»Du weichst der Frage aus, weil du die Antwort ganz genau kennst«, sagt er. »Du bist der einzige Mensch, den ich kenne, der sich lieber die Gurgel durchschneiden ließe, als zuzugeben, daß er Angst hat.«

»Weißt du«, sage ich zu Leo, um das Thema zu wechseln, »du benimmst dich nicht gerade wie jemand, der unbedingt Kinder möchte.«

»Stimmt, und du benimmst dich nicht gerade wie jemand, der gern mit Blick auf Schwäne heiraten würde.«

»Ich würd's tun«, sage ich. »Auf der Stelle. In das Brautkleid da steigen, ohne Fragen zu stellen.«

»Lucy«, sagt Leo, »im Ernst, hast du überhaupt eine Ahnung, wie viele Schritte zwischen dir und dem Brautkleid da liegen?«

»Nein«, sage ich. »Sag's mir.«

»Fünfundfünfzig«, sagt er. »Mindestens fünfundfünfzig.«

Vor Gordon war ich immer mit den starken, schweigsamen Typen zusammen, ich glaube, damit ich mir selbst ausdenken konnte, was in ihren Köpfen vorging. Gordon und ich sprachen über Worte und über die Art von Bildern, die man machen konnte, damit keine Worte mehr notwendig waren, und ich dachte, was ich immer in den ersten zehn Minuten dachte: daß ich nach jahrelangen ungezielten Würfen endlich einmal einen Treffer gelandet hatte.

Doch es dauerte nicht lange, und ich erkannte meinen Irrtum: Gordon hatte eine eifersüchtige Ader, die so heimtückisch war wie eine wärmegesteuerte Rakete, und er konnte aus einer Mücke einen Elefanten machen. In nur einer Woche wurden wir zweimal aufgefordert, ein Restaurant zu verlassen, und ich kam rasch an den Punkt, daß ich ihn, wenn die Bedienung nicht weiblich war, bat, woanders hinzugehen oder den Tisch zu wechseln.

Automechaniker, Klavierstimmer, Mitarbeiter von chemischen Reinigungen oder Männer an Mautstellen, für Gordon waren sie alle nur darauf aus, mich ins Bett zu kriegen, und ich war darauf aus, ihnen Appetit zu machen, ein Lendenstück, nannte er mich mal, und er sagte, er und alle anderen Männer in der Bay Area seien ein Rudel liebeshungriger Wölfe.

Als ich Guinevere erzählte, wie ich mich in Gordon verliebt hatte, sagte sie: »Man kriegt nur ganz wenige Chancen, sein Leben durch und durch zu spüren. Bevor – na ja – man unwillig wird.«

Ich erzählte ihr von den Dingen, die ich mich Leo nicht zu erzählen traute, daß Gordons Gesichtsausdruck von Leidenschaft in Wut umschlagen konnte, daß er mich einmal in einem Geschäft so laut anbrüllte, daß der Filialleiter mir einen Zettel zuschob, auf dem stand, daß er für mich beten werde, daß ich jede Nacht auf der Straße stand, während er den Motor seines Wagens aufheulen ließ, und schrie *bitte Gordon, bitte Gordon, fahr nicht weg.*

»Ich habe mir mal die Brust vergrößern lassen, nur um

einem Mann zu gefallen«, sagte sie. »Jetzt nehme ich nicht mal meine Armreifen ab, bevor ich ins Bett gehe.«

Guinevere hat auf ihrem Frühstückstisch zwischen dem Zucker und dem Kaffee immer eine Schale mit Karten stehen. Sie heißen Engelskarten, und sie hat sie im Esoterikladen gekauft. Auf jeder Karte steht ein Wort, *Schwesternschaft* oder *Kreativität* oder *Liebe,* und ein winziger Engel veranschaulicht mit seiner Körperhaltung das Wort.

An jenem Morgen zog ich das Wort *Balance,* mit einem kleinen Engel, der in der Mitte einer Wippe hockte. Als Guinevere ihr Wort aus der Schüssel zog, seufzte sie angewidert. Ohne noch einmal das Wort anzuschauen, ohne es mir zu zeigen, warf sie die Karte in den Abfalleimer und zog sich eine neue.

Ich ging zum Abfalleimer und fischte die Karte heraus. Das Wort lautete *Hingabe,* und der Engel blickte mit ausgebreiteten Armen nach oben.

»Ich hasse das«, sagte sie und verzog den Mund. »Letzte Woche mußte ich *Unterwerfung* entsorgen.«

Guinevere brachte mir ein Plätzchen und eine große Schachtel Kleenex. Sie sagte, daß Entscheidungen nicht gut oder schlecht sein können. Es gibt nur das Ereignis und die Lehren, die man daraus zieht. Sie korrigierte immer freundlich meine Aussprache: das *Bu* in Buddha, sagte sie, spricht sich wie *Pu* in Pudding aus und nicht wie das *Buh,* das Gespenster machen.

Als ich fünfundzwanzig war, stellte ich meinen Eltern einen jungen Mann namens Jeffrey vor, den ich heiraten wollte. Er hatte alles, von dem ich glaubte, daß mein Vater es sich wünschte: Er hatte einen Harvard-Abschluß in Betriebswirtschaft. Er hatte Flicken an den Ellbogen seiner Sportjacketts. Er spielte Golf in einem Club, der nur Männer aufnahm.

Das ganze Wochenende über tranken wir Wein und aßen die Pastete, die Jeffreys Mutter ihm von ihrer *fermette* in Südwestfrankreich geschickt hatte. Jeffrey ließ sich von meinem

Vater Tennistrophäen zeigen, die er über mehrere Jahrzehnte hinweg gewonnen hatte. Er begleitete meine Mutter, die ihre alten Liebeslieder zum besten gab, am Klavier.

Ich wartete, bis ich meinen Vater mal allein erwischte. »Papa«, sagte ich, »wie gefällt dir Jeffrey?«

»Lucille«, sagte er, »mir hat noch keiner von deinen Freunden gefallen, und daran wird sich auch wohl nichts mehr ändern. Also erspar uns beiden doch einfach die Peinlichkeit und frag nicht mehr.«

Danach ging ich wieder mit Mechanikern und Bootsführern aus. Meine Mutter behielt ein Foto von Jeffrey auf dem Kaminsims, bis sie starb.

Das erste Mal, daß ich in der Stadt überfallen wurde, war nach einer Spätvorstellung im Castro Theatre. Es ist eines der prachtvollen alten Kinos mit einem riesigen Schirmdach über dem Eingang, das den Himmel festlich erleuchtet, einer Decke wie in einer spanischen Kathedrale, schweren, roten Samtvorhängen, durchwirkt mit goldenen Glitzerfäden und einem echten Klavierspieler, der im Boden verschwindet, wenn die Vorschau beginnt.

Ich blieb immer gern noch etwas sitzen, wenn der Film zu Ende war, sah mir den Nachspann und die künstlichen Sterne an der Decke an. An jenem Dienstag verließ ich als letzte das Kino und trat in eine kühle und menschenleere Nacht.

Ich trat gerade auf die Straße, als ein Mann auf mich zukam, so nahe, daß mir schon in diesem Augenblick nicht ganz wohl dabei war.

»Haben Sie vielleicht ein bißchen Kleingeld übrig?« fragte er.

Die Wahrheit war, daß ich kein Kleingeld übrig hatte. Ich hatte mein letztes Geld zusammengekratzt, um ins Kino zu kommen, und der Kassierer hatte mich reingelassen, obwohl mir dreiunddreißig Cent fehlten.

Ich sagte, es tue mir leid, und ging in Richtung Parkplatz. Ich wußte, daß er hinter mir war, aber ich drehte mich nicht um. Ich hätte meine Schlüssel rausnehmen sollen, bevor ich das Kino verließ, dachte ich. Hätte mir nicht noch den ganzen Abspann ansehen sollen.

Etwa zehn Schritte von meinem Auto entfernt spürte ich einen festen Stoß in den Rippen. »Ich wette, du würdest das anders sehen, wenn ich eine Knarre in der Hand hätte.«

»Mag sein, daß ich es anders sehen würde«, sagte ich und fuhr mit mehr Schwung herum, als ich vorhatte, »aber Geld hätte ich trotzdem keins.«

Er zuckte zusammen und wich leicht zurück. Und als er das tat, als er den Blick von meinen Augen abwandte und hinunter auf seine Hand schaute, die irgendwas in seiner Jackentasche hielt, mußte ich daran denken, wie ich einmal einer Grizzlybärin mit einem fast ausgewachsenen Jungen über den Weg gelaufen war. Wie wir so dagestanden hatten, einander abschätzend, und daß sie genau so auf ihr Junges hinabgeblickt und mir Gelegenheit gegeben hatte, ihr verständlich zu machen, daß sie mich nicht töten mußte. Wir konnten beide unserer Wege gehen.

»Hör mal«, sagte ich, »ich hatte einen ziemlich aufwühlenden Tag, okay?« Während ich redete, griff ich in meine Handtasche und nahm die Schlüssel heraus, auch eine Art Waffe. »Und ich finde, du solltest mich einfach ins Auto steigen und nach Hause fahren lassen.«

Während er darüber nachdachte, ging ich die letzten Schritte zu meinem Wagen und stieg ein. Ich sah erst in den Rückspiegel, als ich auf dem Freeway war.

Am späteren Nachmittag haben Leo und ich mehr als genug glückliche Hochzeitspaare gesehen, und wir fahren über die Golden Gate Bridge nach Tiburon zu einem Restaurant namens Guaymas, wo wir Margaritas aus Patrón-Tequila trinken, Fischhappen essen und hinaus auf Angel Island und die Stadt schauen – die aus dieser Perspektive besonders weiß erscheint und sich wie eine Fata Morgana aus der blaugrünen Bucht erhebt.

Wir sehen zu, wie alle halbe Stunde die Fähre anlegt und

die Leute aus dem Umland ausspuckt, dann wieder welche einlädt für die Fahrt in die Stadt. Wir beneiden sie um ihre gestärkten Hemden und braunen Slipper, darum, wie ihre Kleidung Zeugnis vom Gleichgewicht in ihrem Leben abzulegen scheint.

Der Nebel zieht die Flanke des Mount Tamalpais hinunter, und die Stadt verschwindet darin und taucht wieder hervor, schimmert einen Moment lang überirdisch, ist gleich darauf grau und verschwommen wie ein Geist ihrer selbst und dann verschwunden, wie eine Gedankenblase, eine plötzliche Inspiration.

»Gestern abend bin ich allein die Telegraph Avenue hinuntergegangen. Ich war nicht gut drauf, weißt du, Gordon und ich hatten uns über John Lennon gestritten.«

»War er dafür oder dagegen?« fragt Leo.

»Dagegen«, sage ich, »aber das spielt keine Rolle. Jedenfalls habe ich geschmollt, vielleicht ein bißchen geweint, bin ziemlich schnell gegangen, und da begegne ich diesem Obdachlosen auf Krücken mit seiner kleinen Blechbüchse, und der sagt: »Ich will überhaupt kein Geld von dir, ich will bloß, daß du lächelst.«

»Und, hast du?« sagt Leo.

»Ja«, sage ich. »Ich hab nicht bloß gelächelt, sondern auch gelacht, und dann bin ich zu ihm zurück und hab ihm das ganze Geld gegeben, das ich bei mir hatte, was zwar nur achtzehn Dollar waren, aber immerhin. Ich hab ihm gesagt, den Spruch sollte er unbedingt öfter anbringen.«

»Ich liebe dich«, sagt Leo und nimmt meine Hände. »Ich meine, auf die gute Art.«

Als ich vier Jahre alt und mit meinen Eltern in Palm Beach war, soll ich einen dreihundert Kilo schweren Zementkübel von seinem Sockel gezogen haben; er ist mir dann auf die Beine gefallen und hat mir beide Oberschenkel gebrochen. Alle anderen Kübel auf der Worth Avenue waren mit Sträuchern bepflanzt, die zu Tieren gestutzt waren, und dieser eine war mir mit meinen neunzig Zentimetern Körpergröße leer erschienen. Als meine Eltern mich fragten, warum ich denn unbedingt in den Kübel klettern wollte, sagte ich, ich hätte gedacht, daß Fische drin seien, und sie mir ansehen wollen; heute weiß ich nicht mehr, ob ich mir richtige Fische vorgestellt hatte oder bloß winzige, in Fischform geschnittene Sträucher.

Der Kübel, so die Geschichte, sollte repariert werden und war leer. Deshalb kippte er um und fiel auf mich. Mein Vater rollte ihn mit diesen übermenschlichen Kräften, von denen immer erzählt wird, von mir runter – ich schrie wie am Spieß – und hielt mich auf dem Arm, bis der Rettungswagen kam.

Die nächsten sechs Wochen waren die besten meiner Kindheit. Ich lag im Krankenhaus, umgeben von Ärzten, die mir Geschenke brachten, Krankenschwestern, die mir Geschichten vorlasen, jungen Mädchen, die ehrenamtlich im Krankenhaus arbeiteten und mit mir spielten.

Wenn meine Eltern mich besuchten, freuten sie sich immer, mich zu sehen, und waren meist nüchtern.

Die weiteren Jahre meiner Kindheit verbrachte ich damit, mir immer wieder vorzustellen, ich würde krank oder hätte einen Unfall, damit ich bloß wieder ins Krankenhaus käme.

Letzten Monat fragte Gordon mich, ob ich nicht Lust hätte, mit ihm am Strand von Point Reyes zu zelten; er wollte mir beweisen, so sagte er, daß er sich für mein Leben interessiert. Ich hätte, seit ich in die Stadt gezogen war, keine einzige Nacht mehr draußen geschlafen, sagte er, und ich vermißte doch bestimmt das Gefühl des harten Bodens unter mir oder den Geruch meines Zeltes im Regen.

Gordon lieh sich einen Rucksack, besorgte die Genehmigung des Nationalparks, nahm sich das Wochenende frei, studierte die Karten. Ich hatte am Samstag einen Dunkelkammer-Workshop in Corte Madeira. Gordon wollte mich um vier Uhr abholen, wenn der Workshop zu Ende war; wir würden gerade noch Zeit haben, um die Küste hoch zur Point Reyes Station zu fahren und eine Stunde zum ersten

Camp zu wandern. Am zweiten Tag sollte es zum Strand gehen, bis zum Leuchtturm, und wieder zurück zum Wagen, was wir so eben schaffen konnten, bevor es dunkel wurde.

Inzwischen wußte ich aus Erfahrung, wann sich Ärger anbahnte, und an dem Morgen wartete ich mit Gordon im Wagen, während zuerst ein Mann, der viel zu jung für mich war, und dann ein weiterer, der viel zu alt für mich war, in das Lagerhaus gingen, wo mein Workshop stattfinden sollte.

Ich sah den Surfer erst, als ich aus dem Wagen stieg, groß und blond und ein bißchen atemberaubend, Aktentasche unter dem Arm, der normalerweise das Surfbrett hielt. Ich achtete sorgsam darauf, ihm nicht in die Augen zu schauen, aber sein Händedruck fand mich trotzdem. Als er mir die große Tür aufhielt, ging ich hinein. Das Quietschen der Reifen hinter mir klang für mich, als dränge es durch eine Tonne Metall hindurch.

Daß Gordon da war, als der Workshop um zwei Minuten nach vier zu Ende ging, überraschte mich ein wenig. Dann stieg ich in den Jeep und sah, daß hinten nur ein Rucksack lag. Gordon fuhr, ohne ein Wort zu sagen, die Küste hoch nach Point Reyes. Stinson, Bolinas, Dogtown und Olema. Die weißen Reiher in der Tomales Bay hatten die Köpfe unter die Flügel gesteckt.

Er hielt dort, wo der Wanderpfad beginnt, stieg aus, warf meinen Rucksack ins Dünengras, öffnete meine Tür und versuchte, mich kraft seines Blickes vom Sitz zu wuchten.

»Das soll wohl heißen, daß du nicht mitkommst«, sagte ich, während ich überlegte, wie wir es mit einem Rucksack schaffen könnten, weil ich die Hoffnung nicht aufgeben wollte, daß der Tag doch noch zu retten war.

Sie denken jetzt bestimmt, warum ist sie nicht einfach ausgestiegen, ohne ihn eines Blickes zu würdigen, warum hat sie sich nicht den Rucksack umgeschnallt und ist losmarschiert? Und wenn ich Ihnen erzähle, daß ich statt dessen bis ganz nach hinten in den Wagen gekrochen bin, mich am Gepäcknetz festgehalten habe, als wäre ein Tornado im

Anzug, und so lange ohrenbetäubend geschrien habe, bis Gordon wieder in den Wagen stieg, bis wir wieder auf der Küstenstraße waren, bis wir die Brücke passiert hatten und wieder in Gordons Wohnung waren, bis er mir sagte, wenn ich Ruhe gäbe, könnte ich bleiben, dann müssen Sie sich fragen, wie eine Frau, selbst wenn sie dergleichen getan hat, es auch noch zugeben kann.

Ich könnte Ihnen von den sechzehn zu Schrott gefahrenen Autos in meinen ersten fünfzehn Wintern erzählen. Vom Heiligen Abend, an dem mein Vater und ich in einem Plymouth Fury viermal zwischen Mittelstreifen und Leitplanke hin und her schleuderten und uns neunmal überschlugen, daß man uns mit Schneidbrennern aus dem Wrack befreien mußte, daß mein Vater, vom Whiskey geschmeidig gemacht, unverletzt davonkam. Ich könnte Ihnen erzählen, wie mich einmal die Tochter unserer Nachbarn regelrecht entführte, als sie meine Eltern im Streit schreien hörte, daß sie sich sogar weigerte, mich herauszugeben, als die Polizei mit einem Gerichtsbescheid kam, wie ihre zehn Jahre alte Hand ausgesehen haben muß, die meine drei Jahre alte hielt, daß das Ganze schließlich eine lustige Anekdote wurde, die sowohl ihre als auch meine Eltern gern zum besten gaben. Ich könnte Ihnen haargenau den hohlen Klang schildern, den eine leere Flasche erzeugt, wenn sie auf Resopal trifft, wie es ist, wenn der Herd an ist und die Pfanne darauf schon qualmt und man keine Chance hat, den Knopf zum Abschalten zu erreichen.

Ich könnte Ihnen erzählen, was ich mir selbst bei Gordon vorgelogen habe. Daß irgendeiner immer noch besser ist als keiner. Und Sie werden genau verstehen, warum ich in dem Jeep geblieben bin, es sei denn, Sie zählen zu den Glücklichen, dann werden Sie es nicht verstehen.

»Hab ich dir schon erzählt, wie ich mal überfallen worden bin?« fragt Leo mich, und wir beide wissen, daß er es mir schon mal erzählt hat, aber es ist seine Lieblingsgeschichte.

»Ja«, sage ich, »aber ich würd's gern noch einmal hören.«

Bevor Leo sein Haus auf der Straße mit den Pfauen baute, wohnte er in der Stadt zwischen North Beach und den Piers. Eines Abends, als er aus seinem Wagen stieg und mit seinen Schlüsseln hantierte, wurde er überfallen; der Mann hatte eine Waffe, und er hatte sich von hinten an ihn herangeschlichen.

Leo hatte ganze dreizehn Dollar bei sich, und als er dem Mann das Geld anbot, dachte er, der würde ihn auf der Stelle erschießen.

»Du hast eine Kontokarte«, sagte der Mann. »Los, wir fahren zum Geldautomaten.«

»He«, sage ich, als er diesen Teil erzählt, »das heißt, du bist zu Tatort Nummer zwei gefahren.«

Den Teil, den ich absolut nicht mag, ist der, wie er Leo die Brille abnahm. Er sagte, er werde fahren, aber wie sich herausstellte, kannte er sich nicht mit Schaltgetrieben aus, und die Kupplung wurde heiß und fing an zu qualmen, als sie den Nob Hill hochfuhren.

»Ich heiße Bill«, sagte der Mann, und Leo dachte, da sie so freundlich miteinander umgingen, könnte er ihm doch anbieten, das Kuppeln und Schalten zu übernehmen, um zu retten, was von seinem Wagen noch übrig war. Erst als Leo näher an ihn heranrückte, rittlings auf dem Schaltgehäuse sitzend und gegen Bills Schulter gestützt, roch er das Blut unter Bills Jacke und wußte, daß er angeschossen worden war.

So fuhren sie zum Marina Safeway, Bill hatte die Augen auf der Straße und die Hände am Lenkrad, Leo betätigte, so gut es ging, die Kupplung und den Schalthebel.

Am Geldautomaten sah Leo sich nach Hilfe um, aber er konnte niemanden auf sich aufmerksam machen, weil Bill zu dicht neben ihm stand und ihm die Waffe in die Seite drückte.

Alle denken, wir sind ein Paar, dachte er, und Lachen stieg in ihm hoch. Er log Bill an, er könne am Automaten immer nur jeweils hundert Dollar abheben, drückte die Tasten und übergab ihm das Geld.

Sie fuhren auf die gleiche siamesische Art und Weise zu Leos Straße zurück, und als sie ankamen, bedankte Bill sich bei Leo, schüttelte ihm die Hand und bat ihn noch um einen Gefallen, bevor er sich davonmachte.

»Ich gebe dir eine Telefonnummer«, sagte Bill. »Meine Freundin in Sacramento. Ruf sie an und sag ihr, daß ich es geschafft habe.«

»Klar«, sagte Leo und faltete den Zettel zusammen.

»Schwör es bei Gott.«

»Klar«, sagte Leo, »ich ruf sie an.«

Bill drückte Leo die Pistole auf den Bauchnabel. »Sag es, du Arschloch, sag, ich schwör es bei Gott.«

»Ich schwöre bei Gott«, sagte Leo, und Bill ging davon.

In seiner Wohnung machte Leo den Fernseher an und schaltete die Letterman-Talk-Show ein. Als das Zittern aufgehört hatte, rief er die Polizei an.

»Da können wir nicht viel machen«, sagte die Frau am anderen Ende der Leitung. »Wir könnten Ihren Wagen mit Fingerabdruckpulver einstäuben, aber das gibt 'ne ziemliche Sauerei.«

Zwei Stunden später suchte Leo im Telefonbuch die Nummer eines katholischen Priesters heraus.

»Nein«, sagte der Priester, »Sie müssen sie nicht anrufen. Sie haben schließlich in einer Extremsituation, in die Sie ein gottloser Mensch gebracht hat, bei Gott geschworen.«

»Ich halte die Antwort nicht für richtig«, hatte ich gesagt, als ich die Geschichte zum erstenmal hörte, und ich sage es heute wieder. Beim ersten Mal hatten wir darüber gesprochen, was unter Gottlosigkeit zu verstehen ist und ob eine Situation, die verlangt, daß man bei Gott schwört, an sich extrem ist.

Aber heute denke ich weder an Bill noch an Leos Dilemma, sondern an die Freundin in Sacramento, daran, daß ihr Freund, der angeschossen und blutend Architekten entführt, trotzdem noch an sie denkt.

Und ich frage mich, was wohl der Grund dafür war, daß sie mit einem Mann zusammenblieb, der von Verbrechen lebte, und ob er es an dem Abend noch zu ihr schaffte und sie ihm in der Küche seine Wunden versorge. Ich frage mich, wie sie sich selbst sah, als welchen Teil der Geschichte, und wieviel sie in ihren Ausgang investiert hatte.

»Ich habe große Angst davor«, hatte Gordon an unserem ersten gemeinsamen Abend an den Docks gesagt, »schwach und wertlos zu sein. Deshalb binde ich die Menschen an mich und versuche dann, sie zu brechen, damit sie genauso schwach und wertlos werden, wie ich es bin.«

Ich möchte wissen, warum ich hören konnte, was er sagte, und es doch nicht hörte, warum ich glaubte, die Geschichte könnte für mich anders ausgehen.

Das mit Gordon und mir ging eines Abends in einer Kneipe auf dem Jack London Square zu Ende, als wir uns das Spiel der 49er gegen die Broncos ansahen. Es war Joe Montanas letztes Jahr in San Francisco, und es kursierten bereits Gerüchte über seinen Wechsel zu den Kansas City Chiefs.

Es war ein knappes Spiel kurz vor Ende der Saison. Die Broncos hatten einen Zwanzig-Punkte-Vorsprung herausgeholt, den sie im Laufe des Spiels wieder einbüßten. Zwei Minuten vor Schluß legten Elway und Montana so elegante Angriffe hin, als hätten sie das vor dem Spiel abgesprochen. Eine Minute und zwanzig Sekunden vor dem Schlußpfiff hatte Joe Montana eine letzte Chance zu glänzen.

»Erzähl mir nicht, du bist ein Bronco-Fan«, sagte ein Typ neben mir, der später dazugekommen war.

»Es ist ein harter Job«, sagte ich, ohne die Augen von dem Fernsehapparat zu nehmen. Zum rund vierhundertsten Mal an dem Abend richtete sich die Kamera auf eine in Tränen aufgelöste, besorgte oder ekstatische Jennifer Montana, die schönen Hände schützend um ihre wunderhübschen, blonden, kleinen Mädchen gelegt.

»Herrgott«, sagte ich, als das Spiel etliche Sekunden zu spät wieder eingeblendet wurde, »man könnte meinen, Joe Montana ist der einzige Football-Spieler in Amerika, der eine Frau hat.«

Der Typ neben mir lachte rauh auf. Joe führte sein Team wieder mal zum Sieg.

Auf dem Weg zum Wagen sagte Gordon: »Das hasse ich an euch Sportfans. Ihr erschafft euch einen Helden wie Joe Montana, nur damit ihr jemanden habt, den ihr vom Podest stürzen könnt.«

»Ich habe absolut nichts gegen Joe Montana«, sagte ich. »Ich finde, er wirft den Ball wie ein Engel. Ich sehe ihm einfach lieber zu als seiner Frau.«

»Ich hab gemerkt, wem du lieber zusiehst«, sagte Gordon, als wir am Wagen waren und er mit lautem Türenknallen einstieg.

»Gordon«, sagte ich, »ich weiß nicht mal, wie der Mann ausgesehen hat.«

Der Mond stand dick und rund über der Gegend von Oakland, in die sich spätabends niemand mehr hineintraut, und während ich in ihm nach einem Gesicht suchte, wußte ich, daß es nicht die geringste Rolle spielte, was ich sagte.

Gordon fuhr gern durch die miesesten Straßen, wenn er miesester Stimmung war, und er tobte, ich würde mit dem Hintern wackeln und ich sollte bloß den Reißverschluß meiner Hose geschlossen halten, und mir fiel nichts anderes ein, als ihn daran zu erinnern, daß ich einen Rock trug.

Mit quietschenden Bremsen hielt er am Ende meiner Zufahrt, und ich stieg aus und ging auf den dunklen Eingang zu.

»Fragst du mich nicht, ob ich noch mit reinkommen will?« sagte er. Und ich dachte an die Monate voller Nächte wie dieser, in denen ich ihn um Verzeihung bat und anflehte zu bleiben.

»Ich möchte, daß du das selbst entscheidest«, sagte ich über die Schulter, und er warf den Gang ein, gab Gas und fuhr mit quietschenden Reifen davon.

Zuerst kamen die Nachrichten, die an meine Tür geklebt waren, einzelne ausgeschnittene Wörter aus zehn verschiedenen Schriftarten, mit so vielen Schichten Klebeband bedeckt, daß sie wie mehrfach lackiert wirkten. Dann kamen die Fußabdrücke in meinem Garten, der Sirup in meinem Benzintank, meine Schals, die wie Galgenschlingen um die Äste der Bäume gebunden waren. Eines Tages öffnete ich einen Briefumschlag von einer Zeitschrift, für die ich Fotos gemacht hatte, und fand meinen Scheck in hundert Fetzen zerrissen, wonach er zurück in den Umschlag, zurück in den Briefkasten gesteckt worden war.

Am späten Nachmittag wechseln Leo und ich von Margaritas zu Milchkaffee, und der Nebel löst sich noch immer nicht ganz auf.

»Ich stelle mir vor«, sage ich, »daß ich eines Abends nach Hause komme und Gordon taucht aus der Dunkelheit auf dem Bürgersteig auf, eine .357er Magnum in der Hand, und mein letzter Gedanke ist: ›Tja, du hättest dir ja denken können, daß das als nächstes passiert, ist schließlich nur logisch.‹«

»Ich begreife nicht, warum du in dieser Sache so zäh sein mußt«, sagt Leo. »Wieso gehst du nicht zur Polizei oder so?«

Ich sage: »In dieser Stadt ist es nicht gut, ohne Hund zu leben.«

Leo legt den Arm um mich; an der Art, wie er es macht, merke ich, daß er meint, es tun zu müssen.

»Wünschst du dir manchmal«, frage ich, »du könntest einfach so verschwinden wie die Stadt dahinten?«

»Das kann ich«, sagt Leo. »Und ich tu's auch. Noch mehr wünsche ich mir, daß ich bleiben könnte, wenn ich wollte.«

Die Fähre legt erneut vor uns an, und wir sitzen schweigend da, bis das Pfeifen aufhört und das Boot wieder abgelegt hat.

»Hast du manchmal Angst«, will ich von Leo wissen, »daß so viele Dinge, die du brauchst, in dir herumwirbeln, daß sie dich irgendwann einfach überrollen, einhüllen, ersticken, bis du stirbst?«

»Ich glaube nicht«, sagt Leo.

»Ich meine nicht Sex«, sage ich, »oder eigentlich nicht mal Liebe, bloß all diese *Bedürfnisse*, die dich nicht loslassen, so daß es, selbst wenn du ab sofort alles anders machen würdest, schon zu spät ist, um jemals ganz zufrieden zu sein.«

Leo blickt unverwandt auf die Stadt, die wieder zum Vorschein gekommen ist, der Coit Tower ragt leicht geneigt empor wie gestapelte Pepperoni-Pizzas.

»Noch bis vor wenigen Jahren bin ich exakt alle sechs Monate in das Haus eines Fremden eingebrochen«, sagt er. »Meinst du so was in der Art?«

»Genau«, sage ich. Ein Nebelband fegt hinab, schneller als die anderen, und nimmt die Stadt mit, auch die Stelle, an der Leo überfallen wurde, auch die Wohnung, in der Gordon jetzt wohnt.

Als ich achtzehn war, traf ich mich mit meinen Eltern in Phoenix, Arizona, wo wir uns im Fiesta Bowl das Footballspiel der Penn State University gegen die University of Southern California ansehen wollten. Ich war mit dem Auto aus Ohio, sie mit dem Flugzeug aus Pennsylvania gekommen, und wir drei fuhren – zum erstenmal überhaupt – zusammen in meinem Wagen.

Mein Vater wollte, daß ich sie durch die wohlhabenden Vororte mit Namen wie Carefree und Cave Creek fuhr. Er hatte an dem Tag schon früher als sonst angefangen zu trinken, meine Mutter auch, und er hatte sich in den Kopf gesetzt, mit eigenen Augen zu sehen, wie die höchste Fontäne der Welt pro Minute über tausend Liter Wasser in die ausgetrocknete, gierige Wüstenluft schleudert.

Wir waren halb durch Cave Creek hindurch, kurz vor der Fontäne, als der Cop mich stoppte.

»Tut mir leid, daß ich Sie anhalten muß«, sagte er, »aber ich fahre seit vier oder fünf Minuten hinter ihnen her, und ich muß Ihnen sagen, ich weiß wirklich nicht, womit ich anfangen soll.«

Auf dem Namensschildchen des Cop stand Martin »Mad Dog« Jenkins. Mein Vater stieß einen Seufzer aus, der im Wagen hing wie Nebel.

»Also, erstens«, sagte Officer Jenkins, »sind Sie in einer

Fünfundzwanzig-Meilen-Zone dreiundvierzig gefahren. Dann haben Sie nicht nur eins, sondern zwei Stoppschilder überfahren, ohne richtig zu halten, und Sie sind nach rechts abgebogen und dann gleich rüber auf die mittlere Fahrspur geschossen.«

»Meine Güte!« sagte mein Vater.

»Ein Rücklicht funktioniert nicht«, sagte Officer Jenkins, »und entweder sind Ihre Blinker kaputt, oder Sie benutzen sie bewußt nicht.«

»Hörst du das?« sagte mein Vater zu niemandem Spezielles.

»Darf ich Ihren Führerschein und Ihre Zulassung sehen?«

»Den Führerschein hab ich in Ohio vergessen«, sagte ich.

Im Wagen herrschte Schweigen.

»Dann warten Sie bitte einen Moment«, sagte Officer Jenkins, »ich frag über Funk nach.«

»Was ich nicht kapiere«, sagte mein Vater, »ist, daß jemand mit so wenig Verantwortungsbewußtsein in diesem Land überhaupt einen Führerschein kriegt.«

Er öffnete die Lüftung und schloß sie wieder, öffnete sie und schloß sie wieder. »Ich meine, man muß sich doch fragen, ob sie morgens überhaupt aus dem Haus gelassen werden sollte.«

»Warum sprichst du es nicht einfach aus, Robert«, sagte meine Mutter. »Sag, was du denkst. Sag *Tochter, ich hasse dich.*« Ihre Stimme fing an zu beben. »Jeder sieht es. Jeder weiß es. Sag es doch einfach.«

»Ms. O'Rourke?« Officer Jenkins war wieder am Fenster.

»Los, raus mit der Sprache«, fuhr meine Mutter fort. *»Officer, ich hasse meine Tochter.«*

Der Cop warf einen kurzen Blick auf den Rücksitz.

»Wie man mir mitgeteilt hat, Ms. O'Rourke«, sagte Officer Jenkins, »sind Sie verpflichtet, eine Sehhilfe zu tragen.«

»Das stimmt«, sagte ich.

»Und tragen Sie im Moment Kontaktlinsen?« In seiner Stimme schwang so etwas wie Hoffnung mit.

»Nein, Sir.«

»Kann sie noch nicht mal lügen?« sagte mein Vater. »Wegen so einer Kleinigkeit?«

»Okay, also auf drei«, sagte meine Mutter. *»Tochter, ich wünschte, du wärst nie geboren.«*

»Ms. O'Rourke«, sagte Officer Jenkins, »ich werde es heute bei einer Verwarnung bewenden lassen.« Mein Vater verkniff sich ein Lachen.

»Vielen Dank«, sagte ich.

»Ich sage es nur ungern, Ms. O'Rourke«, sagte der Cop, »aber ich wüßte nicht, womit ich Sie noch bestrafen könnte.« Er gab mir die Hand. »Fahren Sie bitte vorsichtig«, sagte er, und weg war er.

Als das Football-Spiel vorüber war, fuhren meine Eltern und ich hinauf nach Carefree zu einer Silvesterparty bei einem Bekannten meiner Mutter, einem schwulen Mann, der wie sie einem Weinclub mit dem Namen Royal Order of the Grape angehörte. Mein Vater war nicht glücklich darüber, aber er sagte nichts. Ich wollte einfach nur den Silvesterball im Fernsehen anschauen, wie jedes Jahr als Kind mit meiner Babysitterin, aber die Männer auf der Party zeigten einen selbstgedrehten Film nach dem anderen von der feierlichen Aufnahme in den Club, während immer mal wieder zwei oder drei Partygäste mit in den Keller genommen wurden, um die Flaschen zu bestaunen und den Wein zu probieren.

Als mein Vater sich eine Zigarette anzünden wollte, wurde er schneller nach draußen gescheucht, als ich ihn je hatte gehen sehen. Ich war zu jung, um mit in den Keller genommen zu werden, zu alt, um verhätschelt zu werden, und so ging ich, nachdem ich eine weitere halbe Stunde ignoriert worden war, nach draußen zu meinem Vater.

»Lucille«, sagte er, »wenn du mal so alt bist wie ich, geh zu keiner Silvesterparty, auf der du nicht rauchen darfst.«

»Okay«, sagte ich.

»Deine Mutter«, sagte er, wie er es immer tat.

»Ich weiß«, sagte ich, obwohl ich es nicht wußte.

»Wir kriegen das mit der Liebe einfach nicht richtig hin in

unserer Familie, aber ...« Er stockte, und der Himmel über Phoenix explodierte farbig, Schirme aus Rot und Grün und Gelb. Ich hatte noch nie ein Feuerwerk von oben gesehen.

»Kommt rein, kommt rein, wir stoßen aufs neue Jahr an!« rief unser Gastgeber von der Tür aus. Ich hätte mir nichts sehnlicher gewünscht, als daß mein Vater seinen Satz beendete, aber er drückte seine Zigarette aus, stand auf und ging ins Haus. Ich habe den Satz seitdem hundertmal für ihn beendet, aber nie zu meiner Befriedigung.

Wir bezahlen die Rechnung, und Leo erzählt mir, daß er vorübergehend ein acht Meter langes Segelboot zur Verfügung hat; es liegt in Sausalito und gehört einem Mann, den er kaum kennt. Der Nebel hat sich so weit gelichtet, daß wir sehen können, wo die Sonne sein müßte, und drüben an der Golden Gate Bridge ist es noch heller; wir fahren mit dem kleinen Boot hinaus und nehmen Kurs auf die Helligkeit, so, wie es ein richtiges Paar an einem Samstag nachmittag tun würde.

Es ist ein seltsames Boot, so gebaut, daß es bei leichtem Wind schnell vorankommt, und zweihundert Meter bevor wir in den dunklen Schatten der Brücke eintauchen, übergibt Leo mir die Ruderpinne. Als ich allmählich ein Gefühl dafür bekomme, blickt Leo nach hinten und sagt: »Ich glaube, wir fahren ein Rennen«, und auch ich schaue mich um und sehe ein Boot auf uns zukommen, zweimal so groß und zehnmal so teuer, sagt Leo, wie unser Boot.

»Dann solltest du vielleicht wieder übernehmen«, sage ich.

»Du machst das gut«, sagt er. »Konzentrier dich einfach auf das, was da draußen ist, und steuer drauf zu.«

Zunächst kann ich nur daran denken, wie Leo auf der Brücke hockt und sich Zahlen durch den Kopf gehen läßt, und an eine Geschichte, die Gordon mir erzählt hat, über zwei Typen, die sich dort oben auf dem Gehweg treffen und feststellen, daß sie beide gesprungen sind und überlebt haben.

Dann laß ich meine Gedanken an den Klippen und Wellenbrechern vorbeigleiten, vorbei an den Landzungen der Marin-Halbinsel und an den Navigationsbojen, dorthin, wo die Wellen die Küste verschlingen und Hawaii das einzige zwischen mir und der endlosen Weite ist. Wie stehen meine Chancen, dorthin zu gelangen, wenn ich einfach auf den Horizont zusteuere und nicht vom Kurs abweiche?

Ich kann hören, wie der Bug des großen Bootes direkt hinter uns die Wellen durchpflügt, und ich konzentriere mich noch angestrengter auf ein Universum, in dem es nichts als tiefes, blaues Wasser gibt.

»Du hast ihm Angst eingejagt«, sagt Leo. »Er dreht ab.«

Das große Boot macht kehrt, fährt zurück Richtung Hafen, genau in dem Moment, als der riesige Schatten der Brücke unseren Bug berührt. Leo springt auf und umarmt mich, als hätten wir den America's Cup gewonnen. Über uns zittert das gewaltige orangefarbene Ungeheuer ganz leicht im Wind.

Wir segeln hinaus bis ans Ende der Landzunge, wo der Seegang so stark ist, daß uns ein wenig schlecht wird, und schließlich nimmt Leo mir das Ruder aus der Hand und wendet das Boot. Hier ist es so sonnig wie auf den Bermudas, und ich bin von dem Bootsrennen noch immer so high, daß ich mir einreden kann, daß es wirklich nichts zu befürchten gibt. Wie manchmal, wenn man einen Film ansieht und sich derart in der Geschichte verliert, daß man sich gar nicht an sein eigenes Leben erinnern kann, wenn man aus dem Kino kommt.

So könnte man beispielsweise vergessen, daß man in einer Stadt lebt, in der die Menschen so viele Möglichkeiten haben, daß sie Worte wegwerfen, oder so wenige, daß sie für hundert Dollar in deinem Auto bluten. Du könntest die elf oder gar zwölf zu Schrott gefahrenen Autos vergessen. Du könntest vergessen, daß du nie damit gerechnet hast, mit einunddreißig allein zu sein, oder daß ein Verrückter dir mit einer Pistole auflauern könnte, wenn du abends nach Hause kommst, oder daß ausnahmslos alle Leute, die du kennst, in irgend jemanden verliebt sind, der ihre Liebe niemals erwidern wird.

»Ich habe Angst«, sage ich zu Leo, und diesmal blickt er mir in die Augen. Der Nebel hängt in der Mitte der Bucht wie über einem großen Topf Suppe, und wir werden jeden Moment in ihn hineinfahren.

»Ich kann dir nicht helfen«, sagt Leo und kneift die Augen gegen den Dunst zusammen.

Als ich zwei Jahre alt war, nahm mein Vater mich mit an den Strand in New Jersey, trug mich in die Brandung, bis ihm die Wellen gegen die Brust schlugen, und warf mich dann ins Wasser wie einen Hund, wohl um zu sehen, ob ich schwimmen oder untergehen würde.

Meine Mutter, die aus den Rocky Mountains stammte, wo jedes Gewässer zu kalt zum Schwimmen war, und der von Geburt an gesagt worden war, nie ihr Gesicht naß werden zu lassen (sie ging nur in die Badewanne, niemals unter die Dusche), wurde am Strand so hysterisch, daß Rettungsschwimmer ins Wasser sprangen, um mich zu retten.

Es war jedoch nicht nötig. Als sie meinen Vater erreichten, hatte ich den Schwimmtest bereits bestanden, war so kräftig und schnell geschwommen, wie mich meine ungeübten Gliedmaßen tragen wollten, und mein Vater setzte mich auf seine Schultern, lächelnd und stolz und ein wenig überrascht.

Ich bringe Leo dazu, auf dem Nachhauseweg am Palace of the Fine Arts vorbeizufahren, obwohl der Weg über die Richmond Bridge kürzer wäre. Auch dort ist inzwischen der Nebel, und die letzten Bräute machen sich Sorgen um ihre Frisur, während die Bräutigame ihnen in die großen, dunklen Autos helfen, die sie auf schnellstem Weg in die Hochzeitssuite im Hotel Vier Jahreszeiten bringen werden oder zum Flughafen, wo sie Maschinen nach Tokio oder Rio besteigen.

Leo bleibt im Wagen, während ich zurück zum Teich gehe. Die Wege sind mit Rosenblütenblättern und künstlichem Reis übersät, der sich im Regen auflöst. Sogar die Schwäne haben Pärchen gebildet, die Federn ihrer Innenflügel berühren sich beinahe, ihre langen Hälse neigen sich leicht zueinander, die Spitzen ihrer Schnäbel bilden fast ein geschlossenes M.

Ich mache ein Foto von den Schwänen und ein Foto von den Rosenblütenblättern, die auf den Gehweg bluten. Ich trete unter den größten Bogen und verbeuge mich vor meinem imaginären Ehemann. Er nimmt meine Hand, und wir drehen uns dem Priester zu, der sich vor uns verbeugt, und wir verbeugen uns erneut.

»Ich habe Angst«, sage ich wieder, aber diesmal kommt es kräftiger heraus, fast so, als würde ich singen, als wäre es vielleicht der erste Schritt – von fünfundfünfzig oder tausend – zu etwas wie einem richtigen Leben, der allererste Schritt auf etwas zu, das von Dauer sein wird.

Cataract

EIGENTLICH STAND DIE REISE VON ANFANG AN UNTER einem ungünstigen Stern: Josh vergaß den Campingkocher *und* den Zwanzig-Liter-Thermosbehälter, dachte aber erst am Telefon des Truck-stop daran, mir von dem Kocher zu erzählen, und nachdem Henrys Flug aus Chicago mit vier Stunden Verspätung in Salt Lake City gelandet war, stritten er und Thea sich wie Teenager darüber, wer im Jeep vorne sitzen durfte, bevor wir endlich auf der Interstate 15 in Richtung Süden unterwegs waren.

Ich legte eine Leonard-Cohen-Kassette ein, die Thea gegen irgend etwas Hardrockiges und Unverständliches auswechselte, das Henry gegen »Living and Dying in 3/4 Time« von Jimmy Buffett auswechselte.

Thea sagte: »Henry ist nicht eher zufrieden, bis die Musik, die er hört, mindestens drei Kulturen gleichzeitig ausschlachtet.«

Drei Jahre zuvor war Josh in mein Leben getreten, weil er wissen wollte, wie man Flüsse befährt, zwei Jahre zuvor hatte ich ihm rudern beigebracht, sechs Monate zuvor hatte er beschlossen, daß er mehr vom Fluß verstand als ich, und zwei Wochen zuvor hatte er aufgehört zu sprechen und angefangen, unverzichtbare Ausrüstungsteile zu vergessen.

Als wir nach Hite's Crossing kamen, wo wir den Jeep stehenlassen wollten, konnten wir den Piloten nicht finden, der uns flußaufwärts fliegen sollte.

Die kleine Beechcraft 270 stand auf der Piste, ihre Flügel zerrten an der Drahtvertäuung, und ich wußte, daß wir kostbare Zeit verlieren würden, während wir alle die Buchten und Wasserläufe nach dem Piloten absuchten, die Hände schützend über die Augen gelegt, über den Rand unserer Sonnenbrillen, um das grelle Licht und den heißen Wind und die schwindelerregenden nachmittäglichen Hitzeschwaden abzuhalten.

Als wir ihn schließlich fanden, war der Wind noch heftiger geworden, und der Pilot sagte, es sei zu stürmisch, um zu fliegen, und wir sollten ihn doch bitte auf dem laufenden halten, während er mal kurz rüber zur Wohnwagensiedlung laufe, wo er eine Freundin habe, und er werde – dabei zwinkerte er Henry zu – bloß eine Minute brauchen, um nach ihr zu sehen.

Thea und ich setzten uns auf der kurzen Piste in den Schatten des linken Flugzeugflügels und blickten über den Lake Powell, fast türkis in der Spätnachmittagssonne, und die weiß-rostroten Tafelbergkuppen, die dahinter ins Unendliche entschwanden.

»Kein Vogel, kein Baum, nicht mal ein Grashalm«, sagte Thea. »In welcher Abteilung der Hölle sind wir hier eigentlich genau?«

Ich schaute auf den schuppigen Badewannenrand, der die Canyonwände zehn Meter über dem derzeitigen Wasserstand des Staubeckens umgab, auf die Stelle, an der sich Baumstämme und Schlick angesammelt hatten, dort, wo der einstige Colorado River einmal brausend hindurchgetobt war.

»Da hatte irgendwer einen cleveren Einfall«, sagte ich. »Das Land der unbegrenzten Verwendungsmöglichkeiten.«

Der Wind heulte über die Oberfläche des Wassers, schuf Hunderttausende Diamantreihen, die sich schnell auf uns zubewegten.

»Und da oben gibt es wirklich einen Fluß?« sagte Thea, mit dem Kinn nach Norden deutend, zur anderen Seite des Baumstammdammes, dorthin, wo hundert Meilen weiter Russell und Josh und die Boote seit Stunden bereit waren, dorthin, wohin das Flugzeug uns bringen würde, falls der Wind sich je legen würde.

»Dreißig Meilen canyonaufwärts«, sagte ich, »sind die wildesten Stromschnellen von ganz Amerika. Manchmal heult der Wind den ganzen Tag den Canyon hoch, und sobald man durch die Stromschnellen durch ist, sobald man auf Höhe des Sees ist, kann man noch so kräftig rudern – man bewegt sich nur noch stromaufwärts, selbst bei einem Wind, der nur halb so stark ist wie jetzt.«

»Lucy«, sagte sie, »du fährst doch immer stromaufwärts.«

»Ich weiß«, sagte ich, »aber nicht unter so schlimmen Bedingungen.«

Ich blickte am Ufer entlang dorthin, wo der Pilot verschwunden war, und versuchte, nicht an den Wasserstand des Flusses zu denken: 1700 Kubikmeter Wasser pro Sekunde und steigend. Jeder, der den Cataract Canyon befuhr, wußte, daß ein so hoher Wasserstand extrem schwierig zu bewältigen war, die Jahrhundertflut natürlich nicht mitgerechnet.

Ich machte nun schon seit vielen Jahren Flußfahrten, hatte aber keinen besonders überwältigenden Grad an Selbstvertrauen erreicht und es auch beileibe nicht zu der, wie ich es nennen würde, natürlichen Anmut einer Sportlerin gebracht.

Es ging, wie die meisten Dinge, wohl auf meinen Vater zurück, der aus mir Chris Evert hatte machen wollen – wohlgemerkt, ich sollte nicht *wie* Chris Evert werden, sondern Chris Evert *werden*. Und sie zu werden bedeutete *unter Ausschluß meiner selbst*.

Mit sieben und zwölf und vierzehn spielte ich ganz anständig Tennis, aber ich konnte meine Beine einfach nicht schnell genug über den harten Aschenplatz bewegen, um einen ersten Preis zu gewinnen.

Ich bin stark für eine Frau und dickköpfig genug, um nicht aufzugeben, ohne daß ich verbissen gekämpft habe. Ich wandte mich dem Fluß zu, weil ich glaubte, daß er mit mir sprach.

Ich glaubte, daß ich den Fluß lesen konnte, daß ich seine Sprache verstand, wenn er mir, manchmal inmitten einer Stromschnelle, sagte, wo genau er mich haben wollte.

Thea sagte: »Wie läuft's eigentlich mit Josh und dir?«

»Schleppend«, sagte ich, »ist das erste Wort, das mir dazu einfällt.«

»Du hast Josh angeboten, sich schlafen zu legen«, schreckte Henry uns von hinten plötzlich auf. »Er hat angenommen.«

»Kinderspiel, das Schlafen, wenn man die ganze Zeit die Augen geschlossen hält.«

»Du wirst clever«, sagte Henry, »allmählich.«

»Geradezu ein Segen«, sagte Thea, »aus deinem Mund.« Sie wandte sich wieder mir zu: »Ich habe das mit Charlie beendet.«

»Charlie«, sagte ich. »Hab ich von Charlie gewußt?«

»Er war in mich verliebt«, sagte Thea. »Ich war in das Universum verliebt.«

»Du darfst nicht wählerisch sein«, sagte Henry, »wenn du mit allen bumsen willst.«

»Wann nimmst du mal einen dieser Typen mit den Fluß runter?« fragte ich sie.

»Mit uns?« sagte sie. »Mit dir? Nicht in hundert Milliarden Jahren.«

Henry und Thea waren im selben Jahr in mein Leben getreten und beide im Zusammenhang mit Fotografie. Thea war ein Semester lang Teilnehmerin eines Seminars, das ich in Denver abhielt, und Henry hatte in einer Galerie in Chicago ein Foto von mir gekauft, das ihm so gut gefiel, daß er mich ausfindig gemacht hatte. Sie hatten sich auf einer Party, die ich im Jahr zuvor zur Sommersonnenwende gegeben hatte, kennengelernt und auf Anhieb unsympathisch gefunden. Ich machte damals vier- oder fünfmal im Jahr Wildwasserfahrten, und Thea war fast immer mit von der Partie. Der Cataract war Henrys erste Fahrt.

Ich war schon dreimal den Cataract Canyon hinuntergefahren, aber immer in den Trockenjahren, so daß ich wie in Zeitlupe mit 170, 300 oder 400 Kubikmetern durch die Big

Drops dümpelte, während die Ranger auf den einen großen Schneefall warteten, der dann als Schmelzwasser vom Hochland kommen würde und das Staubecken wieder füllen sollte.

Jetzt war der Fluß mit ganzer Kraft zurückgekommen, hatte den See gefüllt und drohte täglich, die trägen Turbinen des Staudamms zum Durchbrennen zu bringen. Die Überläufe führten zuviel Wasser, und der Sandstein auf beiden Seiten des Staudamms wurde weggefressen. Dreißig Meilen flußaufwärts lagen bereits fünf Menschen tot auf dem Grund von Satan's Gut, obwohl die Saison gerade erst drei Wochen alt war.

»Erzähl mir von den Leuten, die ums Leben gekommen sind«, sagte Thea, und ich blinzelte sie an, meine Augen vom Wind ausgetrocknet. Sie las oft meine Gedanken, manchmal mehrmals am Tag. Es verunsicherte mich noch immer.

»Tja«, sagte ich, »zwei von denen waren Vater und Sohn; sie sind den Green in ihrem Motorboot runtergefahren und an der Flußgabelung falsch abgebogen.«

Thea nickte, und ich wußte, daß sie die Karten studiert hatte, bevor sie hergekommen war.

Sie hatte nicht viel Erfahrung, aber sie wollte unbedingt Erfahrungen sammeln, war die beste Schülerin, die ich je hatte. Wenn wir im Boot waren, mußte ich nur an etwas denken, was ich brauchte – eine Wurfleine oder ein Ersatzruderblatt oder auch einen Schluck Wasser –, und sobald ich den Mund öffnete, um sie darum zu bitten, drückte sie es mir auch schon in die Hand.

»Und ein anderer«, sagte ich, »war dieser Verrückte, der jedes Jahr versucht hat, die ganze Länge bei Hochwasser zu durchschwimmen.«

»Sechsundzwanzig Stromschnellen?« sagte Thea.

»In den Trockenjahren ist das Wasser wärmer, und zwischen den Fällen hat man eine Ewigkeit Zeit. Angeblich trug er drei Schwimmwesten, eine über der anderen. Ich weiß, es klingt unglaublich, aber es gibt Zeugen, fünf Jahre hintereinander.«

»Dieses Jahr nicht«, sagte Henry.

»Nein«, sagte ich, »er war tot, noch bevor er zu den Big Drops kam.«

»Und die anderen beiden?« sagte Henry.

»Die anderen beiden waren erfahrene Wildwasserfahrer, die sich nur ein bißchen amüsieren wollten.«

»Genau wie wir«, sagte Thea.

»Ja«, sagte ich. »Genau wie wir.«

Der Wind legte sich Punkt sieben, als wäre ein Wecker gestellt worden; der Pilot flog oben an den Canyonwänden entlang, und unsere Flugbahn wand sich wie eine Schlange knapp sechshundert Meter über der Wasseroberfläche.

Im Osten sahen wir die aufgeworfenen Felsblöcke der Devil's Kitchen, den weißen, buckeligen Rücken des Elephant Hill und die rotgelben Spitzen des Needle District, wie große Rosensträuße von der untergehenden Sonne erleuchtet.

Im Westen lagen Ernie's Country, The Fins und The Maze, bunte Canyonwände, die sich endlos entlangzogen, als hätte Gott sich mit Knete ausgetobt.

Nach dreißig Meilen verwandelte sich der lange Seefinger wieder in einen Fluß, die Canyonwände drängten noch enger zusammen, und zwei Biegungen weiter konnten wir die Fälle sehen, die als die Big Drops bekannt waren.

Die Stromschnellen im Cataract Canyon haben keine Namen, sondern Nummern, 1 bis 26, ein Zeichen, das mir sagt: *nur für geübte Wildwasserfahrer*. Die Stromschnellen kommen, nachdem man drei Tage lang in der Hitze lautlos auf dem Wasser dahingetrieben ist ohne einen Strudel, eine kleine Welle oder einen Tümpel.

Nummer 20, 21 und 22 sind bei weitem größer und tückischer als die anderen und verdienen einen zweiten Namen: Big Drop 1, Big Drop 2, Big Drop 3. Big Drop 2 ist dafür bekannt, der dritthöchste befahrbare Wasserfall in Amerika zu sein. Big Drop 3 ist bekannt für die Welle genau in seiner Mitte: eine unausweichliche, sechs Meter hohe Sturzwelle namens Satan's Gut.

Selbst aus dieser Höhe spürte ich die Stromschnellen tosen, und mein Magen machte Purzelbäume, während der Pilot erst einen und dann den anderen Flügel senkte, damit Henry, Thea und ich einen guten Blick hatten.

Ich konnte den Felsen in Big Drop 2 sehen, gefährlich dicht an dem einzigen sicheren Wasserlauf und größer als eine Lokomotive, sah das Chaos, das er im Fluß auf beiden Seiten anrichtete.

Darunter, bei 3, tobte Satan's Gut, baute sich zu seiner vollen Höhe auf und fiel in sich zusammen. Stücke aus zerfetztem Metall und bunt lackierter Raftingausrüstung blinkten von den Felsenlandschaften auf beiden Seiten zu uns herauf.

Man sagt mir nach, ich sei eine gute Wildwasserfahrerin, und ich glaubte inzwischen, daß man mich deshalb mochte. Ich dachte nie groß darüber nach, was passieren würde, wenn ich damit aufhörte. Ich ließ mich weiter auf jeden Fluß ein, wie ich mich auf alles andere einließ, das mir das Leben bescherte: kein *ob*, sondern ein *wie*.

Die neunzehn Stromschnellen oberhalb der Big Drops segelten unter uns hinweg wie ein rückwärts laufender alter Film, und im Nu waren wir über dem Spanish Bottom.

Der Pilot kreiste über dem Zusammenfluß, an dem sich die Wasserfluten des Green und des Colorado begegnen. Das Wasser der beiden Flüsse vermischt sich nicht sofort, sondern sie fließen knapp eine Meile lang nebeneinanderher, bevor sie sich vereinigen, bis der grünliche Colorado und der braunere Green schließlich in der Biegung, die zu Stromschnelle Nr. 1 führt, ununterscheidbar werden.

Der Pilot senkte noch einmal den Flügel, bevor er zur Landung abdrehte und auf die scharfkantigen braunen und grünen Ränder der Felsformation mit dem Namen Upheaval Dome zusteuerte.

»Früher hat man geglaubt, der Dom wäre aus Salz«, sagte er, »und vor Hunderttausenden von Jahren aus dem Boden herausgequetscht worden, wie eine Säule, bevor die Zeit ihn zusammenfallen ließ und die Witterung ihn in den Krater verwandelte, den ihr da seht. Aber jetzt meint man eher, daß dort gar keine Erhebung war, sondern daß es einen Einschlag gegeben hat, daß ein Meteorit von einer Drittel Meile Durchmesser auf die Erde gekracht ist.«

Ich überredete den Piloten, uns zum City Market zu fahren, damit wir einen Kocher kaufen konnten, und uns die achtzehn Meilen zum Einstieg zu bringen, flußabwärts, nicht weit von der fast völlig stillgelegten Potash Mine.

Als wir ankamen, war es kurz vor neun, nahezu dunkel, direkt über dem Canyon ging ein voller Mond auf, und es wimmelte dermaßen von Moskitos, daß ich mir ernsthaft Sorgen um unsere Tüten voller Lebensmitteln machte.

Josh und Russell hatten die Boote bereits zu Wasser gelassen und versuchten, sich die Insekten vom Leibe zu halten, indem sie Bier tranken und dicke Zigarren rauchten. Russell war Sportfotograf und kam aus San Diego; ich kannte ihn von Tagungen und war ganz gut mit ihm befreundet gewesen, bis er Josh kennenlernte und unsere Freundschaft augenblicklich in den Hintergrund trat.

»Ihr habt ja 'ne Ewigkeit gebraucht«, war das erste, was Josh sagte, und als er dann sah, wie ich den neuen Kocher in mein Boot legte, sagte er: »Ach übrigens, ich hab auch den Thermosbehälter vergessen.«

Wir blickten einander einen Moment lang im Mondlicht an.

»Ist schließlich keine Katastrophe«, sagte er. »Wir kommen auch ohne klar.«

Und genaugenommen hatte er recht. Aber es war der 15. Juli, mitten im heißesten Monat, wenn es auf dem Fluß glüht wie im Backofen, und wir hatten vier ganze Tage, um unter der Utah-Sonne tief unten in einem Canyon, der die Bedeutung des Wortes Schatten nicht kannte, ganz schön zu dehydrieren.

Das Trinkwasser würde sich im Nu auf 33 Grad erwärmen, würde den heißen Geschmack eines schmelzenden Plastikgefäßes annehmen. In einem Thermosbehälter hätte sich das Eis einen Tag lang gehalten, vielleicht auch einen zweiten. Danach hätten wir einen halben Block pro Tag aus der Kühltasche stibitzen können.

Die Moskitos würden uns nicht schlafen lassen, soviel war klar, und ich war zu sauer auf Josh, um mich neben ihn zu legen, daher machte ich mich zu Fuß auf den Weg zum City Market, der rund um die Uhr geöffnet hatte.

»Wo willst du denn hin?« rief Josh mir nach, und ich drehte mich nicht um, obwohl ich ohne Wasserflasche losgegangen war und bereits spürte, daß mir die Kehle austrocknete, schon nach der ersten halben Meile, sogar spätabends im Dunkeln.

Das Sommerdreieck hing hell am Himmel über mir, und die Tamarisken, noch immer in ihrer Frühlingsblüte, rieben sich an den Canyonwänden im Wind, der ganz plötzlich wiederaufgelebt war. Ein paar winzige Steine hüpften die Wand hinab und auf die Straße vor mir, und ich blickte angestrengt hinauf ins Zwielicht, um zu sehen, wer oder was – Wildschafe oder Kojoten? – sie wohl losgetreten haben mochte.

Meine Kehle wurde noch trockener, und ich war drauf und dran, aufzugeben und kehrtzumachen, als ich weit hinter mir Autoscheinwerfer sah, die langsam auf mich zukamen.

Ich überlegte kurz, in was für einem Teil der Welt ich mich befand, ein Ort, der so weit von der Großstadt entfernt war, daß die statistische Gefahrenkurve ihren Tiefpunkt erreicht hatte und langsam wieder anstieg, ein Ort, an dem die Vergewaltigung und Zerstückelung einer Frau je nach Standpunkt als Gewaltverbrechen oder als religiöses Ritual gesehen werden konnte.

Dann dachte ich daran, wie wütend ich auf Josh war, wie trocken meine Kehle war, wie trocken sie ohne Thermosbehälter in fünf Tagen sein würde, und ich lächelte in die näher kommenden Scheinwerfer und streckte den Daumen aus.

Er arbeitete in der Spätschicht in der Potash Mine, hatte gerade Feierabend. Fühlte sich seit kurzem wie neu geboren, nachdem er Alkohol und Kokain abgeschworen hatte. Er war ein großer Fan von Red Skelton, arbeitete nebenbei als Komparse in einem Film mit, der gerade im Lavender Canyon gedreht wurde. Er spiele einen Cowboy, sagte er, und das Komische sei, daß er nie in seinem Leben auf einem Pferd gesessen habe.

Je mehr er redete, desto langsamer fuhr er. Doch jedesmal, wenn er erwähnte, wie einsam er sei, wie sehr er sich eine Freundin wünsche, setzte ich mich kerzengerade hin wie einer von den Jungs und sagte, ich sei sicher, wenn er weiter nüchtern bleibe, werde er eines Tages sein Glück finden.

Als er vor dem Supermarkt hielt, sprang ich aus dem Wagen und rannte los, bevor er auch nur die Hand vom Schalthebel nehmen konnte, und ich blieb erst stehen, als ich hinter mir das Zischen der automatischen Türen spürte.

Ich kaufte den Thermosbehälter, füllte ihn mit Eiswürfeln und machte mich auf den langen Rückweg nach Potash. Die Stadt war wie ausgestorben, bis auf die Trucks, die die Straße säumten. Ihre Zierlichter blinkten, und die Funkgeräte murmelten leise im Dunkeln.

»Wo mag denn wohl die Kleine mit dem riesigen Wasserbehälter zu dieser nachtschlafenden Zeit noch hinwollen?« knisterte laut eine heisere Stimme aus einem der Funkgeräte.

Ich zog die Schultern hoch und blickte stur nach unten. Achtzehn Meilen waren ein langer Weg, aber jetzt hatte ich Wasser, und im Morgengrauen würde ich über die Hälfte der Strecke hinter mir haben, und dann waren auch freundlichere Autos unterwegs, Mountainbiker und Bergsteiger, und alles würde nicht mehr so unheimlich wirken wie jetzt um zwei Uhr in der Nacht.

Ich ging durch das große Sandsteintor mit der Aufschrift, daß der Colorado River bald wieder tosen wird. Über mir lag das sogenannte »Land Behind the Rocks«: eine Wildnis aus Buckeln und Wasserfällen und Felsspitzen, ein Spielplatz für Berglöwen und Kojoten, für Eidechsen, Taranteln und Schlangen.

Ich erwog, die zerklüftete Felswand sechshundert Meter weit hochzuklettern. Meinen Thermosbehälter zu nehmen und mich dort oben zu verstecken, solange mein Wasservorrat reichte. Dort zu bleiben, bis der Wasserstand wieder auf ein ungefährlicheres Maß gesunken war. Bis Josh und Russell und Henry tief ins Herz des Canyon gefahren waren. Dann würden Thea und ich unsere Fahrt machen, kaum ein Wort reden, niemals schreien, und das Boot würde so leicht durch die Stromschnellen gleiten, als hätte es Flügel.

Russell war ziemlich beeindruckt, daß ich mit dem Thermosbehälter schon wieder da war, noch bevor er aus seinem Schlafsack gekrochen war, und Henry war ganz allgemein beeindruckt. Als Großstädter kam es ihm so vor, als läge der Einstieg eine Million Meilen von jedem Ort der Erde entfernt. Thea lächelte bloß, als wäre es das Normalste auf der Welt, mitten in der Nacht einen Marsch von sechsunddreißig Meilen hinzulegen.

Henry sagte: »Ich glaube, die Frau hat gewaltigen Respekt vor dir.«

Und Josh sagte: »Ich fürchte, es ist noch schlimmer.«

Wir ließen die Boote früh zu Wasser, bevor die Sonne über die Canyonwand kroch, Russell und Henry in Joshs fünf Meter langer Riken, Thea und ich in meiner Achilles, einen halben Meter kürzer als Joshs Boot, mit halb so dicken Schläuchen rundherum.

»Ist schon verdammt heiß«, sagte Henry.

Wir verbanden die Boote mit einem Karabinerhaken und ließen sie den Fluß hinuntertreiben, bis zum Dead Horse Point; während der ganzen Fahrt wechselten wir wenige Worte, die Sonne am Himmel stieg höher, die Canyonwände waren glatt von Wüstenlack, die Hitze drückte auf uns nieder, kein Windhauch regte sich, so daß es selbst zu heiß war, so schien es, die Wasserflasche an die Lippen zu heben.

Dann wurde es noch heißer, und wir lagen ausgestreckt auf den Schläuchen der Boote wie Seelöwen, Hände und

Füße im Wasser baumelnd. Wir alle hätten so bis zum Einbruch der Dunkelheit schlafen können, drei Tage lang, bis wir die Stromschnellen erreichten oder bis der Spätsommerregen käme, um uns Abkühlung zu verschaffen.

»Also, ich meine«, unterbrach Henry ein mindestens einstündiges Schweigen, »daß die Welt erst dann ins Lot kommt, wenn die Frauen bereit sind, ein paar von ihren Rechten und Privilegien aufzugeben.«

Das war die Sache mit Henry, war sie schon immer gewesen, wenn ihm das Schweigen zu lange dauerte.

»Sag das noch mal ...«, sagte Thea, und schon waren sie mitten in einer hitzigen Diskussion: Sorgerecht und Schwangerschaftsstreifen, Mutterschaftsurlaub und Sportreporterinnen in Umkleidekabinen, Frauenquote und Steuervergünstigungen.

Ich nahm kurz die Ruder und steuerte die Boote vom Ufer weg, zurück in die Mitte des Flusses.

»Okay«, sagte Henry, »wenn wir alle so gleichberechtigt sind, dann würde mich mal eines interessieren: Wieso, verdammt noch mal, akzeptieren es alle so mir nichts, dir nichts, wenn Heterofrauen sich ineinander verlieben?« Er blickte von Josh zu Russell und dann wieder zu Thea. »Warum gibt es so etwas nicht auch bei heterosexuellen Männern?«

Ich sah, wie Russell und Josh zusammenzuckten, wie sie sich leicht von Henry weglehnten, wie bei einem Tanz.

»Vielleicht in deiner Phantasie, Henry«, sagte Thea, nicht unbedingt leise.

»Lesben auf Zeit«, sagte ich lauter, als ich wollte, während ich in meiner Erinnerung kramte, und alle vier Köpfe wandten sich mir zu. »Lesbisch bis zur Abschlußprüfung«, sagte ich. »An der Uni haben wir sie so genannt.«

»Nicht, daß es inakzeptabel wäre«, sagte Russell, mit lauter werdender Stimme. »Männer fühlen sich einfach nicht so zueinander hingezogen.«

»Ich hoffe, das stimmt nicht«, sagte Thea, »in eurem eigenen Interesse.«

»Aber ja«, sagte Henry. »Frauen wird beigebracht, am

Körper von anderen Frauen Gefallen zu finden. Männern nicht. Josh zum Beispiel würde Russell niemals sagen, daß er einen hübschen Hintern hat.«

»Selbst wenn er einen hätte«, sagte ich und zwinkerte Russell zu.

Im Geiste war ich schon drei Tage weiter bei den Stromschnellen und dachte, daß unser Leben davon abhängen könnte, daß wir unsere soziologischen Differenzen lösten – nämlich für den Fall, daß wir im Wasser landeten und zusammenarbeiten mußten, um zu überleben.

»Ich interessiere mich einfach nicht dafür«, sagte Russell, »und kommt jetzt bloß nicht damit, daß ich es mir nur nicht eingestehen will.«

»Wenn eine Frau einen Menschen kennenlernt«, sagte Thea, »entscheidet sie, ob sie sich zu ihm hingezogen fühlt oder nicht, bevor sie wahrnimmt, ob es ein Mann oder eine Frau ist.«

»Bevor?« sagte Henry.

»Unabhängig davon, wenn du willst«, sagte Thea, »aber ich meine wirklich *bevor*.«

»Ich will es mal so ausdrücken«, sagte Russell. »Ich hab noch nie wegen einem Mann einen Ständer gekriegt. Das ist doch wohl der beste Maßstab, oder?«

»Wie schön für dich«, sagte Thea, »daß du so eine todsichere Meßlatte hast.«

Thea löste den Karabinerhaken, der die beiden Boote zusammenhielt, und gab dem Männerboot einen Schubs. Wir trieben auf die andere Seite des Flusses und begannen mein Lieblingsfrauenbootgespräch, zählten der Reihe nach alle Männer auf, mit denen wir in unserem Leben geschlafen hatten.

Ich kam immer auf insgesamt dreiundzwanzig bis siebenundzwanzig, je nachdem, wie scharf mein Erinnerungsvermögen gerade war, und auch, wer alles nach unserem Dafürhalten dazuzählte. Thea kam nur auf halb so viele, aber sie war fünf Jahre jünger und aufgrund ihres Stiefvaters weitaus weniger gut auf Männer zu sprechen als ich.

Am Abend schlugen wir unser Lager auf einer kleinen Landzunge aus Navajo-Sandstein auf und lauschten dem Donnergrollen, sahen zu, wie in der Ferne Blitze eine Warnung in den dunkler werdenden Himmel zeichneten. Ich sagte zu Josh und Russell, sie sollten ihre Bierdosen im Fluß kühlen, was Josh noch wütender machte, obwohl er mir selbst erklärt hatte, daß Aluminium das Eis im Kühlbehälter besonders schnell zum Schmelzen bringt.

Nach dem Essen ging uns der Gesprächsstoff aus, daher brachte Thea uns dazu, Lieder zu singen, mit denen wir alle einverstanden waren: »Pancho and Lefty« und alte Songs von Janis Joplin, »Moon River«, »You Don't Know Me« und »Light as a Breeze«.

»Also, Thea«, sagte Henry am nächsten Morgen, als wir noch keine fünf Minuten auf dem Wasser waren, »wer kann besser Wildwasserfahren, Lucy oder Josh?«

»Können wir bitte über was anderes reden?« sagte ich.

»Josh hat viel Kraft«, sagte Thea. »Lucy hat viel Geduld.«

»Geduld?« sagte Russell. »Wofür denn zum Beispiel?«

Ich hatte Josh und mich früher mal als perfektes Paar bezeichnet, weil sein Leichtsinn meine Genauigkeit schärfte; ich hatte zu viele Ängste, er hatte keine.

Josh war stark genug, um sich aus jeder Klemme befreien zu können, in die der Fluß ihn brachte, und so mutig, daß er es mit den riskantesten Strecken aufnahm. Er hatte keine Angst vor dem Fluß, was nur ich für ein Problem hielt. Seine Fähigkeit, den Wasserverlauf zu lesen, paßte auf ein Ruderblatt. Noch immer führte ich uns in alle größeren Stromschnellen, aber ich wußte, daß diese Tage gezählt waren, vielleicht sogar vorüber.

»Lucy wartet auf dem Fluß«, sagte Thea, »wartet darauf, daß er ihr hilft. Als ginge es ihr in einer Stromschnelle darum, die Ruder nicht benutzen zu müssen.«

»Das ist nett, Thea«, sagte ich.

»Ich hab sie ein paarmal die Ruder benutzen sehen«, sagte Josh.

»Okay«, sagte ich, »können wir jetzt bitte von was anderem reden?«

»Ich weiß nicht, warum sie sie nicht benutzen sollte«, sagte Russell und trat mit dem Fuß gegen Joshs Ruder. »Sie wiegen nicht mal ein Drittel von dem, was die hier wiegen. Hast du Lucys Ruder schon mal in der Hand gehabt, Henry? Die sind wie Zahnstocher, wie Federn im Vergleich zu denen hier.«

»Aber Thea, im großen und ganzen mußt du doch wohl zugeben«, sagte Henry, »daß der durchschnittliche Mann besser fürs Wildwasserfahren geeignet ist als die durchschnittliche Frau.«

»Nein«, sagte Thea, »abgesehen von diesen speziellen Fahrten, wo du nichts anderes benutzen darfst als deinen Schwanz.«

»Trinkt ihr auch alle genug Wasser?« sagte ich. »Waren heute alle mindestens einmal pinkeln?«

»Ja, Eure Majestät«, sagte Josh, »große Beschützerin des Blockeises.«

Ich schickte Thea und Russell zu Fuß über eine große Sandsteinzunge, um die herum der Fluß sechs Meilen brauchte, bevor er nach umständlichen Windungen zu einer Stelle kam, die keine hundert Meter Luftlinie entfernt war. Dann ließ ich Henry mein Boot die sechs Meilen rudern.

Das einzig Gute an der Hitze war, daß der Fluß vielleicht dadurch nicht mehr anstieg, daß mehr Wasser verdunstete als zufloß; bald würde der Wasserstand sinken.

Am Nachmittag grollte es wieder irgendwo in der Ferne, und als wir in den Meander Canyon hineinfuhren, segelten über den Himmel ein paar Wolken im Wind, der irgendwo hoch über dem Canyon fegte, und über uns erstreckte sich ein Regenbogen von Canyonrand zu Canyonrand.

Am dritten Tag kamen wir zum Zusammenfluß von Colorado und Green, und Russell sprang hinein und versuchte die beiden Streifen farbiges Wasser mit den Händen zu vermischen. Wir hielten an dem riesigen lachsfarbenen Warnschild, um Fotos zu machen, und ich fragte mich, wie die Männer in dem Motorboot es hatten übersehen können, fragte mich, wie es möglich war, daß ein Bootsfahrer nicht erkannte, ob er stromaufwärts oder -abwärts fuhr.

Abends lagerten wir im Spanish Bottom, zwei Meilen oberhalb der Stromschnellen, und wir wußten, daß wir ihr Tosen die ganze Nacht über hören würden. Thea, Russell und ich kletterten den Canyonrand zum Doll's House hoch, dessen buntgestreifte Spitzen sich wie ein Mauthäuschen ausnahmen, wo man Karten für die Fahrt durch den Cataract lösen konnte. Wir alberten am Fuße der Türme herum, fotografierten uns gegenseitig und lachten viel, und ich dachte, wie anders die Fahrt wohl verlaufen wäre ohne Henry, der, wo er ging und stand, nichts als Ärger machte, und ohne Josh, der sich so sehr in sich selbst zurückziehen konnte, daß einem beim Klang seines Lachens ängstlich und beklommen zumute wurde.

Im Norden erhob sich am Horizont Junction Butte wie ein Gerichtsgebäude und dahinter die Kuppe des großen, flachen Tafelberges, der »Island in the Sky« genannt wird. Russell machte sich allein auf, die Gegend zu erkunden, und Thea und ich blieben auf einer großen, orangefarbenen Felsplatte sitzen.

»Wenn das Doll's House mein Puppenhaus wäre«, sagte ich, »hätte ich nicht mit den Jungs Ball spielen wollen.«

»Lucy«, sagte Thea, »hast du schon mal mit einer Frau geschlafen?«

»Ich war in eine Frau verliebt«, sagte ich. »Mehr als einmal.«

»Das war nicht meine Frage«, sagte sie. »Das ist nicht dasselbe.«

»Nein, ist es nicht«, erwiderte ich. »Nein, hab ich nicht.«

»Und *nein* auf die nächste Frage«, sagte Thea. »Und *nein*, und *nein* und nochmals *nein*.«

Während des Abendessens sahen wir zu, wie ein Gewitter den Canyon hinunterrollte, die Wolken hinter dem Tafelland schwarz färbte und den Sand zu tasmanischen Teufeln um uns herum aufwirbelte. Die Sonne brach, kurz bevor sie unterging, tief aus den Wolken hervor und erleuchtete die Felskuppen hellorange.

Dann hörten wir ein Grollen über unseren Köpfen, ein Geräusch, das ich zuerst mit einem Erdbeben in einer Stadt assoziierte, wenn Straßenüberführungen in sich zusammenstürzen und Apartmenthäuser ins Wanken geraten.

Wir sprangen aus den niedrigen Klappstühlen und liefen auf eine Düne und schauten zurück zum Doll's House.

»Da«, sagte Thea. Wir folgten ihrem Finger zu einem großen Graben, der nördlich vom Doll's House steil hinunter ins Spanish Bottom stürzte. Ein dickes Band aus etwas, das aussah wie geschmolzene Schokolade, hatte gerade den oberen Rand erreicht und donnerte nun in dem vertikalen Graben nach unten. Nach etwa zehn Sekunden erreichte es den Grund, wo es zu einem gigantischen Fächer zerplatzte, der den Boden des Spanish Bottom zur Hälfte bedeckte.

Als es näher kam, konnten wir sehen, was für eine Fracht da mitgerissen wurde: Baumstämme, Autoteile, etwas, das aussah wie der ausgetrocknete Kadaver eines Schafes.

»Meinst du, die Zelte sind sicher?« fragte ich Josh.

»Ja«, sagte er. »Der Boden ist dort etwas höher, und überhaupt ist das gleich vorbei.«

Wie als Antwort auf seine Stimme brach im selben Augenblick der Fächer um ein Drittel zusammen, und das Donnern, das aus dem Graben drang, war nun erheblich gedämpfter.

Weiter den Canyon hinunter, außer Sichtweite, setzte ein Grollen ein, und dann dahinter, noch weiter entfernt, ein weiteres.

»Jetzt brauchen wir uns wohl keine Sorgen mehr zu machen, daß der Fluß zuviel Wasser verliert«, sagte Josh.

Am nächsten Tag erreichten wir lächelnd die Stromschnellen.

Thea und ich zurrten alles doppelt fest, legten unser ganzes Gewicht hinein und rissen an den Gurten, befestigten uns gegenseitig die Schwimmwesten und zogen die Schnallen an. Das Wasser war schlammig nach dem Gewitter der letzten Nacht, aufgewühlt, und hatte noch immer die Farbe von flüssiger Vollmilchschokolade.

Ich führte uns durch die Äste und Autoreifen, die die Flut herangeschwemmt hatte, fragte mich, ob die Trümmer uns Probleme bereiten würden, vergaß aber meine Sorge sogleich, als ich spürte, wie uns der Sog von Stromschnelle Nr. 1 mit einem Ruck erfaßte.

Wir schlängelten uns durch die ersten, kurz aufeinanderfolgenden Stromschnellen, wobei ich mich kräftig in die Ruder legte und Thea nach Lücken Ausschau hielt und Wasser aus dem Boot schöpfte. In Stromschnelle 9 wurden wir ziemlich herumgeworfen, und im oberen Bereich von 15 lief unser Boot voll Wasser, und in 19 mußte ich für das letzte Stück rückwärts fahren.

Ich fühlte mich vom Fluß ein wenig entkräftet, hatte das Gefühl, als wollte er mir vielleicht etwas sagen, das ich hören sollte, doch als wir ans Ufer steuerten, um uns einen Eindruck von Big Drop 1 zu verschaffen, lächelten wir noch immer und waren dank der Sonne schon fast wieder trocken.

Bei einem so hohen Wasserstand sieht Big Drop 1 gewaltig aus, ist es aber technisch gesehen nicht, und Thea und ich glitten so gekonnt hindurch, daß es schon fast beängstigend war. Das Wasser um uns herum toste, meine Hände waren fest an den Rudern. Thea war bereit, jeden Augenblick Wasser zu schöpfen, aber wir waren so harmonisch aufeinander abgestimmt, so genau in unserem Timing, und der Fluß war so gut zu uns, daß kaum so viel Wasser ins Boot schwappte, daß es sich gelohnt hätte.

Wir steuerten ans Ufer und sahen zu, wie Josh sein großes Boot durch die Stromschnelle brachte. Dann gingen wir flußabwärts, um uns Big Drop 2 und 3 anzusehen. Zwischen ihnen gab es keine Möglichkeit haltzumachen. Wer in 2 mit dem Boot umkippte, wurde ins Satan's Gut gespült, opferte sich ihm wie ein Kamikazeflieger.

Ich betrachtete die Trümmer, mit denen das Ufer auf beiden Seiten des Canyons übersät war: zersplitterte Ruder, gesprungene Wasserflaschen, ganze Boote, die hoffnungslos beschädigt waren, die Schläuche an scharfen Felsen aufgeschlitzt, die Rahmenkonstruktion irreparabel verbogen.

Ich wußte, daß der Fluß mir sagte, ich solle ihn nicht befahren. *Nicht in dem kleinen Boot*, sagte er, *nicht, wo ihr nur zu zweit seid, nicht bei dem höchsten Wasserstand seit zehn Jahren*, nicht, wenn er an mir vorbeidonnerte, mir in den Ohren dröhnte, mir sagte *tu's nicht*.

Ich sah, wie Joshs Wangenmuskeln kaum merklich zuckten, als er auf die Stromschnelle starrte, und ich wußte, wir würden die Boote nicht an Land hinuntertragen müssen. Er würde es riskieren. Und wenn er mit seinem großen Boot dabei nicht umkam, würde er nichts lieber tun, als es in meinem Boot noch einmal zu versuchen.

»Ich will da nicht durch«, sagte ich zum allererstenmal in meiner Wildwasserlaufbahn. »Die sind zu groß für mich.«

Henry und Russell senkten den Blick, als hätte ich gerade mein Hemd ausgezogen.

»Halb so wild, Kinderspiel«, sagte Josh. »Kein Problem. Wie wär's, wenn du diesmal hinter mir fährst, wenn du zu nervös bist. Dann mußt du nicht auch noch drauf achten, wo wir langmüssen.«

Ich blickte auf den großen Felsen, den ich vom Flugzeug aus gesehen hatte, so groß wie ein siebenstöckiges Apartmenthaus, und auf das reißende Wasser, das über seine Kuppe stürzte.

»Ich weiß nicht«, sagte Henry, »ich finde, so schlimm sieht es gar nicht aus.«

»Dann fahr du doch mit meinem Boot durch, Henry«, sagte ich, und er schlug mir mit seiner Schwimmweste auf den Hintern und drehte sich zu Josh um, der die Achseln zuckte.

»Das ist kein Kinderspiel«, sagte Thea. »Das ist eine verdammt riskante Angelegenheit, aber ich glaube, du schaffst das.«

»Okay«, sagte ich und zog die Gurte ihrer Schwimmweste ganz fest, »worauf warten wir dann noch, verdammt noch mal?«

Wir waren uns einig, zu versuchen, knapp rechts von einem mittelgroßen Felsen in der Flußmitte in die Stromschnelle hineinzufahren, dann würden wir den Bug drehen und nach links weg von dem siebenstöckigen Felsen rudern. Sobald wir durch die größten Wellen hindurch wären, müßten wir wie verrückt rudern, um wieder so weit nach rechts zu kommen, daß wir in der richtigen Position für Big Drop 3 waren.

Ich machte mir Sorgen wegen einer seltsamen kleinen Welle ziemlich weit rechts vom Eingang in 2, die zwar nicht groß genug war, um mein Boot unter Wasser zu setzen, es aber seitlich drehen konnte, und ich mußte jede Welle, die danach kam, von vorn anfahren.

Josh meinte, die Welle sei kein Problem, und für sein Boot mit den dicken Schläuchen war sie das auch nicht, aber ich beschloß, die Welle zu umfahren, indem ich mich immer leicht rechts von der Stelle hielt, an der er hineinfuhr.

Als wir uns vom Ufer abstießen, schlug mein Herz so schnell, daß ich es zwischen meinen Handflächen und den Rudergriffen spüren konnte. Ich sah, wie Josh seine Mütze am Bootsrahmen festband und noch einen letzten Schluck Wasser nahm.

»Paß auf die verdammte Stromschnelle auf«, knurrte ich, und schließlich blickte er auf.

»Findest du nicht, er ist zu weit rechts?« sagte Thea, mit einem Anflug von Furcht in der Stimme.

»Schwer zu sagen, weil er direkt vor uns ist«, sagte ich. »Wir müssen uns einfach auf ihn verlassen.«

Genau in diesem Augenblick sah ich die seltsame, kleine Welle, der ich hatte ausweichen wollen, mehr als dreißig Meter links von uns, und dann sah ich Joshs Boot verschwinden, senkrecht, als wäre es über eine Klippe gestürzt, und ich begriff im selben Moment, daß wir tatsächlich zu weit rechts waren, viel zu weit rechts, und daß wir gleich über den siebenstöckigen Felsen in die Tiefe sausen würden. Wir würden durch die Luft fallen, auf dem Grund eines sieben Stockwerke hohen Wasserfalls landen, wo es nichts als Steine und Äste und reißendes Wasser gab, das dahintoste und uns durcheinanderwirbeln und zerschmettern und nach unten drücken würde, bis wir ertranken.

Ich weiß nicht, was ich zu Thea in dem Augenblick sagte, als ich einen letzten verzweifelten Versuch unternahm, mit einer einzigen großen Kraftanstrengung nach links zu steuern. Ich weiß nicht, ob ich *Ach du Scheiße* oder *Hast du das gesehen* oder bloß wie üblich *Festhalten* sagte, oder ob zwischen uns in diesem Moment nur wortlose, eisige Ehrfurcht herrschte.

Und als wir über die Kante des siebenstöckigen Felsblocks schossen, tiefer, immer tiefer in das fauchende weiße Loch, das nicht nur breit und tief, sondern obendrein auch noch wie ein Korkenzieher geformt war, verlangsamte sich die Zeit, bewegte sich wie ein Zeitlupenfilm im Rohschnitt, immer ein Bild auf einmal, mit regelmäßigen Stopps und Starts. Und von allen Stopps und Starts, allen Standbildern, die ich mein Leben lang vor meinem geistigen Auge sehen werde, während das Boot durch den Raum fiel, während es in die Korkenzieherwelle eintauchte, während seine Nase sich langsam wieder aufrichtete, erinnere ich mich am klarsten an folgendes: Meine Hände sind noch immer an den Rudern, und das Wasser, das seit Tagen so braun ist, ist plötzlich weiß wie ein Blitz. Es ist weiß, und es ist lebendig, und es bewegt sich von beiden Seiten auf mich zu, geht auf mich los wie zwei zerklüftete, weiße Wände, zwischen denen nur ich allein bin, und Thea ist in der Luft, segelt rückwärts, fliegt über meinen Kopf wie ein Gebet.

Dann wurde alles dunkel, und um mich herum war nichts als Wasser, und ich atmete es ein, zu ohnmächtig, dagegen anzukämpfen, während es sich um mich wickelte und mich so hart umherschleuderte, daß ich meinte, ich würde zerbrechen, bevor ich ertrank. Immer mal wieder berührte mein

Fuß oder Arm ein Stück von Thea unter mir, oder war sie über mir, irgendwo neben mir, wo sie ihren eigenen Wassertanz vollführte?

Dann tauchten wir, fast gleichzeitig, aus der Sogwelle auf und trieben wie durch ein Wunder stromabwärts. Das Boot tauchte neben uns auf, verkehrt herum, die Luft teilweise aus den Schläuchen gewichen, aber ich klammerte mich daran fest und Thea auch, und erst in diesem Augenblick begriff ich, wo wir waren, und ich schrie, obwohl es mehr ein Jaulen als ein Schrei war, ein Tierlaut, vielleicht das Geräusch des Flusses selbst in mir. Und obwohl ich auch Worte von mir gab, Worte, die, wie wir später rekapitulierten, *Heeeeeeellllllffffffft uuuuuunssss!* bedeuteten, machte ein Teil von mir, den ich nicht kannte, das Geräusch, ein Teil, der so wahnsinnig vor Angst war, daß er sich in das Gesicht des Flusses verwandelte und anfing, aus Leibeskräften um sein Leben zu kämpfen.

Theas Augen weiteten sich. »Ganz ruhig«, sagte sie. »Komm her.«

Ich lächelte, ein wenig verlegen und wieder menschlich, als wollte ich sagen, das mit dem Schreien wäre nur ein Scherz gewesen ... und Thea lachte einen Augenblick lang mit mir, obwohl wir beide wußten, daß die andere Stimme wahr gewesen war.

Die Wellen wurden kleiner, tauchten uns nur noch ab und zu unter Wasser, und ich wußte, daß wir in dem ruhigeren Wasser zwischen 2 und 3 waren. Ich bekam kurz Joshs Boot zu Gesicht, irgendwie noch immer richtig herum, Russell und Henry schöpften wie verrückt Wasser, Joshs Gesicht war wild und rot vor Angst.

»Helft uns«, schrie ich wieder, diesmal wie ein Mensch, und Joshs Augen wurden groß, als hätte er einen Schlag ins Gesicht bekommen, und ich wußte, daß sein Boot voller Wasser war, viel zu schwer, um es von der Stelle zu bekommen, und daß er genau wie wir die Kontrolle verloren hatte, und daß Thea und ich es doch in unseren Schwimmwesten mit dem Satan's Gut würden aufnehmen müssen.

»Laßt das Boot los und schwimmt nach rechts«, schrie Josh, und ich brauchte eine Sekunde, um zu begreifen, daß er recht hatte, um mir vorzustellen, wie die Stromschnellen aufeinanderfolgten, um zu erkennen, daß das Boot direkt auf einen weiteren Felsen zusteuerte, über den das Wasser in die Tiefe stürzte, wo unsere Körper wie Streichhölzer zerbrechen würden, bevor wir Zeit hätten, Todesopfer Nummer sechs und sieben zu sagen, und daß unsere einzige Überlebenschance darin bestand, mit aller Kraft möglichst rasch nach rechts zu kommen.

Ich schwamm los, hoffte inständig, daß Thea hinter mir war, aber ich schaffte nur zehn Züge, bis ich sah, wie Joshs Boot seitlich ins Satan's Gut verschwand, was bedeutete, daß ich zu weit links von ihm war, und Thea noch weiter links, vielleicht bereits zwischen den Felsen, vielleicht schon tot durch die Wucht des Aufpralls, vielleicht in ihrem eigenen Blut ertrinkend.

Jetzt ist es um mich geschehen, dachte ich, als ich mitten in den Satan's Gut hineinschlidderte und die sechs Meter hohe Sogwelle über meinem Kopf zusammenschlug. Das reißende Wasser erfaßte mich einen Moment und schüttelte mich heftig durch, und dann spuckte es mich genauso unsanft wieder aus, ließ mich los.

Welle um Welle krachte über meinen Kopf, aber ich wußte, daß ich aus dem Satan's Gut raus war, und so atmete ich einfach jedesmal ein, wenn ich in die Nähe der Oberfläche kam, würgte ebensooft Wasser wie Luft hinunter. Mein Knie schlug gegen einen Felsen, während wieder eine Welle über mich hereinbrach, und ich machte mich auf den nächsten Felsen gefaßt, den größeren, der mir den Rücken oder die Wirbelsäule brechen würde, aber er kam nicht.

Endlich wurden die Wellen kleiner, so klein, daß ich auf ihnen reiten konnte, und in diesem Augenblick erhaschte ich einen Blick von Joshs Boot, noch immer richtig herum, und Thea darin, in Sicherheit.

»Wirf das Seil!« sagte Josh zu Russell, und er warf es, aber hinter mich und zu weit links. Er holte es schnell wieder ein, um es noch einmal zu werfen, aber da war ich schon an ihm vorbei, völlig erschöpft, und steuerte auf den Eingang von Stromschnelle 23 zu.

Plötzlich tauchte der Wasserbehälter neben mir auf, und ich griff nach ihm, bekam ihn zu fassen und klemmte ihn mir zwischen die Beine. Stromschnelle 23 ist nicht groß, wenn kein Hochwasser ist und man nicht auf einem Zwanzig-Liter-Thermosbehälter sitzt. Ich preßte die Oberschenkel gegen den Behälter, als wäre er das wildeste Pferd, auf dem ich je gesessen hatte, und ritt in Flußmitte auf den Wellen, den Kopf über Wasser, die Füße bereit, die Felsen abzuwehren.

Dann war die Stromschnelle zu Ende, und Josh ruderte auf mich zu, und Russell hatte das Wurfseil wieder in den Händen. Diesmal warf er es richtig, und ich fing es, wickelte es mir fest um die Hände. Henry zog mich ins Boot, und einen Moment lang war ich wieder unter Wasser, diesmal in dem, das das Boot füllte. Ich klammerte mich an Russells Bein und zog mich gerade so weit hoch, daß ich atmen konnte.

»Schnapp dir das Ruder«, rief Josh Henry zu, und er tat es, und ich sah, daß es eins von meinen war, das dicht neben uns trieb, und zum erstenmal fragte ich mich, wie mein Bootswrack wohl aussehen würde.

Josh brachte uns ans Ufer, und die drei Männer machten sich auf die Suche nach dem Boot, während Thea und ich uns hustend und prustend umarmten und weinten.

Die Jungs kamen zurück und hatten mein Boot im Schlepptau, ein Schlauch hatte ein Loch und verlor schnell Luft, das Ersatzruder war auf den Grund des Flusses gesunken, aber ansonsten war es glimpflich davongekommen. Ich blickte kurz auf die verbleibenden Stromschnellen, zog den Reißverschluß meiner Schwimmweste zu und sprang ins Boot.

»Los«, sagte ich zu Thea. »Bringen wir den Rest hinter uns, bevor uns die Luft ausgeht.«

Vor uns lag nur noch ein langes Stück aus dem Canyon hinaus. Im Verlauf der nächsten zwanzig Meilen würde die Strömung nach und nach immer schwächer werden, und schließlich – zehn Meilen vor dem Ausstieg – würden wir in den Rückstau des Lake Powell geraten und wieder rudern müssen.

Wir beschlossen, uns treiben zu lassen, bis wir weniger als Schrittempo hatten, dann würden wir uns alle halbe Stunde beim Rudern abwechseln, notfalls die ganze Nacht, damit wir nicht in den Morgenwind gerieten, der verhindern könnte, daß wir es über das letzte, lange Stück des Sees schafften.

Zum erstenmal saßen wir alle zusammen in Joshs Boot, und ich machte Sandwiches. Thea und ich mußten von dem vielen Flußwasser, das wir geschluckt hatten, immer wieder aufstoßen, und ab und an bekamen wir Schüttelfrost.

Henry und ich sangen »A Pirate Looks at Forty«, und Thea und ich sangen »Angel from Montgomery«, und dann sang Thea ganz allein »Duncan«. Mein Boot, nur noch halb voll Luft, trieb im Schlepptau hinterdrein.

»So«, sagte Henry und hob sein Sandwich, »jetzt, wo wir alle in Sicherheit sind und was zu futtern haben, möchte ich euch sagen, daß es, was mich angeht, ein wunderschöner Tag war.«

»Hört, hört«, sagte Russell. »Auf dich, Josh, Flußführer der Extraklasse.« Er hob die Bilgenpumpe hoch und salutierte damit. »Diesem Mann würde ich überallhin folgen.«

Ich spürte Theas Blick auf mir, aber ich hielt den Kopf gesenkt.

»Es hat richtig Spaß gemacht«, sagte Josh und drückte die Bilgenpumpe runter, »nicht mehr und nicht weniger.«

»Ihr hättet das erleben sollen«, sagte Henry zu Thea und mir. »Ihr hättet hören sollen, wie Josh die Kommandos gebrüllt hat.«

Ich gab Thea ihr Sandwich, und einen Moment lang ruhte ihr Handrücken auf meinem.

»Ich schwöre euch«, sagte Henry, »der Tag hätte nicht besser sein können.«

»Hat richtig Spaß gemacht«, sagte Josh wieder, als würde er diese Formulierung gerade erlernen.

»Henry«, sagte Thea, »hast du nicht einmal ein klein bißchen Angst gehabt, eine von uns könnte es vielleicht nicht schaffen?«

»Ich weiß, was du sagen willst«, sagte Henry, »wirklich. Aber Josh hatte alles von Anfang an im Griff. Und was sind wir gesaust.« Er faßte meinen Ellbogen. »Ich wünschte, ich hätte ein Foto von deinem Gesicht, als ich dich reingezogen habe.«

»Mit dem Mann würde ich überall hingehen«, sagte Russell wieder, als er schon fast eindöste, seine Worte kaum mehr als Gemurmel.

»Ich fände es toll«, sagte Josh, »wenn wir die Fahrt irgendwann noch mal machen.«

Ich musterte sein Profil im rosaroten Licht einer Sonne, die längst hinter der Canyonwand verschwunden war.

»Ich hab dein Gesicht gesehen, als ich im Wasser war«, sagte ich. »Ich weiß, daß du Angst hattest.«

»Was soll das heißen?« sagte er.

»Dein Gesicht«, sagte ich. »Es war ganz rot. Du hast Angst um mich gehabt, ich weiß das.«

Ein leises Schnarchen drang aus Russells Mund. Henry rüttelte an seiner Schulter.

»Welche Farbe hätte mein Gesicht denn deiner Meinung nach haben sollen?« sagte Josh. »Ich hab versucht, an die siebenhundert Liter Wasser zu bewegen.«

Der Abend senkte sich sanft über den Canyon, als wir beschlossen, daß wir jetzt zu langsam geworden waren, doch der Himmel im Osten war schon vom Mond erhellt, und die Canyonwände so gut erkennbar, daß es kein Problem sein würde, die ganze Nacht zu rudern.

Russell übernahm die erste Schicht, dann Henry, dann Thea, dann ich. Josh schlief in der Hängematte, die er zwischen dem Rahmen seines Bootes und den Ruderdollen befestigt hatte.

»Weißt du, Lucy«, sagte Henry, »ich weiß, daß das nur ein Scherz war, als du gesagt hast, ich hätte das Boot durch die Big Drops fahren sollen, aber im nachhinein ... denke ich wirklich, daß ich es geschafft hätte.«

Thea schnaubte, sagte nichts.

»Josh ist dran«, sagte ich, als meine Uhr piepte.

»Laß ihn schlafen«, sagte Henry. »Ich spring für ihn ein. Er hat für heute genug getan.«

Ich übergab die Ruder an Henry, sah zu, wie der Mond über dem Rand des Canyon voll und rund aufging, sah in seinem Schein alles, was ich falsch gemacht hatte: daß ich zu dem Fluß gekommen war, daß ich geblieben war.

»Die kapieren es nicht«, sagte Thea. »Kannst du von ihnen auch nicht erwarten.«

Aber ich dachte in Wahrheit an meinen Vater, der nie auf dem Fluß sein würde, dachte, daß ich, selbst wenn ich hundertmal durch die Big Drops fahren würde, niemals Chris Evert sein würde, nicht in hundert Milliarden Jahren.

Thea und ich gingen nach hinten ins Boot und sangen jedes Lied mit Continental Divide im Text, das uns einfiel, bis wir wieder an der Reihe waren zu rudern.

»Ich wünschte«, sagte Thea, »daß wenigstens einer von ihnen sagen würde, daß sie froh sind, daß wir es geschafft haben.«

»Ich wünschte«, sagte ich, »daß einer von ihnen sagen würde, *was war das für ein Gefühl, unter Wasser zu sein*.«

Schließlich schliefen Russell und Henry ein, und Thea und ich wechselten uns alle fünfzehn Minuten beim Rudern ab, bis wir unter der Brücke hindurchfuhren, die das Staubecken, den Parkplatz, Zivilisation und eine Welt bedeutete, die wieder größer war als nur wir fünf.

Der Mond stand inzwischen hoch am Himmel und beschien die Canyonwände taghell. Ich schlug vor, zu versuchen, bis zum Morgengrauen zu schlafen, das, wie ich wußte, nicht mehr lange auf sich warten lassen würde.

Ich konnte die Lichter der Wohnwagensiedlung sehen und versuchte, mir vorzustellen, welcher wohl der Freundin des Piloten gehörte. Der Jachthafen, so sagte man, würde noch vor Ende des Jahrhunderts eine Geisterstadt sein, versandet und unbrauchbar, ein Friedhof für Kühe und Pappeln und Autoteile, alles, was der Fluß an Totem mitgebracht hatte.

Mittlerweile war uns kalt, übel vom Flußwasser, und wir zitterten von den zehn Minuten im Wasser, von der langen Nacht, die wir gerudert waren, und von all dem, was zwischen uns unausgesprochen blieb, obwohl ich nicht wußte, ob es nackte Angst oder Liebe war.

»Lucy«, sagte Thea, »wenn du dich je umbringen wolltest, was wäre dann der Grund dafür?«

»Ein Mann«, sagte ich, obwohl ich kein Gesicht für ihn hatte. »Ich würde es nur eines Mannes wegen tun. Und du?«

»Ich glaube nicht«, sagte sie. »Vielleicht irgendwas, nicht das.«

»Was denn?« sagte ich. Aber sie gab keine Antwort.

»Wenn du jemals kurz davor bist, dich wegen eines Mannes umzubringen«, sagte sie, »sieh zu, daß du es noch bis zu mir nach Hause schaffst. Klopf an meine Tür.«

»Du auch«, sagte ich. »Egal, aus welchem Grund.«

»Dann reden wir darüber, wie es war, unter Wasser zu sein«, sagte sie, »wie es war, als wir wieder auftauchten.«

»Vielleicht sollten wir jetzt darüber reden«, sagte ich.

»Ich denke, nicht«, sagte sie. »Jetzt noch nicht.«

Auf der langen Fahrt vom Cataract Canyon nach Hause schliefen Thea und ich hinten im Jeep, umeinandergerollt wie junge Hunde, während die Jungs die Geschichte immer und immer wieder erzählten, um Josh und sich gegenseitig wach zu halten.

Ich träumte von dem Ort in mir, wo der Schrei wohnte. Ich träumte, ich wäre ein Meteor, der zurückgekommen war, um auf den Upheaval Dome zu krachen. Ich träumte, wie ich immer wieder in das finstere Herz einer Stromschnelle tauchte. Ich träumte davon, allein inmitten des »Land Behind the Rocks« zu leben.

»Herrgott noch mal«, hörte ich Henry sagen, »hast du gesehen, wie Josh den Laster überholt hat?«

Die Sonne schien heiß durch die Fenster, der Schweiß strömte, und ich konnte Theas Atmen nicht von meinem unterscheiden. In meinem Traum war alles um uns herum sanft und hell, wie Wasser.

Walzer mit der Katze

SOWEIT ICH ZURÜCKDENKEN KANN, HABEN MEINE ELTERN stellvertretend durch die Katze gegessen. Brathähnchen, Amarettostreichkäse, Rum-Rosinen-Sahneeis: die Köstlichkeiten, mit denen meine Eltern Suzette verwöhnen, sind schier unerschöpflich. Und die Folge ist, daß Suzette an ihrem Lebensabend eine Figur bekommen hat, die auf den ersten Blick ein wenig beängstigend ist. Nicht nur, daß sie dick ist – und sie *ist* dick, bringt sie doch über dreizehn Kilo auf die Tierarztwaage –, sie ist zudem erschreckend unproportioniert. Ihr winziger Kopf, ihr dünner Schwanz und ihre zierlichen Füße ragen aus ihrem ungeheuer aufgeblähten Torso heraus wie die Luftballonkreation eines Zirkusclowns, eine alptraumhafte Cartoon-Katze.

Ich weiß noch, wie ich Suzette auf einer Farm in Pennsylvania aus einem Wurf miauender Kätzchen ausgesucht habe, von denen keines größer als meine Handfläche war. Ich war damals sechzehn, und ich steckte Suzette in meine Skijacke und fuhr mit meinem frisch erworbenen Führerschein zurück in die Stadt in dem einzigen Wagen, den ich je wirklich geliebt habe, dem blauen Mustang-Cabrio meiner Mutter – das alte Modell –, den sie mir vermacht hatte und der ohne meine Erlaubnis verkauft wurde, als ich aufs College ging.

Am Anfang war Suzette winzig und goldig, größtenteils weiß mit schwarzen und braunen Flecken, die einem Hund besser gestanden hätten als einer Katze, und einem schlammfarbenen Klecks auf der Wange, den meine Mutter immer ihren Kaffeefleck nannte. Aber zu viele Jahre mit

Schmalz und fettiger Sahne verteilten die Flecken auf ihrem immensen und unbeholfenen Körper; ihr Bauch hängt so tief, daß sie nur noch watscheln kann, indem sie ihre Hüfte nach außen und um den Bauch herumwirft, ihr Gewicht nach vorn zieht und auf eine von zwei wackeligen Vorderpfoten wuchtet.

Suzette hat ihre Rolle als Lager für alle dick machenden Speisen mit Freude angenommen. Schließlich ist sie eine Großstadtkatze, die in ihrem Leben ohnehin nicht viele Streifzüge unternommen hat, selbst als sie noch dünn war. Sie hat eigentlich nie ihren Schwanz gejagt, nicht einmal, als sie ihn noch hätte fangen können. Meine Eltern setzen sie gerne an ihre Lieblingsplätze, die sie früher mit eigener Kraft erreichen konnte: die Anrichte im Eßzimmer oder das Ehebett. Suzette hat alle tierärztlichen Prophezeiungen widerlegt, daß sie sich zu Tode frißt, und meine Eltern sie mit ihrer Nettigkeit umbringen. Dieses Jahr werde ich zweiunddreißig und Suzette siebzehn.

Die Katze und ich waren immer gut befreundet, bis ich von zu Hause wegging und mich in Männer verliebte, die Hunde hielten und nach unbekannten Orten rochen. Wenn ich heute meine Eltern besuche, beäugt die Katze mich etwas mißtrauisch, will ihr Revier behaupten wie ein Einzelkind.

Ich kann mich nicht wirklich erinnern, daß meine Eltern sich je berührt hätten. Ich habe Fotos von ihnen gesehen aus dem Jahr, bevor ich auf die Welt kam, auf denen sie recht glücklich aussehen, vielleicht sogar wie zwei Menschen, die Sex miteinander haben, aber in meinem ganzen Leben habe ich nie gesehen, daß sie sich umarmten.

»Zwischen deinem Vater und mir war alles wunderbar, bevor du geboren wurdest«, hat meine Mutter immer wieder zu mir gesagt, und in ihrer Stimme lag Verwirrung, aber kein Vorwurf. »Ich glaube, er war eifersüchtig oder so«, sagt sie, »und dann sind alle seine guten Seiten verschwunden. Aber ich bereue nichts«, fügt sie hinzu, und ihre Stimme bekommt einen fröhlichen Klang, während sie für die Katze einen Teller mit feingehacktem Hering in saurer Sahne zurechtmacht, »wegen dir.«

In meiner Kindheit gab es bei uns im Kühlschrank nie so etwas wie Rum-Rosinen-Eis oder Amarettostreichkäse. Meine Mutter hat immer gegessen wie ein Spatz: ein kleiner Salat mit Zitronensaft beträufelt oder ein paar Kräcker zum Martini am Abend. (Einer meiner Alpträume als Kind war der, daß meine Mutter sich zu Tode hungerte, eine knochige Hand ausgestreckt wie diese äthiopischen Kinder abends im Fernsehen.) Mein Vater aß ausgiebig in der Firma zu Mittag und begnügte sich abends mit dem, was da war. Wenn ich von der Schule nach Hause kam, gab es für mich Möhren und Sellerie, Blumenkohl und Radieschen und manchmal als besonderen Leckerbissen eine Orange.

Vieles aus meiner Kindheit habe ich vergessen, aber ich erinnere mich noch genau, was für eine panische Angst meine Eltern davor hatten, daß ich übergewichtig würde. Ich erinnere mich an lange, tränenreiche Gespräche mit meiner Mutter, in denen sie mir prophezeite, was meine Freundinnen und Lehrer, was alle Welt hinter meinem Rücken sagen würde, wenn ich dick würde. Ich erinnere mich daran, wie mein Vater mir einmal bei einem Abendessen mit Gästen auf die Hand schlug (eines der wenigen Male, daß wir so taten, als würden wir wie normale Leute essen), als ich so im Gespräch vertieft war, daß ich die Regeln vergaß und nach einem warmen Brötchen griff. Ich erinnere mich, daß meine Mutter immer Kleider für die Familie kaufte, die eine Nummer zu klein waren, so daß wir den Atem anhalten mußten, um uns hineinzuzwängen. Meine Mutter sagte, der ständige Druck unserer Kleidung würde uns daran erinnern, weniger zu essen.

Heute weiß ich, daß ich nie dick war, daß keiner von uns je dick war, und ich habe aus all den Jahren Fotos, die das belegen. Als ich aufs College ging, legte ich zu allererst sieben Kilo zu, die ich bis heute nicht habe abspecken können.

Als ich nach dem College für immer von zu Hause auszog, machte mein Vater es sich zur Gewohnheit, Walzer von Johann Strauß zu hören, was für ihn derart untypisch war, daß meine Mutter es auf einsetzende Senilität zurückführte; meine Mutter, aus Gründen, die mir unklar und gleichzeitig nur allzu offensichtlich sind, fing an, die Katze zu mästen.

Im wirklichen Leben lebe ich in Kalifornien und arbeite zweimal die Woche ehrenamtlich in einem Obdachlosenasyl, wo ich schlammfarbenen Eintopf in riesigen Töpfen umrühre und ihn warm und dampfend auf Teller schaufle. Mein Freund Leo übernachtet jede Woche von Samstag auf Sonntag bei mir, und wir gucken uns bis zum frühen Morgen Filme an, und dann stehen wir auf und arbeiten den ganzen Tag in meinem Garten. Ich sehe es gern, wenn die winzigen Schößlinge zum Vorschein kommen und heranreifen. Ich jäte auch gern Unkraut, ziehe die wuchernden Ranken und störrischen Wurzeln heraus, damit die kräftiger werdenden Pflanzen sich entfalten können, mehr Wasser und Luft bekommen. Es macht mir Spaß, für Leo ein großes Abendessen aus frischem Gemüse zu kochen, ich mag die hektische Ernte im August und September, wenn alles, wie es scheint, auf der Stelle gegessen werden muß. Gerne nehme ich den Überschuß mit ins Obdachlosenasyl und packe wenigstens für ein paar Monate das schaurige Dosengemüse weg.

Aber am schönsten finde ich, sonntags morgens im Bett zu liegen und an den Tag im Garten zu denken und zu hören, wie Leo in der Küche beim Kaffekochen hantiert. Leo und ich hatten nie eine Liebesbeziehung, und ich weiß, daß es auch nicht dazu kommen wird, aber dennoch, sonntags morgens habe ich das Gefühl, Teil von irgend etwas zu sein. Wenn der Mond hinter die sonnenverbrannten Berge gleitet, die Sonne aufgeht und die Tomaten von grün in rot verwandelt, machen wir beide uns die Hände schmutzig, rupfen Löwenzahn aus, graben die satte, dunkle Erde um.

Abgesehen vom Thema Gewicht, über das wir immer in Streit geraten, sind meine Mutter und ich uns sehr nahe. Ich habe es ihr erzählt, als ich das erste Mal geraucht habe, als ich das erste Mal betrunken war, als ich das erste Mal bekifft war, und als ich mit sechzehn meine Unschuld an Ronny Kupeleski von der Howard Johnson's High School auf der anderen Seite in Phillipsburg, New Jersey, verlor, habe ich es ihr vorher erzählt.

»Warum nicht?« sagte sie in einem ihrer, wie ich es heute sehe, stärksten Momente als verantwortungsbewußte Mutter. »Du liebst ihn zwar nicht wirklich, aber du glaubst es, und du kannst es genausogut mit jemandem hinter dich bringen, der in diese Kategorie fällt.«

Es war nicht das letzte Mal, daß ich den Rat meiner Mutter befolgte, und wie fast immer behielt sie auch was Ronny Kupeleski betraf in jeder Hinsicht recht. Und egal, wie unverständlich mir meine Mutter ist, eine Sache ist mir klar: Meine Mutter glaubt, daß sie alles für mich aufgegeben hat; sie wird immer meine strengste Kritikerin sein, sie wird immer mein größter Fan sein.

Mein Vater hat mindestens drei schwere Enttäuschungen in seinem Leben erfahren, von denen ich weiß. Die erste ist die, daß er in Princeton kein Baseball-Star wurde; seine Mutter war todkrank, und er mußte das Team verlassen. Die zweite ist die, daß er nie eine Million Dollar verdient hat. Das heißt, da er tatsächlich eine Million Dollar verdient hat, allerdings in mehreren Jahren, meint er wahrscheinlich, daß er nie auf einen Schlag eine Million Dollar verdient hat. Und die dritte bin ich; ich sollte blond, geschmeidig, graziös werden und eine Weltklassetennisspielerin. Da ich nichts von alledem bin und auch nie eine Weltklassesportlerin werde, bin ich statt dessen ein Weltklassesportfan geworden, lerne Baseball- und Boxergebnisse auswendig, merke mir Strafstöße und Taktiken und warte auf eine Gelegenheit, meinen Vater stolz zu machen. Vierzehn Jahre nachdem ich von zu Hause weggegangen bin, ist Sport noch immer das einzige Thema, über das mein Vater und ich reden können. Wir sagen: »Hast du die Verlängerung bei dem Spiel Flyers gegen Blackhawks gesehen?« oder: »Ob die Broncos wohl dieses Jahr den Cup holen?«, während meine Mutter, in Erwartung des bevorstehenden Schweigens, eilig ans Telefon geht.

Meine Mutter hält es von jeher für ihre vorrangige Lebensaufgabe, meinen Vater und mich voreinander zu schützen: meine Rockmusik, meine gescheiterten Liebesbeziehungen und meine Abtreibung als Teenagerin; sein Zigarettenqualm, seine Tendenz zur Spielsucht und seine gelegentlichen, bedeutungslosen Affären. Meine Mutter hat aus sich einen menschlichen Airbag gemacht, eine Pufferzone, die so biegsam und stark und umfassend ist, daß weder mein Vater noch ich uns jemals trauen oder den Wunsch haben, sie zu überqueren.

Je älter ich werde, desto klarer wird mir, daß mein Vater sich als jemand begreift, der irgendwann auf ein richtig mieses Geschäft hereingefallen ist. Ich bin nicht so anders – sein Egoismus und seine Unfähigkeit, auch mal was Nettes zu sagen –, und ich stelle mir vor, daß wir, wenn einmal nur wir beide übrigbleiben sollten, überrascht wären, wieviel wir uns doch zu sagen haben –, das heißt, wenn wir vorher keine irreparablen Schäden anrichten. Trotzdem kann ich es mir nach so vielen Jahren Sport und Schweigen nur schwer vorstellen, und er ist zehn Jahre älter als meine Mutter. Er wird aller Wahrscheinlichkeit nach als erster sterben.

Bei meinen letzten Besuchen ist mir aufgefallen, daß meinen Eltern der Gesprächsstoff ausgegangen ist. Anscheinend haben sie sich gegenseitig so sehr verärgert und enttäuscht, daß sie keinen Sinn mehr darin sehen, sich zu streiten. Wenn die Katze nicht wäre, würden sie wahrscheinlich gar nicht mehr miteinander reden.

Manchmal reden sie über die Katze, noch häufiger reden sie mit der Katze, und meistens reden sie *für* die Katze, reagieren auf ihre eigenen Gesten kulinarischer Großzügigkeit mit lobenden Worten, die Suzette, wie sie glauben, wenn sie sprechen könnte, sagen würde.

So kann es zum Beispiel an einem ganz normalen Nachmittag geschehen, daß meine Mutter alles stehen- und liegenläßt, um für die Katze ein Ei zu braten. Sie läßt Speck in der Pfanne aus, rührt das Ei hinein und versucht, Suzette zu ihrem Fressen zu locken.

Die Katze ist natürlich schlauer, weiß sie doch, daß meine Mutter ihr, wenn die Lockrufe ungehört bleiben, das Ei zur Couch bringt, nachdem sie einen Klecks Sahne hinzugefügt hat, um den Schmaus noch appetitlicher zu machen.

Jetzt schaltet sich mein Vater ein und sagt mit einer für ihn völlig untypischen Stimme: »Sie hat schon die Milli von meinen Cornflakes bekommen und ein bißchen von dem Puttputt-Hühnchen, das wir vom Restaurant mitgebracht haben.«

»Das ist doch vor Stunden gewesen«, sagt meine Mutter, obwohl es noch keine Stunde her ist, und sie eilt zu der Katze und klemmt den Teller zwischen die Wange der Katze und das Sofa. Meine Eltern halten den Atem an, während Suzette den Kopf gerade so hoch hebt, daß sie den Speck aus dem Ei lecken kann.

»Das ist aber ein feines Leckerli, nicht wahr, Schätzchen«, sagt mein Vater.

»Ja, ja, ein richtig feines Lecker-Schleckerli«, sagt meine Mutter.

Ich beobachte sie und durchforsche mein bewußtes und unbewußtes Erinnerungsvermögen danach, wann sie jemals mit mir so geredet haben.

Je länger ich am anderen Ende des Landes lebe, desto besser scheinen meine Mutter und ich miteinander klarzukommen. Es ist zum Teil ein Kompromiß auf beiden Seiten: Ich werde nicht jedesmal wütend, wenn meine Mutter für mich einen Ann-Taylor-Faltenrock kauft, und meine Mutter wird nicht wütend, wenn ich ihn nicht trage. Wir hatten einen schlimmen Streit vor einigen Jahren an Weihnachten, als meine Mutter sich mitten in der Nacht in mein Zimmer schlich, einen weiten, handbemalten Baumwollrock, den ich über alles liebte, in der Taille etwas enger nähte und ihn dann in heißem Wasser wusch, damit er noch mehr einlief.

»Wieso kannst mich nicht einfach so akzeptieren, wie ich bin?« jammerte ich, bevor mir einfiel, daß ich mich in dem Haus befand, in dem es keine negativen Gefühle gab.

»Ich tue das doch nur, weil ich dich liebe, Kleines«, sagte meine Mutter, und ich wußte nicht nur, daß das stimmte, sondern auch, daß ich meine Mutter ebenso liebte, daß wir zwei Menschen waren, die dringend geliebt werden wollten, und die Tatsache, daß wir einander liebten, eines von den kleinen Wundern des Lebens war. Wir ersparten zwei anderen Menschen schrecklich viel Mühe.

Wenn ich zu Hause in Kalifornien bin, kommuniziere ich nicht sehr viel mit meinen Eltern. Ich führe ein Leben, das sie sich nicht vorstellen können, ein Leben, das gegen alle Regeln verstößt, die ihrer Meinung nach für Ordnung in der Welt sorgen. Ich bin mit knapper Not dem entkommen, was meine Eltern als Realität bezeichnen, und sollte ich je versuchen, die beiden Welten zusammenzubringen, wird mich der Aufprall zerbersten lassen wie ein Bonbonglas, und meine Hoffnung und mein Humor werden herausfallen und in alle Richtungen zerstreut werden.

Eines Samstag abends sind Leo und ich noch lange nach Einbruch der Dunkelheit im Garten und pflanzen Tomaten im Licht eines Dreiviertelmondes, als ich plötzlich eine winzige Explosion tief im Innern meines Körpers verspüre, nicht direkt Schmerz, auch keine Freude, aber eine jähe melancholische Erleichterung.

»Irgendwas ist passiert«, sage ich zu Leo, obwohl das alles ist, was ich ihm sagen kann. Er wischt sich die Erde von den Händen und setzt sich neben mich, und wir sitzen eine ganze Weile in der umgegrabenen Erde, bevor wir ins Haus gehen und uns was zu essen machen.

Als am nächsten Morgen das Telefon klingelt, so früh, daß

der Anrufbeantworter anspringt, ehe Leo – der direkt daneben auf der Couch schläft – den Hörer abnehmen kann, und ich meinen Vater einmal meinen Namen sagen höre, mit irgend etwas in der Stimme, das ich bei ihm noch nie gehört habe, nicht unbedingt Trauer, sondern eher Panik, weiß ich, daß meine Mutter tot ist.

Ich höre Leo sagen: »Sie ruft gleich zurück«, höre, wie er nur eine Sekunde verharrt, bevor er in mein Schlafzimmer kommt, sehe, wie er meine beiden Hände nimmt und dann tief Luft holt.

»Was Schlimmes?« sage ich und schüttele dabei den Kopf wie ein Opfer in einem Fernsehfilm, in meiner Stimme bereits das ungewohnte Flehen eines mutterlosen Kindes.

Später am Tag werde ich erfahren, daß meine Mutter meinen Vater irgendwann in der Nacht weckte, um ihn zu fragen, wie es sich anfühlte, als er seinen Herzinfarkt hatte, und er schilderte es ihr in allen Einzelheiten, und sie sagte: »Bei mir ist es anders«, und er bot ihr an, sie ins Krankenhaus zu bringen, und sie lehnte ab.

Doch jetzt sitze ich in meinem Bett, während die Sonne durch das Oberlicht fällt, und Leo hält meine Hände, und vor mir ersteht ein Bild meiner Mutter wie aus einem Nachrichtenbericht aus Somalia, mit eingefallenen Wangen, die Augen tief in den Höhlen, drei ausgestreckte Finger an einer knochigen Hand.

Meine Mutter hatte an dem Morgen einen Zahnarzttermin, und mein Vater versuchte mehrmals, sie zu wecken, im Abstand von einigen Minuten – Minuten, in denen die Panik in ihm allmählich gewachsen sein muß, bis schließlich die Erkenntnis wie eine dunkle Woge langsam über ihm hereinbrach.

Am Telefon sagt er: »Ich frage die Rettungssanitäter dauernd, warum sie nicht eines von diesen Geräten herbringen können.« Seine Stimme verliert sich in Schluchzen. »Ich sage dauernd, wieso können sie es nicht so machen wie im Fernsehen?«

»Sie hat keine Schmerzen gehabt«, sage ich zu ihm, »und sie hat keine Angst gehabt.«

»Und jetzt wollen sie sie wegbringen«, sagt er. »Soll ich zulassen, daß sie sie wegbringen?«

»Ich komme, sobald ich einen Flug kriege«, sage ich zu ihm. »Sei tapfer.«

»Hier ist eine Frau, die mit dir sprechen will, vom Bestattungsinstitut. Ich weiß irgendwie keine Antwort auf ihre Fragen.«

Ich höre ein lautes Rascheln, und eine Frau, deren Stimme ich noch nie gehört habe, spricht mir sachlich ihre aufrichtige Anteilnahme aus.

»Es war der Wunsch Ihrer Mutter, eingeäschert zu werden«, fährt die Stimme fort, »aber wir haben hier ein wenig Mühe, den Tatsachen ins Auge zu sehen, wenn Sie verstehen, was ich meine.«

»Wir?« frage ich.

»Ihr Vater kann sich nicht entscheiden, ob mit der Einäscherung gewartet werden soll, bis Sie Gelegenheit hatten, den Leichnam noch einmal zu sehen. Ehrlich gesagt, ich denke, er ist noch gar nicht bereit, die Einäscherung zu akzeptieren.«

»Bereit«, sage ich.

»Verstehen Sie, letzten Endes ist es eine Geldfrage.«

Ich richte den Blick auf Leo, der jetzt im Garten ist. Er hat den Rasenmäher angeschmissen und schiebt ihn jetzt mit bloßem Oberkörper in immer kleineren Quadraten über das Gras, bis er in der Mitte angekommen ist.

»Wenn wir heute nicht einäschern, müssen wir einbalsamieren, was natürlich letztendlich Verschwendung ist.«

Ich zähle die kleinen Maisstengel, die schon zum Vorschein gekommen sind: siebenundzwanzig aus vierzig Samenkörnern, ein guter Schnitt.

»Andererseits haben Sie nur eine einzige Chance, die richtige Entscheidung zu treffen.«

»Ich denke, sie hätte nicht gewollt, daß irgend jemand sie sieht, nicht mal ich«, sage ich, vielleicht zu mir selbst, vielleicht laut. Ich will nur noch zurück ins Bett, warten, daß Leo mir meinen Kaffee bringt, und meinen Tag im Garten neu planen. Ich denke an die Radieschen, die bereits reif für die Ernte sind, und an den Spinat, der schießen wird, wenn ich ihn nicht in den nächsten Tagen pflücke.

»Aber bei der derzeitigen Hitze«, sagt die Stimme weiter, »spielt die Zeit eine entscheidende Rolle. Der Leichnam hat sich schon verfärbt, und wenn wir heute nicht einbalsamieren …«

»Kommt sie Ihnen auffällig dünn vor?« Die Frage rutscht mir so heraus.

Ich kann nicht weg, denke ich plötzlich, ohne vorher die restlichen Tomaten zu pflanzen.

»Äschern Sie sie ein«, sage ich. »Ich kann erst morgen dasein.«

»Sie werden sie wegbringen«, sage ich zu meinem Vater. »Aber das ist in Ordnung. Wir müssen tun, was ihr Wunsch gewesen ist.«

»Kommst du?«

»Ja«, sage ich, »bald. Ich hab dich lieb«, sage ich, probiere die Worte zum erstenmal, seit ich fünf war, an meinem Vater aus.

Ich höre einen gedämpften, erstickten Laut, und dann ist die Leitung tot.

Ich lege den Hörer auf und gehe hinaus in den Garten. Ich sage zu Leo: »Ich glaube, ich bin im Begriff, für meinen Vater eine Bedeutung zu bekommen.«

Nachdem ich ein Leben lang mein Elternhaus mit beklommenen Gefühlen besucht habe, betrete ich nun so beklommen wie eh und je ein Haus, das, so mache ich mir bewußt, nur noch meinem Vater beherbergt. Ich höre Strauß, den »Kaiserwalzer« oder vielleicht »Delirien«, aus dem Arbeitszimmer meines Vaters klingen.

Die Katze watschelt auf mich zu, schreit nach Futter. Wann immer jemand ins Haus kommt, bringt er für Suzette einen Leckerbissen mit.

»Ich dachte, Katzen laufen weg, wenn jemand stirbt«, sage ich zu niemandem.

»Laufen?« würde Leo sagen, wenn er hier wäre. »Die?«

Mein Vater kommt aus dem Arbeitszimmer, wirkt vor allem durcheinander. Wir umarmen uns wie Leute, die Lesebrillen an einer Kordel um den Hals tragen, steif und ohne uns wirklich nahe zu kommen.

»Sieh doch bloß, was sie alles gemacht hat, Lucille«, sagt mein Vater, als wir uns voneinander lösen, und macht eine ausladende Geste, die das ganze Wohnzimmer umfaßt, »all die Sachen hier.« Und er hat recht, meine Mutter ist im Raum, ohne dazusein, die geblümten Schonbezüge, die sie mit großem Geschick selbst gemacht hat, ihr skurriler Kunstgeschmack, ihre riesigen, empfindlichen Farne.

»Ich habe dem Geistlichen gesagt, du würdest im Gottesdienst eine Rede halten«, sagt mein Vater. »Sie hätte das gewollt. Sie hätte gewollt, daß du etwas Nettes über sie sagst. Sie hat gesagt, du hättest das im wirklichen Leben nie getan.«

»Das wird einfach sein«, sage ich.

»Natürlich«, sagt er leise. »Sie war die wunderbarste Frau der Welt.« Er fängt wieder an zu schluchzen, lebensgroße Tränen fallen auf die Katze, die, geduldig wie Buddha, zu seinen Füßen sitzt.

In der Nacht vor der Trauerfeier träume ich, daß ich mit meiner Mutter und meinem Vater im Wohnzimmer sitze. Meine Mutter trägt mein Lieblingskleid, eins, das sie schon Jahre zuvor weggegeben hat. Die Möbel sind die gemütlicheren aus meiner Kindheit, meine Lieblingsspielsachen liegen im Zimmer verstreut. Es ist, als wäre alles im Traum so arrangiert worden, daß ich mich sicher fühle. Ein Korb voller Gemüse schmückt den Tisch, unberührt.

»Ich dachte, du wärst tot«, sage ich zu meiner Mutter.

»Bin ich auch«, sagt meine Mutter, legt die Füße übereinander und faltet die Hände im Schoß, »aber ich bleibe, bis ihr es ohne mich aushaltet, bis ich weiß, daß ihr beide klarkommt.« Sie streicht sich die Haare glatt und lächelt. »Dann löse ich mich einfach in Luft auf.«

Es ist der erste in einer Reihe von Träumen, die mich über Jahre begleiten, meine Mutter, die sich auflöst, bis sie so durchscheinend ist wie ein dünnes Blatt Papier, bis ich schreie: »Nein, ich bin noch nicht soweit«, und meine Mutter nimmt wieder feste Form an, direkt vor meinen Augen.

Am Morgen der Trauerfeier kann ich nur ans Kochen denken, und so gehe ich rüber zum Markt, um Speck und Eier und Buttermilchbrötchen zu besorgen, und als ich wiederkomme, räume ich das schmutzige Geschirr, das sich schon stapelt, in die Spülmaschine.

»Ich habe festgestellt, daß die Gläser voller Wasser sind, wenn man sie richtig herum in die Spülmaschine stellt«, sagt mein Vater.

Ich entschuldige mich, schließe die Badezimmertür hinter mir und breche in Tränen aus.

Ich brate Eier mit Speck und backe Brötchen auf und rühre Bratensoße an, als ginge es um mein Leben. Mein Vater gibt mindestens die Hälfte seines Frühstücks an die Katze, die nun offensichtlich direkt auf dem Eßtisch liegen darf, den Kopf am Tellerrand.

Wir reden über die Veränderungen, die jetzt auf ihn zukommen, daß er sich eine Mikrowelle kaufen soll, daß er sich eine Haushaltshilfe besorgen soll, die einmal die Woche kommt. Ich sage, daß ich ihn zu seinem Geburtstag im nächsten Monat im Osten besuche, ihn im nächsten Winter in den Westen einlade. Wir sprechen über die letzte Reise, die wir drei zusammen gemacht haben, nach Florida. Ob ich mich daran erinnere, will er wissen, daß es, wie durch Zauberei, nur abends regnete, ob ich mich daran erinnere, wie wir das Kreuzworträtsel gemacht haben, wir drei zusammen? Und obwohl ich mich nicht erinnere, bestätige ich es. Wir sprechen über meine Mutter, Worte kommen aus dem Mund meines Vaters, die mich an den Himmel glauben lassen, und ich wünsche mir sehnlichst, daß meine Mutter sie hören kann. Schließlich, und erst nachdem wir über alles andere gesprochen haben, reden mein Vater und ich über Sport.

Vor der Trauerfeier findet etwas statt, das der Geistliche als die »Bestattung der Asche« bezeichnet. Mein Vater und ich haben jeder so seine eigene Vorstellung davon, was der Ausdruck bedeutet. Ich stelle mir einen handgeformten Topf vor, der neben einem Brunnen steht; mein Vater, der noch immer dem Beerdigungsgedanken verhaftet ist, denkt an eine große Marmorgruft, die für die Zeremonie geöffnet und anschließend wieder zuzementiert wird.

Doch in Wirklichkeit hebt der Geistliche in einer entlegenen Ecke des Kirchgartens ein knapp zehn Quadratzentimeter großes, efeubewachsenes Stück Boden aus, gräbt ein paar Zentimeter tief und streut kaum mehr als einen gut gehäuften Eßlöffel Asche hinein. Ich spüre, wie mein Vater sich über meine Schulter beugt, während ich mich ebenfalls vorbeuge, um in das Loch zu sehen. Ungeachtet aller physikalischen Gesetze, die ich je gelernt habe: Auf die winzige Menge Asche bin ich nicht gefaßt, ein ganzes menschliches Wesen, so leicht, daß es vom Wind hochgehoben und verweht werden könnte.

Da bricht die Sonne durch die Wolken, und der Geistliche lächelt, als wäre das Timing mit seinem Gott abgesprochen, und er ergreift die Gelegenheit, das Loch mit Erde aufzufüllen und den Efeu säuberlich wieder an Ort und Stelle zu setzen.

Später, im Pfarrhaus, sagt mein Vater zu dem Geistlichen: »Dann ließen sich ja eigentlich in diesem Garten unzählige Menschen einäschern und be–statten.« Bei dem Wort wird seine Stimme dunkel.

»O ja, ich schätze über sechzig-, achtzigtausend«, antwortet der Geistliche mit einem Lächeln, das ich nicht deuten kann.

Mein Vater hat wieder diesen verwirrten Ausdruck im

Gesicht, den Ausdruck eines Mannes, der nie damit gerechnet hätte, daß er einmal all die Dinge bereuen muß, die er nicht gesagt hat. Ich ziehe sacht an seiner Hand, und er läßt es zu, und wir gehen Hand in Hand zum Wagen.

Nach dem Empfang zu Hause, nachdem alle Trauergäste gegangen sind, legt mein Vater wieder Strauß auf, diesmal »Geschichten aus dem Wienerwald«.

Die Gäste haben so viel zu Essen mitgebracht, daß es mir vorkommt, als wollten sie damit irgend etwas zum Ausdruck bringen. Ich gehe mechanisch die Speisen durch und überlege, welche ich in den Kühlschrank stellen, welche ich einfrieren soll.

Es hat angefangen zu regnen, große, harte Sommerregentropfen, die den Boden durchtränken und meine Mutter, wie mir fast beglückend klar wird, wieder in Erde verwandeln, in Efeunahrung, in Staub. Ich sehe zu, wie mein Vater eine Weile im Wohnzimmer herumschlendert, ziellos, sehe ein Lächeln über seine Lippen huschen, vielleicht weil es regnet, und dann ersterben.

»Hör dir diese Passage an, Lucille«, sagt er zu mir. »Ist es möglich, daß die Musik im Himmel noch besser ist?«

Jedesmal, wenn mein Vater auf diese neue Weise mit mir spricht, summt irgend etwas in meiner Brust, eine kleine Energieexplosion, die mich blitzartig erhellt, mich mit neuem Mut erfüllt. Es ist ein Gefühl, so erkenne ich, mit einem leisen Hauch von Verunsicherung, fast so, wie wenn man sich verliebt.

»Es hätte ihr gefallen, die Dinge zu hören, die du über sie gesagt hast«, sagt mein Vater.

»Ja«, sage ich. »Es hätte ihr auch gefallen zu hören, was du gesagt hast.«

»Vielleicht hat sie es ja gehört«, sagt er, » ... irgendwo.«

»Vielleicht«, sage ich.

»Wenn es einen Gott gibt ...«, sagt er, und ich warte, daß er den Satz beendet, aber er verliert plötzlich den Faden, als die Platte zu dem Walzer »Accelerationen« wechselt.

»Ich hab dich so lieb«, sagt mein Vater plötzlich, und ich drehe mich um, überrascht, um ihn anzublicken.

Aber er hat die Katze hoch und schwer über den Kopf gehoben, und er und die Katze fangen an, sich im Dreivierteltakt der Musik zu drehen. Er hält die linke Pfote der Katze in einer Hand, stützt ihr Gewicht, alle ihre weichen Rollen, mit der anderen, reibt im Rhythmus der Musik mit der Nase über ihre Kaffeefleck-Schnauze, bis sie ein gurgelndes Geräusch in der Kehle macht und zu fauchen droht. Er zieht den Kopf weg und wirbelt weiter herum, schneller und immer schneller, die Musik schwillt an, und beide drehen sich in immer größer werdenden Kreisen um die geblümten Möbel meiner Mutter, unter den zarten Farnen meiner Mutter.

»Eins zwei drei, eins zwei drei, eins zwei drei«, sagt mein Vater, als der Walzer sein volles Crescendo erreicht. Die Katze scheint sich beim Klang der Musik ein wenig zu entspannen, und jetzt wirft sie den Kopf zurück in die Kreiselbewegung, als würde sie bereitwillig das Gewicht dieser neuen Liebe akzeptieren, mit der sie von diesem Tag an überschüttet werden wird.

Drei Lektionen in Amazonas-Biologie

Der Fluß

ICH GEBE ZU, DASS ICH MICH FÜR ECUADOR WEGEN SEINER Symbolhaftigkeit entschieden habe. Ich wollte ein Land, wo man sich auf die Dinge verlassen kann: zwölf Stunden Dunkelheit, zwölf Stunden Licht. Es war am Ende des Jahres, zwei Wochen vor meinem dreiunddreißigsten Geburtstag, das Alter, in dem sich mir, wie mein katholischer Freund Tony sagte, alles offenbaren würde. Zu den Höhepunkten meines zweiunddreißigsten Lebensjahres hatten drei zerbrochene Freundschaften gezählt, zwei Fotoaufträge, die sich als Ente herausstellten und ein Exliebhaber, der mir nachstellte und mich bedrohte. Ich platzte nicht gerade vor Neugier.

Gleichgewicht, dachte ich, Silvester am Äquator. Ich rief bei jeder Zeitschrift an, für die ich mal gearbeitet hatte, bis mir die Reise bezahlt wurde.

Mein Führer hieß Renato, und er war auch Katholik, lieb und ernsthaft, eine eingebeulte Pittsburgh-Pirates-Cap auf dem Kopf, frisch von der Reiseführerschule und auf der Suche nach Pflanzen, die er bestimmen wollte, nach seltenen Schmetterlingen, tropischen Vögeln.

Als erstes führte er mich zum Cayambe, 5796 Meter über dem Meeresspiegel, der Gipfel mitten auf dem Äquator und stets mit Eis und Schnee bedeckt.

»Das ist der höchste Punkt der Erde entlang des Äquators«, sagte Renato, »und der einzige Ort auf der Welt, wo der Breitengrad und die Temperatur gleichzeitig null Grad erreichen.«

Ich nahm den Cayambe ins Visier meiner Kamera. Renato und ich würden prächtig miteinander auskommen.

Renato sagte, er werde mit mir an die Nordküste fahren, um mir die Überreste der alten Kultur Agua Blanca zu zeigen, auf die Isla de la Plata, um mir die blaufüßigen Tölpel zu zeigen, zu den Nebelwäldern unweit von Mindo, um mir die Atta-Ameisen zu zeigen, die es dort zu Hunderttausenden gab und die grundsätzlich ein Stück von einem Blatt wie einen Sonnenschirm über dem Kopf tragen.

Ich sagte zu ihm, ich wollte das Amazonasbecken sehen, wollte sein dunkles Wasser unter mir spüren, weil es mir vielleicht etwas zu sagen hatte, was ich wissen mußte.

»Der Dschungel ist ein magischer Ort«, sagte Renato, »wie ein Tempel. Die Fahrt wäre Verschwendung, wenn wir sie zu früh machen.«

»Es ist nie zu früh«, sagte ich. »Nicht für mich.«

»Von Ihrem Amerika aus direkt in den Dschungel zu gehen«, sagte er, »ist so, als würde man aus dem hellsten Sonnenlicht in die dunkelste Höhle gehen. Wenn man sich nicht die Zeit nimmt, die Augen an die Dunkelheit zu gewöhnen, spielt es keine Rolle, was die Höhle in sich birgt, man wird es niemals sehen.«

Die Flüsse waren einmal mein Element gewesen, die Flüsse des Colorado-Plateaus, die durch die Sawatch Range und die San-Juan-Berge schäumten, die Wüsten aus Sandsteinfelsen und Sand durchschnitten. Aber vor mehr als einem Jahr hatte ich meine Ruder an den Nagel gehängt und war in die große Stadt am Ozean gezogen, hatte mir gesagt, *Wasser ist Wasser*, als ich in Richtung Küste fuhr. Ich tauschte meine Schwimmweste gegen Halogensensorenlampen und einen elektrischen Garagentüröffner ein, sagte mir, daß eine Lebensgeschichte so gut wie die nächste sei.

Ich dachte, wenn ich oft genug in Kunstmuseen und jugendfreie Filme ginge, würde ich irgendwann nicht mehr an das Geräusch denken, das der Fluß macht, wenn ein heißer Junitag einen halben Meter Schnee von den höchsten Gipfeln nach unten transportiert und ich in meinem Schlafsack am Ufer liege und den rollenden Felsbrocken lausche.

Ich hatte gehört, daß die Männer in der Stadt seien, daß ich jemanden finden könnte, der Bücher liest und mit Gewürzen kocht und nicht seine ganze Leidenschaft für schwierige Stromschnellen, enge Schluchten und Wasserfälle aufspart. Was ich allerdings fand, war der gleiche Mann mit anderen Ausflüchten und genug Erbitterung in sich, um mich in die Knie zu zwingen.

Danach hatte ich der ganzen Spezies abgeschworen, zumindest so lange, bis ich wußte, wie man einen Besseren fand. Als ich nach Ecuador aufbrach, hatte ich sechs Monate lang nicht annähernd so etwas wie ein Rendezvous gehabt.

Ich hatte die fixe Idee, nun zum erstenmal nach Hause zu kommen, zu dem größten Flußsystem überhaupt, mächtiger als alle Flüsse des Colorado-Plateaus, ein Fluß, so voll mit Leben, wie der Colorado leblos war, so träge, wie der Colorado wild war. Ich wollte mich erinnern, wie es war, einen Fluß hinunterzutreiben, der mich nicht verschlingen wollte. Ich wollte feststellen, ob Vater Fluß mich, nachdem ich ein Jahr lang mit Gezeitentümpeln und Wellenbrechern geflirtet hatte, wieder aufnehmen würde.

»Zuerst«, sagte Renato, »bringe ich Sie zum Fluß des Reichtums, Aguarico, der in den Napo fließt, den Curaray aufnimmt und dann zum Amazonas wird, den man auf der Karte sieht. Aber Sie müssen verstehen, das alles ist der Amazonas, genauso, wie jeder Teil der Kuh Rindfleisch ist.«

»Das verstehe ich gut«, sagte ich. »Ich habe Ihnen ja gesagt, ich kenne mich mit Flüssen aus.«

»Ich werde Sie zum Lagarto führen«, sagte er, »nach Imuya, wo die Brüllaffen leben.« Er befingerte den Schirm seiner Baseballmütze. »Ich bringe Sie«, sagte er, »zum Filet Mignon.«

Aber zuerst fuhren wir zum Ozean, in eine Stadt namens Puerto Lopez, wo wir zum Mittag- und Abendessen rohe

Fischhappen aßen und in fensterlosen Zimmern über der Spondylous Bar schliefen. Wir tranken krügeweise Caipirinha, hergestellt aus Wodka, Zucker und Limonen, und lauschten der Musik von Eros Ramazotti und Franco de Vida auf alten Vinylplatten. Renato brachte mir bei, wie man Salsa, Cumbia und Ballinato tanzt, und wenn die Musik es zuließ, was nicht oft der Fall war, zeigte ich ihm den Country-Swing.

Die Bar wurde von drei Kolumbianern geführt – Alberto, Abel und Jimez –, drei von Peter Pans verlorenen Jungen, die die ganze Nacht mit den Frauen aus dem Ort tanzten und den ganzen Tag im Ozean schwammen. Ich war die erste Touristin seit Ende Oktober, und sie gaben sich unendliche Mühe, mir ihre Wertschätzung zu zeigen, dafür zu sorgen, daß ich mich wie zu Hause fühlte.

»Woodstock«, sagte Abel, der kein Wort Englisch sprach, und zog ein weiteres, ramponiertes Album unter der Theke hervor. »Eric Clapton, Crosby, Stills and Nash.« Er sprach jede Silbe wie in einem Kurs über englische Phonetik aus. »Janis Joplin«, sagte er. »Steppenwolf, Byrds.« Jimez tauschte meine Gürtelschnalle gegen sein Schnappmesser ein. Ich war die einzige, mit der Alberto tanzen durfte, abgesehen von seiner Frau.

»In Ecuador gibt es dreitausendachthundert Wirbeltiere«, sagte Renato nach unserem dritten Krug Caipirina, »eintausendfünfhundertfünfzig Vögel, vierhundert Reptilien, zweitausendfünfhundert Fische, über eine Million Insektenarten, fünfundzwanzigtausend Unterarten von Gefäßpflanzen.«

»Biologische Vielfalt«, sagte ich. »Kennen Sie den Begriff?«

»Natürlich«, sagte er und runzelte ein wenig die Stirn. Er sagte immer *natürlich*, wenn die Antwort nein war.

Am nächsten Tag fuhren wir mit dem Boot zur Isla de la Plata, um die Nester der blau- und rotfüßigen Tölpel anzusehen, das Flugverhalten der Fregattvögel und tropischen Vögel zu beobachten und eine Krabbe mit dem englischen Namen »Sally Lightfoot«, die gespenstisch über die felsigen

Wellenbrecher am Strand huschte und wie Jesus über die Wasseroberfläche rannte, wenn die Flut kam.

»Eine Frau wie Sie«, sagte Renato, »hübsch und klug. Warum kommen Sie nach Ecuador ohne ... jemanden?«

»Daß ich das nicht auf die Reihe kriege«, sagte ich, »ist schon fast unheimlich.« Ich sah, daß sich seine Stirn in Falten legte. »Verstehen Sie das Wort?«

»Natürlich«, sagte er.

Wir schauten zu, wie sich die stacheligen Seeigel in den Gezeitentümpeln hin und her bewegten.

»Im Amazonas gibt es eine winzige Welsart namens *candiru*, der direkt in den Penis eines Mannes hineinschwimmt und sich dort festsetzt, indem er spitze Stacheln aufrichtet.«

»Und Sie erzählen mir das ...«

»Um Sie zu amüsieren«, sagte er, »damit Sie etwas haben, das Sie allen schlechten Männern wünschen können.« Er zeigte mir ein Foto von einer dunkelhaarigen Frau mit einem Kind auf den Armen. »Jedenfalls«, sagte er, »amüsiert es meine Frau.«

»Sie ist hübsch«, sagte ich. »Auch das Kind.« Ich gab ihm das Foto zurück. »Dann kann ich also im Fluß schwimmen, ohne mir Sorgen machen zu müssen.«

»Ja«, sagte er. »Bis auf die Piranhas ... und die Elektrischen Aale, die eine Spannung von bis zu 600 Volt erzeugen können.«

»Sie können mir keine Angst vor dem Amazonas einjagen«, sagte ich. »Also versuchen Sie es erst gar nicht.«

»Ich möchte noch lieber dorthin als Sie«, sagte er. »Aber Sie dürfen nicht nur hübsche Fische und Seerosen erwarten. Es gibt dort Dinge, die Sie verletzen können, wie hier auch«, sagte er, und ein Stachelrochen sprang aus dem Wasser, als wollte er Renatos Worte untermauern.

»Wie überall«, sagte ich. »Es ist nicht das Paradies.«

»Da täuschen Sie sich«, sagte Renato. »Es *ist* das Paradies.« Er schüttelte den Kopf. »Erzählt man euch in eurem Amerika, daß das Paradies ein Ort ohne Schmerzen ist?«

»Heute abend«, sagte Renato, »hat Carmina etwas ganz Besonderes zum Essen für Sie.«

»Steak?« sagte ich, weil ich wußte, daß das seine Leib- und Magenspeise war.

»Nur in Ihrem Land, ißt man Steak am Ozean. Es ist besser als Steak. Warten Sie's ab.«

Wir waren von unserer Bootstour zurück, saßen auf der Veranda des einzigen Restaurants im Ort und schauten zu, wie Alberto und Abel mit Schlauchbooten ins Wasser liefen und sich von den kleinen Wellen zurück an den Strand treiben ließen, ihre Haut glänzend vom Salzwasser, die schwarzen Haare glatt am Kopf. Sie purzelten übereinander wie Tümmler, wie Seehunde, lachten wie im Meer geborene Geschöpfe.

»Sie sind amphibisch, die Jungs da«, sagte ich zu Renato. »Kennen Sie das Wort?«

»Natürlich«, sagte er.

»Wie der Riesenkaiman«, sagte ich und klappte die Arme zusammen wie ein Maul.

»Amphibisch«, sagte er, versuchte, das Wort für später in seinem Mund zu bewahren.

Die Sonne verharrte am Horizont, unsicher, ob sie untergehen sollte oder nicht. Abel lief den Strand hoch und formte mit den Händen ein Megaphon. »Blood Sweat and Tears«, rief er. »Procol Harum.«

Ich streckte den Daumen in die Höhe.

»In meinem Amerika«, sagte ich zu Renato, »gibt es im Sommer mehr Licht als im Winter. Die Tage sind jetzt kürzer als im Juni.«

Er blinzelte erst mich an und dann in die Sonne. »Ich glaube nicht, daß das möglich ist«, sagte er.

»Doch«, sagte ich. »In Alaska gibt es sogar eine Stadt namens Point Barrow, die so nahe am Nordpol liegt, daß die Sonne an einem Tag im November untergeht und erst im Februar wieder aufgeht.«

»Waren Sie schon einmal dort?« sagte er.

Ich schüttelte den Kopf.

»Dann können Sie nicht wissen, ob es so ist.«

»Ich weiß es aber«, sagte ich, »denn dort, wo ich lebe, ist das auch so, nur nicht so dramatisch. Im Sommer sind unsere Tage fünfzehn Stunden lang. Im Winter nur acht oder neun.«

»Nein«, sagte er und schüttelte stirnrunzelnd den Kopf. »Was Sie sagen, stimmt nicht.«

»Das habe ich nicht *erfunden*«, sagte ich. »Dafür gibt es Gründe ... Theorien.«

»Ich kenne diese Theorien nicht«, sagte er.

»Dann müssen Sie mir einfach glauben«, sagte ich zu ihm, »bis Sie hinfahren und sich selbst überzeugen.«

Carmitas Mann kam an den Tisch und stellte einen Teller vor uns hin, auf dem etwas lag, das sehr an ein Wesen aus einem Horrorfilm erinnerte. Ein krustiger brauner Körper ohne Kopf und mit einem Dutzend grauer, schwammartiger Beine, an deren Ende sich schwarzrote Klauen befanden.

»*Percebes*«, sagte er stolz. »Man braucht *cojónes*, um sie zu fangen. Kennen Sie das Wort *cojónes*?«

»O ja«, sagte ich.

»Es ist *mucho* gefährlich«, sagte er. »Die *percebes* leben dort, wo den ganzen Tag lang der Ozean gegen den Felsen kracht.« Er schlug sich mit der linken Hand fest auf die rechte Handfläche.

Als er zurück in die Küche gegangen war, nahm ich das Ding an der größten Klaue vom Teller, ließ den Körper und die übrigen Beine hinabbaumeln. »Das ist ein Test«, sagte ich, »um herauszufinden, ob ich bereit für den Amazonas bin.«

Renato lächelte. »Das ist kein Test. Das ist eine Delikatesse.«

»Okay«, sagte ich, »dann nehmen Sie den ersten Bissen.«

An unserem letzten Morgen in Puerto Lopez sah ich nach dem Aufwachen, daß der Balkon neben der Spondylous Bar mit Pappmachéköpfen übersät war. Es waren mindestens hundert, manche mit schwarzen Haaren, manche mit braunen, manche männlich, manche weiblich, manche mit rosa Haut, manche mit brauner Haut, manche mit Schnurrbart, manche mit Brille; eine ganze Stadt voller Menschen, am Hals abgeschnitten und, auf Holzpflöcke gesteckt, an das Balkongeländer genagelt.

Renato kam auf die Straße und sah mich Fotos machen.

»Silvester verbrennen die Ecuadorianer lebensgroße Puppen auf der Straße ... geliebte Menschen, die gestorben sind, Politiker, die versagt haben, Sportidole, die uns im Stich gelassen haben.«

Auf der Straße kam uns das größte Schwein, das ich je gesehen habe, entgegen.

»Es ist kein frohes neues Jahr wie in eurem Amerika«, sagte Renato. »Zu Silvester weinen wir. Am ersten Januar sind wir wieder froh.«

Das Schwein trottete direkt auf mich zu, rieb seine borstigen Haare an meinem nackten Bein.

»An Silvester sind wir in Quito«, sagte Renato. »Da werden Tausende von Puppen verbrannt, sogar George Bush, sogar Lorena Bobbitt.« Er kraulte das Schwein hinter den Ohren, und es machte ein Geräusch wie eine schnurrende Katze.

»Vielleicht«, sagte er, »sollten Sie für sich auch ein oder zwei Puppen machen.«

Auf dem Rückweg nach Quito hielten wir zuerst in Agua Blanca, wo Ausgrabungen in den Ruinen einer Kultur begonnen hatten, die im Jahre 500 ihre Blüte erlebte und deren Menschen, so Renato, in erster Linie in Erinnerung geblieben sind, weil sie versuchten, sich schöner zu machen, indem sie sich die Schädel verformten und die Zähne entfernten.

Von einem Jungen auf der Straße kaufte ich eine Halskette aus winzigen Tonfiguren, die Hälfte von ihnen schwanger, die andere Hälfte, lauter Männer, erregt.

Dann fuhren wir nach Mindo, und unser Wagen blieb am

Straßenrand im Schlamm des Nebelwaldes stecken. Renato machte sich mit der Schaufel ans Werk, und ich ging die zwei Meilen in die Stadt, wo ich eine *cerveza* mit den Jungs aus dem Ort trank, während der Wirt nachsehen ging, ob der einzige Laster in der Stadt ansprang. Schließlich zogen uns die Männer aus der Kneipe mit einem Ochsen, der so dünn war, daß sein Brustkasten wie eine Waffe aussah, aus dem Schlamm. Die Nacht verbrachten wir in der Hostería El Bijou für einen Dollar pro Person. Die Zimmer hatten Moskitonetze und ansonsten nicht viel mehr.

Ich beobachtete gerade im Kerzenlicht, wie die größte Spinne, die ich in meinem Leben je gesehen hatte, systematisch riesige Moskitos verschlang, als Renato an meine Tür klopfte.

»Wie ist Ihr Netz?« sagte er.

»Da kommt absolut nichts durch, das größer ist als ein kleiner Hund«, sagte ich, während ich den Kopf durch eines der größeren Löcher steckte und ihn anlächelte.

»Meins ist auch nicht besser«, sagte er, »sonst würde ich tauschen. Haben Sie mitbekommen, daß es kein Wasser gibt?«

»Zum Trinken?« sagte ich.

»Zum Trinken, für die Toilettenspülung, zum Händewaschen.« Er schloß halb die Tür: »Tut mir leid, Lucy«, sagte er. »Eigentlich sollten wir jetzt in Quito sein und Steaks essen und guten chilenischen Wein trinken.«

»Aber den verlorenen Tag hängen wir doch dran, oder?« sagte ich.

»Zwei Tage in Quito«, sagte er, »und der Amazonas gehört Ihnen.«

In Quito ging er mit mir zur Basilika, wo alle Wasserspeier Wassertiere darstellten: Schildkröten, Leguane, Delphine und Schlangen.

»Keine *percebes*«, sagte ich und zeigte auf die verzierten Stützpfeiler.

»Wie Sie sehen, ist die Kirche nicht fertig«, sagte er. »Anscheinend sind sie noch nicht dazu gekommen, den *percebes*-Turm zu bauen.«

In der Kirche war der Altar mit Korallen und Seesternen und Perlmutt geschmückt. Die Glocken perlten in lauten, schnellen Halbtönen, ein freundlicher Wasserfall, der das Meer erreichte.

»Für die Menschen meines Landes«, sagte Renato, »ist Wasser alles: Liebe, Leben, Religion ... sogar Gott.«

»Das ist es auch für mich«, sagte ich. »Wir nennen das eine Metapher.«

»Natürlich«, sagte Renato, »und Wasser ist die üppigste Metapher auf Erden.«

Vor meinem Fenster in der Innenstadt von Quito wurden Puppen verbrannt. Renato war um zehn Uhr abends nach Hause zu seiner Familie gegangen. Ich war zum erstenmal seit fast einer Woche allein.

»Frohes neues Jahr«, sagte ich, als Tony abnahm.

»Wo zum Teufel steckst du diesmal?« sagte er.

»Du mußt raten«, sagte ich, »aber ich geb dir ein paar gute Tips.«

Tony und ich waren seit Jahren befreundet, zwischendurch mal für ein kurzes Wochenende ein Liebespaar gewesen. Er war Triathlet, und er las Gedichte; meinen Freunden gegenüber nannte ich ihn den schönsten Mann der Welt.

»Australien«, sagte er nach zwei Tips; »Thailand«, sagte er nach einem dritten.

Er war Alkoholiker gewesen, hatte, lange bevor ich ihn kennenlernte, mit dem Trinken aufgehört; sein erster nüchterner Tag war auch mein Geburtstag: der 8. Januar. Er sagte mir einmal, Silvester sei der schwierigste Tag in seinem Kalender. Ich rief ihn jedes Jahr an, ganz gleich, wo ich gerade war.

Ecuador erriet er beim fünften Versuch; der Hinweis: *»Hier ist Tagundnachtgleiche, jeden Tag.«*

Er sagte: »Lucy, ich möchte, daß du mich auf dem Weg nach Hause in Ann Arbor besuchst. Wir waren noch nie zusammen, wenn wir beide Singles waren. Diesmal sollten wir uns treffen und mal sehen, was dabei rauskommt.«

Ich spürte, wie sich die vergangenen sechs einsamen Monate in meinem Kopf von einer Ewigkeit in einen Augenblick verwandelten. Ich zählte alles auf, worin sich Tony von den anderen unterschied.

»Es ist dein Tag, Engel, und meiner auch«, sagte er. »Ich möchte dir mein Haus zeigen, möchte, daß du meinen tollen neuen Hund kennenlernst. Laß uns ein bißchen nett zueinander sein, um das neue Jahr anzufangen. Also, Lucy, was meinst du?«

Die Entfernung summte in der Leitung zwischen uns. »Hast du gerade was von ›im Bett miteinander‹ gesagt?«

»Ja«, sagte Tony und lachte sein unbeschwertes Lachen. »Das auch.«

»Ich fahre morgen früh zum Amazonas«, sagte ich. »Könnte sein, daß ich meinen Flug nicht umbuchen kann.«

»Versuch's einfach«, sagte er. »Ich spüre es, Lucy, das könnte unser Jahr werden.«

Ich ging hinaus auf die Straße, wo Berge halbverbrannter Puppen und Abfall vor sich hin kokelten. Es war erst wenige Minuten nach zwölf, aber die Stadt war wie ausgestorben. Alle Ecuadorianer waren nach Hause gegangen, um im Kreise ihrer Familien festlich zu speisen. Jetzt waren nur noch die Ausländer auf der Straße, die Obdachlosen und ich.

Ein alte Frau in Lumpen gab mir etwas zu trinken, das wie verfaulte Pfirsiche schmeckte und wovon mir sofort schwindelig wurde. Ich warf den Pappbecher in eines der Feuer. Durch die Flammen sah ich eine andere Frau, die sich schluchzend die Seiten hielt.

Ich ging wieder auf mein Zimmer und rief die Fluggesellschaft an. Die Umbuchung kostete sechshundert Dollar.

Renato und ich rasten den ganzen Tag in einem Schnellboot den Río Aguarico hinunter, um zu einem Camp namens Zancudo – Moskito auf spanisch – zu kommen, das zudem ein Grenzstützpunkt der ecuadorianischen Armee war. Die peruanische Armee war am gegenüberliegenden Ufer stationiert, keine hundert Meter flußabwärts.

»Wenn wir nicht gerade Krieg mit Peru haben«, sagte Renato, »spielen wir sonntags mit ihnen Fußball. Aber zur Zeit haben wir Krieg, deshalb könnte es sein, daß Sie nachts Geschützfeuer hören.«

Er brachte mich zu meiner Hütte, vergewisserte sich, daß ich in der Dunkelheit zur Toilette fand.

»Wir haben eine inoffizielle Absprache mit den Peruanern, nicht auf die Touristenhütten zu zielen«, sagte er, »aber ich würde trotzdem nicht gerade auf der Pritsche am Fenster schlafen.«

Mitten in einem schönen Traum wurde ich von lauten, nahen Schüssen so jäh aus dem Schlaf gerissen, daß ich mich beinahe in meinem Moskitonetz erhängt hätte. Ich fiel auf den Boden und krabbelte unters Bett, zog das Netz mit mir nach unten. Es folgten noch fünf oder sechs Salven Geschützfeuer, dann war die Nacht wieder still.

Am nächsten Morgen fuhren wir in einem Kanu mit Außenbordmotor weiter den Aguarico hinunter und gelangten nach einer engen Linksbiegung auf den Lagarto, der kleiner und klarer war und die Farbe von dünnem Kaffee hatte. Alles andere, von den Flußufern bis hin zu dem Baldachin aus dichten Baumwipfeln, war von einem üppigen und undurchdringlichen Grün. Wir waren von Dschungelgeräuschen umgeben, der wilden Musik verrückter Vögel.

»Heute fahren wir zum Imuya-Camp«, sagte Renato. »Imuya bedeutet Ort der Brüllaffen in der Sprache der Menschen, die schon immer dort leben.«

»Werden wir welche sehen?« sagte ich.

»Wir werden heute alle möglichen Sorten von Affen sehen«, sagte Renato, »Klammeraffen, Wollaffen, Springaffen, Kapuzineraffen, Totenkopfäffchen, Tamarins, Krallenaffen, Dreifingerfaultiere. Die Brüllaffen kriegt niemand zu Gesicht.

Aber wenn sie brüllen, ist das aus fünf Meilen Entfernung zu hören.«

Wir sahen etwas Rosafarbenes direkt unter der Wasseroberfläche aufblitzen.

»Rosabäuchige Flußdelphine«, sagte Renato und stellte den Motor ab. »Wenn Sie wollen, können Sie mit ihnen schwimmen.«

Ein Delphin tauchte auf und drehte sich langsam um die eigene Achse. Die Haut auf seinem Rücken war braun mit einem Stich ins Rosa, die gleiche Farbe wie die Jungs aus der Spondylous Bar.

Ich ließ mich über den Bootsrand ins Wasser gleiten.

»Die sind scheu, wissen Sie«, sagte er. »Das ist nicht wie bei ...«

»Flipper«, sagte ich.

»Ja«, sagte er lachend, »stimmt.«

Das Wasser war warm und machte meine Haut schokoladenbraun. Die Delphine beschrieben große Bögen um mich, behielten mich aus einiger Entfernung im Auge.

Ich versuchte, ihre Sprünge zu imitieren, und Renato lachte lauter.

»Bleiben Sie vom Rand weg«, sagte er. »Da sind Kaimane, Lanzenschlangen, Mokassinschlangen ... habe ich Ihnen von den *candiru* erzählt?«

»Ja«, sagte ich, »und erzählen Sie's mir nicht noch einmal.«

Wir gingen über den zwei Meilen langen Plankenweg durch den schwimmenden Regenwald zum Imuya-See, trugen unsere Ausrüstung, unser Wasser, unsere Verpflegung. Der Dschungel um uns herum war dicht und grün und voller Geräusche, das reinste Orchester. Jedesmal wenn wir einen Schritt neben die Planken machten, dachte ich, *ich töte mindestens tausend verschiedene Spezies auf einmal*.

Als wir zum See kamen, warteten dort zwei Siona-Indianer auf uns, Rojillio und Lorenzo, in einem grob gefertigten Kanu, in Handarbeit aus einem einzigen tropischen Baum geschlagen. Renato hielt sich gerader und trug sein Gepäck ein wenig höher.

»Machen Sie von mir und Rojillio ein Foto«, sagte er, und ich tat es.

»Er ist ein kluger Mann«, sagte Renato. »Er hat jede Lektion des Flusses gelernt.«

Renato setzte sich ganz vorne ins Kanu, dann kam Lorenzo mit einem Paddel, dann ich. Rojillio saß ganz hinten und hielt das große Paddel, mit dem er steuerte. Rojillio sagte etwas in einer Sprache, die nicht ganz spanisch war. Lorenzo grinste, fing an zu lachen.

»Er sagt, in den letzten Tagen haben sie hier ganz in der Nähe einen Riesenkaiman gesehen«, sagte Renato. »Vier Meter lang. Er sagt, es könnte ein Weibchen sein, das Junge hat. Er sagt, wir dürfen es nicht wütend machen.«

Rojillio stieß dreimal einen kehligen Laut aus, ein tiefes, gutturales Quaken. Lorenzo kicherte wieder, aber diesmal leise, wie ein Lufthauch.

»Das ist das Geräusch, das Kaimanjunge machen«, sagte Renato.

Rojillio gab den Laut erneut von sich, doch bevor er ein drittes Mal quaken konnte, tauchte der Kopf des Riesenkaimans aus dem Wasser auf.

»Da«, sagte Lorenzo auf englisch, das erste englische Wort, das er sprach.

Sobald ich den Kaiman im Sucher hatte, machte ich zwei Aufnahmen. Das Weibchen kam langsam auf uns zu, von vorn, ohne auch nur die kleinste Welle im Wasser zu erzeugen, den Blick, so schien es, allein auf Renato gerichtet.

Der Kaiman kam näher und näher, bis ich den Zoom zurückdrehen mußte, damit ich nicht nur sein Auge im Bild hatte.

Ich drehte, so weit ich konnte, begriff in dem Sekundenbruchteil, daß die Entfernung im Objektiv mit der Realität übereinstimmte, ließ meine Kamera gerade noch rechtzeitig auf die Brust fallen, um zu sehen, wie der Kaiman sich aufbäumte und aus dem Wasser schoß, katapultiert von dem

Muskel, der sein Schwanz war, schneller, als ich für möglich gehalten hätte, und geräuschlos. Die beiden Vorderbeine und knapp zweieinhalb Meter seines vier Meter langen Körpers waren jetzt vorne im Kanu, und der Kaiman schnappte mit seinem fast einen Meter langen Maul nach Renato.

Rojillio brüllte einen Befehl, der in jeder Sprache nur eine Bedeutung haben konnte: »Nicht ins Wasser fallen«, und Renato machte eine Drehung um Lorenzo, weit übers Wasser gelehnt, aber nicht ganz drin, eleganter als ein Stürmer, der, die Torlinie vor Augen, einen weiten Paß erhält.

Der Kaiman reckte den Hals nach Lorenzo und Renato, die jetzt mehr oder weniger auf meinem Schoß saßen, und wir verlagerten unser Gewicht, damit das Boot nicht vornüberkippte, bis der Kaiman den Balanceakt leid wurde und wieder ins Wasser glitt.

Sein Kopf blieb jedoch über dem Wasser, ein Auge auf mich gerichtet, so nahe, daß ich ihm den Kopf hätte kraulen können, ohne den Arm ganz auszustrecken.

Einige Minuten lang trieben wir so in der mittäglichen Totenstille von Imuya. Dann nahm Lorenzo sein Paddel und tauchte es so glatt ins Wasser wie einen Löffel in frische Schlagsahne, und stieß uns, ganz leicht, weg von dem Kaiman.

Wir hatten ihn etwa zwanzig Meter hinter uns gelassen, als Lorenzo und Rojillio in Lachen ausbrachen. Renato lächelte, aber ich konnte sehen, daß er noch immer heftig zitterte.

»In der Ausbildung zum Reiseführer«, sagte er, »haben sie uns beigebracht, daß Riesenkaimane nicht aggressiv sind.«

Später am Tag machte ich ein Foto von Renato, wie er den Kopf in das Maul eines Kaimanskeletts steckte, die größte Trophäe des Camps, nicht annähernd so groß wie der Kaiman, der unser Boot angegriffen hatte.

»Ich muß dauernd daran denken«, sagte Renato, »wie das wohl für meine Frau, meinen Sohn, meine Mutter wäre, wenn das vorhin schiefgegangen wäre.«

Er kratzte mit dem Fingernagel ein bißchen Schmutz von einem der Zähne des Kaimans ab. Ich starrte vom Anlegeplatz hinab ins dunkle Wasser, dann nach oben in das dichte grüne Dach über uns. Ein Baumfrosch fiel von einem Ast auf meinen hochgereckten Hals, und ich wischte ihn weg, ohne auch nur im geringsten aufzukreischen.

»Es muß auch seltsam für Sie sein«, sagte er. »Der Gedanke, daß niemand um Sie trauern würde.«

»Ganz so schlimm ist es auch wieder nicht«, sagte ich. »Ich habe doch Freunde.«

»Dennoch, allein sein ist unnatürlich. Sehen Sie sich um.« Er deutete auf die Bäume über uns, den See unter uns. »Im Dschungel gibt es kein einziges Tier, das keinen Partner hat.«

Ein Pärchen hellroter Aras flog miteinander schwatzend in Augenhöhe an uns vorbei.

»Wie machen Sie das bloß?« sagte ich. »Tanzen alle Tiere im Dschungel nach Ihrer Pfeife?«

»Nein«, sagte er, »umgekehrt.«

»Außerdem«, sagte ich, »einen Partner zu finden ist nicht das Problem; einen guten zu finden, damit hapert's bei mir. Schätze, ich bin etwas wählerischer als ein Ara.«

»Und wie kommen Sie darauf, daß das Araweibchen nicht wählerisch ist?« sagte er. »Nur weil es sich besser entscheiden kann als Sie?«

Irgend etwas Großes klatschte ins Wasser, und Renato zuckte stärker zusammen, als er wollte.

»Wieso haben Sie nicht aufgepaßt?« sagte er, berührte erst sein Auge, dann sein Ohrläppchen. »Wieso haben Ihre Flüsse Ihnen nicht beigebracht, wie man lebt?«

Ich dachte an die Flüsse, die ich in meinem Amerika zurückgelassen hatte, erinnerte mich an ihre goldenen Morgen, die zarte Überraschung eines Frostes im Hochsommer. Ich dachte an das Schimmern der Flüsse oberhalb der Wüste, wie Smaragdhalsketten, das einzige Grün über Hunderte von Meilen dürrer Bergkuppen und steiler Tafelfelsen, zerklüfteter Gesteinsformationen und Sand. Ich erinnerte mich, daß ich geglaubt hatte, daß mir ein flacher grüner Amazonas auf keinen Fall würde weh tun können. Ich hatte die erste Lektion vergessen, die ich auf dem Fluß gelernt hatte: Der Ort, der dich verletzbar macht, ist der Ort, der dich stark macht.

In diesem Augenblick hörten wir ein Geräusch, wie es der Wind macht, wenn er an einem eiskalten Wintertag in der Stadt durch einen Abflußkanal heult, obwohl die Temperatur in Imuya nur knapp unter 40 Grad liegen konnte. Es war das hohlste, das traurigste, das einsamste Geräusch, das ich je gehört hatte.

Renato deutete mit dem Kopf auf die Strickleiter, und wir kletterten hoch zu dem strohgedeckten Aussichtspunkt des Camps. Das Geräusch war dort oben lauter, aber die Bäume bewegten sich nicht. Selbst die Wipfel waren so ruhig wie der erste Atemzug der Morgendämmerung.

»Das sind die Brüllaffen«, sagte Renato, »die sind vier, vielleicht fünf Meilen flußaufwärts.«

»Das ist der Wind«, sagte ich. »Ein Tier könnte niemals so einen Ton machen.«

»Das sind die Affen«, sagte er, »und sie sind nicht größer als gutgenährte Papageien.« Er deutete mit den Händen ihre Größe an. »Ich hab Ihnen ja gesagt, daß der Dschungel ein magischer Ort ist.«

»Woher wollen Sie wissen, daß es nicht der Wind ist, wenn noch nie jemand die Affen gesehen hat?«

»Es ist wie bei Ihren drei Monaten, die es in Alaska Nacht ist«, sagte er. »Sie müssen mir einfach glauben.«

An meinem letzten Morgen fuhr Renato mich zum Flughafen, als die Sonne in Ecuador gerade aufging, wie immer genau um sechs Uhr.

»Mir ist richtig schwindelig von all den Dingen, die Sie mir gezeigt haben.«

»Es war mein Land, das Ihnen das alles gezeigt hat«, sagte er. »Ich hab nur den Wagen gefahren.«

Am Flughafen rückte er seine Mütze zurecht und stand kerzengerade da, fast wie ein salutierender Soldat.

»Ich habe das Gefühl, wir sind *compañeros* geworden.« Er grinste wie ein Junge. »Kennen Sie das Wort?«

»Natürlich«, sagte ich.

»Mehr als Freunde, weniger als Brüder. Es ist ...« Er schüttelte mir die Hand. »Fast unheimlich.«

»Ja«, sagte ich lächelnd, »in der Tat.«

»Wenn Sie mal wieder nach Ecuador kommen«, sagte er, »werden wir sehen, wieviel der Fluß Ihnen beigebracht hat.«

»Und wenn ich allein wiederkomme?« sagte ich.

»Dann werden wir Ihren Augen eben noch mehr Eingewöhnungszeit lassen.«

Die Lektionen

Die Reise nach Ann Arbor dauerte siebzehn Stunden, inklusive eines wahnsinnigen Sprints über den Parkplatz des Kennedy Airport, etlichen Enteisungen und fünfzehn Warteschleifen um Washington, D.C., herum. Tony war nicht am Gate, als ich am Detroit International Airport aus der Maschine stieg. Er war auch nicht an der Gepäckausgabe, auf dem Parkplatz, in seinem Büro, an seinem Handy.

Nach zwei Stunden rief ich meinen Freund Henry in Chicago an, weil er in der nächsten Zeitzone war und so gut wie den einzigen menschlichen Kontakt darstellte, den ich nach Mitternacht würde kriegen können.

»Du kommst eben aus einer anderen Hemisphäre«, sagte er. »Besorg dir ein hübsches Hotelzimmer und ruf mich morgen früh an.«

Ich telefonierte gerade mit dem Marriott Hotel, als Tony hereinkam.

»Tut mir leid«, sagte er. »Ich muß die Zeiten durcheinandergebracht haben.«

In Ann Arbor bewunderte ich seine neuen Möbel. Ich streichelte seinen hübschen jungen schwarzen Hund. Es war drei Uhr morgens in Michigan; in Quito, so wußte ich, ging jeden Moment die Sonne auf. Ich sagte: »Tony, ich muß ins Bett.«

»Wir müssen uns vorher noch ein wenig unterhalten«, sagte er, während er meine Hand tätschelte, als wäre ich eine alte Frau. »Tut mir leid, Lucy, aber ich habe jemanden kennengelernt.«

Meine Augen fühlten sich an wie im Innern eines Wäschetrockners. »Seit Freitag?« sagte ich. »In nur fünf Tagen?«

»Ja«, sagte er. »Vielleicht hätte ich dich anrufen sollen. Sie heißt Beth« – er ließ meine Hand los, als er das sagte. »Ich habe sie am Dienstag in einem Schaufenster gesehen, und bislang läuft es richtig gut mit uns.«

»Kein Problem«, sagte ich und meinte es auch so. »Die Couch hier reicht mir völlig.«

»Tja, das ist die zweite Sache«, sagte er. »Beth hat ein Problem damit, daß du hier bist. Ich denke, du solltest wissen, daß wir deshalb unseren ersten Streit hatten.«

»Tut mir leid, Tony«, sagte ich, »ich rühr mich hier nicht weg, bis ich nicht ein bißchen geschlafen habe.«

Als ich wach wurde, saß Tony auf der Couch und blickte auf mich hinab. Draußen vor dem Fenster war alles mit frischem Eis überzogen, das in der Sonne blendete.

»Ich glaube, ich habe mich gestern nacht nicht gerade toll verhalten«, sagte er.

»Ich habe geschlafen«, sagte ich. »Jetzt kannst du mich zum Flughafen bringen.«

»Das ist nicht nötig«, sagte er, während er seinen Hund streichelte. »Ich bin gestern nacht noch zu Beth gefahren und habe alles wieder ins Lot gebracht, und jetzt brennt sie darauf, dich kennenzulernen.«

»Morgen ist mein Geburtstag, Tony«, sagte ich, »und ich will nur noch nach Hause.«

Im Wagen, auf dem Weg zum Flughafen, sagte Tony: »Ich kann immer noch kehrtmachen.«

Ich blickte zum Fenster hinaus auf die gefrorenen Bäume,

die Äste so schwer von den Eiszapfen, daß sie zu brechen drohten.

»Ich würde wahrscheinlich genau das gleiche machen wie du«, sagte er. »Natürlich würde ich mich nachher wie ein Volltrottel fühlen.«

Lektion 1

»Von Chrysippusfaltern«, hatte Renato an unserem ersten Tag in Imuya gesagt, »müssen Blauhäher sich übergeben. Deshalb werden Chrysippusfalter auch nicht gefressen. Doch mit den Jahren, durch einen Prozeß, der nach dem Naturforscher Henry Bate als Batesche Tarnung bezeichnet wird, haben etliche andere Schmetterlingsarten gelernt, sich farblich dem Chrysippusfalter anzupassen, sobald ein Blauhäher in ihre Nähe kommt.«

»Problematisch wird es für einen Blauhäher dann«, sagte Renato weiter, »wenn er beim ersten Schmetterling, den er verspeist, auf so einen Schwindler reingefallen ist. Wenn der Blauhäher sich beim erstenmal nicht übergeben muß, weiß er für den Rest seines Lebens nicht, welche Schmetterlinge ungefährlich sind und von welchen ihm schlecht wird.«

Ich lehnte den Kopf gegen das kleine Fenster, während das Flugzeug wieder mal enteist wurde.

»Um wen es auch geht«, sagte eine Stimme über mir, »ich verwette meine Schneidezähne, daß er es nicht wert ist.« Sie war klein und schwarz und sexy, stopfte ihre Tasche ins Gepäckfach über mir, zog sich ihren Rock herunter und rückte ihre dreißig oder vierzig Goldringe zurecht.

»Ecuador«, sagte sie, mit Blick auf den Gepäckanhänger an meiner Bordtasche. »Da wollte ich schon immer mal hin.«

»Ich komme gerade daher«, sagte ich.

»Und der Typ«, sagte sie. »War der in Ecuador?«

»Nein«, sagte ich, »Ann Arbor.«

»Tja«, sagte sie, »entschuldigen Sie den Ausdruck, aber das Arschloch würd ich abhaken.«

Sie setzte sich neben mich, hielt mir ihre Hand hin. »Ich heiße Charisma«, sagte sie. »Wie heißen Sie?«

»Lucy«, sagte ich. »Lucy O'Rourke.«

»Ich möchte Sie was fragen, Lucy O'Rourke, wissen Sie, wohin ich fliege?«

»Oakland, schätze ich«, sagte ich, »wenn Sie in der richtigen Maschine sind.«

»Stimmt«, sagte sie. »Da wohnt mein Ex ... mein erster Ex ... weiß der Teufel, wo der zweite steckt ... aber der erste hat mich letzte Woche angerufen und gesagt: ›Charisma ... setz dich in den nächsten Flieger und komm her und bring einen leeren Koffer mit, wir gehen nämlich zum Shopping.‹ Genau danach, meine Liebe, muß man bei einem Mann suchen.«

Ein junger Mann von achtzehn oder neunzehn Jahren blieb neben uns im Gang stehen, hielt sein Ticket hoch, zuckte die Achseln, sagte zu Charisma: »Ich glaube, Sie sitzen auf meinem Platz.«

»Noch so eine Pfeife«, sagte sie zu mir und dann zu dem jungen Mann: »Das hier ist ein ganz großes Flugzeug, Schätzchen, ich bin sicher, du findest einen anderen Platz.«

Der junge Mann blieb einen Moment lang unschlüssig stehen, verlagerte sein Gewicht von vorn nach hinten und ging dann weiter.

Charisma sagte, sie sei Autorin und Malerin und sie habe einen Antiquitätenladen, den ihr dritter Mann für sie gekauft habe, und sie singe an Wochenenden in einem Club in Detroit, Blues und ein bißchen Jazz, obwohl mir nicht klar war, was von den Sachen sie für Geld tat.

»Schreiben Sie Romane?« sagte ich.

»Romane, Gott nein«, sagte sie. »Ich schaff es ja nicht mal, verheiratet zu bleiben.« Sie holte eine Nagelfeile, eine Schere, Politur und winzige goldene Sternchenaufkleber hervor.

»Jetzt erzählen Sie mir aber von Ecuador oder dem Mann in Ann Arbor«, sagte sie. »Das, was Ihnen mehr auf der Seele brennt.«

Als ich nach Hause kam, hatte ich auf dem Anrufbeantworter eine Nachricht von Steven, einem gelernten Zimmermann, der auf Massagetherapeut und Tantraexperte umgesattelt hatte und den ich im Sommer in Oakland im Café Roma kennengelernt hatte, wo ich meinen ersten Macchiatto trank und Freunde suchte. Zu der Zeit hatte Steven noch an der Trennung von einer Frau zu knacken, die, wie er sagte, so verklemmt war, daß sie nicht mal sagen konnte, wenn sie zum Klo mußte. Daß er zwei Jahre in Indien verbracht hatte, so sagte er, hatte sein Leben unwiderruflich verändert.

Er sagte, daß Steinböcke, wenn sie sich nur auf ihre Ziegennatur besinnen würden, die erfolgreichsten Menschen auf Erden sein könnten. Er sagte, Merkur komme bald aus der retrograden Bahn, und das werde sämtliche Probleme lösen.

Seit damals hatte ich nichts mehr von Steven gehört, aber er hatte meinen Geburtstag nicht vergessen und angerufen, um mit mir auszugehen. Ich sah auf den Stapel Rechnungen und den leeren Kühlschrank, ging duschen und rief ihn an.

Er lud mich zum Sushi-Essen ein, sagte, Sushi sei Kunst, Nahrung in ihrer reinsten Form, weil sie roh sei. Ich trank soviel Sake, daß ich sogar die Eier der Fliegenden Fische runterkriegte, sogar die Shrimpsköpfe. Er sagte, Sake habe kein schlechtes Karma, solange man ihn aus dem Karton trinke.

Später, in meiner Wohnung, jeder auf einer Seite der Couch, schenkte er mir einen Gutschein für fünf kostenlose Massagen. Er erzählte mir von seiner Familie, seinen mormonischen Wurzeln, den Jahren, die er auf Hawaii gelebt hatte, und daß er und seine zweite Frau Sex zu einer solchen Kunstform entwickelt hatten, daß die Nachbarn manchmal vorbeikamen, um zuzuschauen.

Dann sagte er: »Ich würde dir gern einen dicken Geburtstagskuß geben.«

»Das wäre schön«, sagte ich.

Als wir fertig waren, sagte er: »Der war ein bißchen dicker, als ich erwartet habe.«

»Oh«, sagte ich, »tut mir leid.«

Dann sagte er: »Sag mal, Lucy, hast du schon mal daran gedacht, mit mir zu schlafen?«

»Nein«, sagte ich, weil es stimmte, und ich sagte ihm nicht, was auch noch stimmte, daß ich nämlich seit dem Tag im Café Roma keinen Gedanken mehr an ihn verschwendet hatte.

»Vielleicht«, sagte er, »könntest du jetzt darüber nachdenken.«

Ich spielte mit dem Gutscheinheftchen und versuchte, es mir vorzustellen; ich dachte an seine hawaiischen Nachbarn und daß ich nicht mal wußte, was Tantra war.

»Nun«, sagte ich, »es war ein schöner Abend ... und ich habe das Gefühl, daß wir Freunde werden, und wie man so sagt, ist das eine gute Voraussetzung für Sex ...« Seine Augen wollten meine nicht loslassen. Er nickte, als hoffte er, ich würde mehr sagen. »Ich habe tatsächlich so etwas wie eine Vorliebe für Männer, die etwas bauen können«, sagte ich, »und ich weiß, daß du das kannst, auch wenn du es nicht mehr tust.«

»Aber ich könnte ...«, sagte er, »wenn wir zusammen wären und es etwas gäbe, das du wolltest.«

»Also, ich denke«, sagte ich, »es könnte schön sein, zumal ich Geburtstag habe und so.«

Steven hob seine Hand von der Stelle, auf die sie gefallen war, zwischen unseren Knien. Ich zählte dreißig Sekunden ab, in denen wir schwiegen.

»Und meinst du denn«, sagte ich schließlich, »wir könnten zusammensein?«

»Also ehrlich gesagt«, erwiderte er und machte einen tiefen, befreienden Atemzug, »glaube ich einfach nicht, daß du für mich spirituell schon weit genug entwickelt bist.«

Lektion 2

Am zweiten Tag in Imuya sahen wir die vielen Kolibris: die Bergjuwelen, Schimmerkolibris, Sonnenengel, Schmuckelfen.

»Die Männchen der Schmuckelfen«, hatte Renato gesagt, »sind rauflustig und verteidigen ihr Revier, und sie lassen die Weibchen nicht in die Nähe der Blüten, um den Nektar zu trinken, den sie zum Leben brauchen. Daher hat das Weibchen gelernt, Paarungsbereitschaft vorzutäuschen, indem es die entsprechende Farbenpracht annimmt. Wenn das Männchen das Weibchen sieht, wird er sehr großzügig und läßt es soviel Nektar fressen, wie es möchte. Sobald es sich den Magen vollgestopft hat, wird das Weibchen wieder glanzlos und fliegt davon.«

Eine Woche nach meinem Geburtstag verlor ich die Nerven und kaufte mir den *Bay Guardian*, nur um, wie ich sagte, die Kontaktanzeigen durchzusehen. Nachdem ich die halbe Nacht Anzeigen gelesen hatte, entschied ich mich für einen Mann namens Mitchell Wagner, dessen Text freundlich und lustig war und der vor allem seinen sechsjährigen Sohn in den Mittelpunkt rückte.

Wir verabredeten uns für den folgenden Freitag – Mitchell, ich und Willy, zum Abendessen bei ihm zu Hause, Forelle mit Zitronensaft und Petersilie, Brokkoli, Kartoffeln und deutscher Schokoladenkuchen zum Dessert.

Mit dem Sechsjährigen kam ich ganz gut klar, guckte mit ihm »Schneewittchen und die sieben Zwerge« und spielte Wigwam unter dem Tisch, bis mir der Rücken weh tat.

Mitchell bombardierte mich regelrecht mit Fragen: Was waren meine besten und meine schlechtesten Eigenschaften, was für einen Charakter hatten die drei letzten Männer, mit denen ich zusammen war, wo, glaubte ich, würde ich wohl in fünf Jahren leben, wo in zehn?

Zwischen den Fragen erzählte er mir von seiner Exfrau, ihren Suchtproblemen, daß er sie eines Tages mitten in der Nacht in Baltimore verlassen hatte, Willy mitgenommen und sich darauf eingestellt hatte, daß die Polizei oder das FBI ihn finden würde, aber es wurde gar nicht nach ihm gesucht.

»Sie hat nicht mal meine Freunde angerufen, um zu erfahren, was passiert ist«, sagte er, »nicht mal meine Mutter.«

Er bewegte seine Hand in großen Kreisen um Willys Kopf. »Ich meine, findest du, daß sich eine Mutter so verhält?«

»Nein«, sagte ich, obwohl ich keine Ahnung hatte, wie sich eine Mutter verhält.

»So was würdest du dir doch nicht leisten, oder?« Seine Augen verengten sich, als ob er eine Lüge von mir erwartete.

»Nein«, sagte ich, »kann ich mir nicht vorstellen.«

»Weißt du«, sagte er, als ich ankündigte, ich müßte langsam gehen, »ich wollte dir das eigentlich auf deinen Anrufbeantworter sprechen, aber ich glaube, ich sag es dir besser direkt.«

Ich suchte ein wenig Halt an der Armlehne der Couch.

»Noch nie«, sagte er, »habe ich drei Stunden mit jemandem verbracht, der sich so wenig für mich interessiert hat.«

»Tut mir leid«, sagte ich. »Ich hab mein möglichstes getan, um ...« *mit den Fragen Schritt zu halten*, wollte ich gerade sagen, doch da hatte er schon seine Hände um meinen Hals gelegt, so daß ich zuerst dachte, er wollte mich erwürgen, und erst später – als seine Zunge in meinen Mund drang – merkte, daß es ein Kuß war.

»Es fällt mir ein bißchen schwer«, sagte ich, als ich rückwärts zur Tür ging, meine Handtasche schnappte und die Treppe hinabging, »mit den Entwicklungen des Abends Schritt zu halten.« Ich blickte zwischen Mitchell und Willy hin und her. »Danke für das Abendessen«, sagte ich.

Willy machte in seinem zu großen Pyjama winzige Fäuste und sagte leise: »Bye-bye.«

Lektion 3

»Der lauteste Vogel im Dschungel«, hatte Renato am dritten Tag gesagt, »heißt Screaming Pehah.«

Er steckte zwei Finger in den Mund und machte ein Geräusch, das sich genauso anhörte, wie wenn Bauarbeiter einer Frau nachpfeifen. Gleich darauf antwortete der Vogel, in fast der gleichen Lautstärke.

»Der Screaming Pehah ist ein interessanter Vogel«, sagte Renato, »weil er fast fünfundsiebzig Prozent seines Lebens damit zubringt, nach einem Partner zu suchen.«

»Anders als so manch eine, die wir kennen.« Entweder hatte Renato mich nicht gehört, oder er hatte beschlossen, nicht zu lächeln.

»Und der Grund, warum er so laut schreit«, sagte er, »ist der, daß er ein unscheinbarer Vogel ist, klein und braun … und da er hier im Dschungel mit so vielen wunderschönen Vögeln zusammenlebt – blaue und gelbe Papageien, Rubinkehlchen, Hellrote Aras –, weiß er, daß er sich nur durch seinen Schrei von ihnen abheben kann.«

Das Telefon klingelte um zwei Uhr nachts, und es war Mitchell Wagner.

»Ich muß immerzu an dich denken«, sagte er halb krächzend, halb flüsternd. »An einem einzigen Abend hast du meine Ansichten über Frauen grundlegend verändert.«

»Ich weiß nicht, was ich sagen soll«, sagte ich.

»Sag, daß du mich wiedersehen willst. Sag, du kommst morgen zum Abendessen.«

»Nein«, sagte ich. »Niemals«, und legte auf.

Lange vor Tagesanbruch klingelte das Telefon erneut.

»Schätzchen«, sagte die Stimme, »hier ist Charisma. Ich rufe bloß an, um zu fragen, ob du dich genauso schön fühlst, wie du heute bist.«

»Ja«, sagte ich, »danke, Charisma. Ich denke, vielleicht bin ich es heute wirklich.«

»Es gibt zwei Grundarten von Vögeln im Dschungel, die, die Früchte fressen, und die, die Insekten fressen.«

»Aus Ihrem Mund klingt das so simpel«, sagte ich.

»Es *ist* simpel«, sagte Renato und nahm meine Hände, damit ich auch genau zuhörte. »Die, die Früchte fressen, haben mehr Zeit zum Singen.«

Auf dem Flug von Quito nach Miami hatte ich die anmutige Kurvenlinie des südamerikanischen Kontinents bestaunt, das Schimmern der gewaltigen Wellen, bevor sie auf das unglaublich lange, jungfräuliche Ufer krachten. *Am Anfang*, hatte Renato gesagt, *war die ganze Welt Amerika*.

Ich blieb wach, bis der Himmel allmählich hell wurde. Selbst in Point Barrow würde die Sonne bald aufgehen. Ich schlief ein und träumte davon, wieder am Fluß zu leben. Den Rest des Morgens schrien die Brüllaffen in meinen Träumen.

Der Mond ist der erste Ehemann einer Frau

Henry meinte, wir könnten es vor dem Unwetter schaffen.

Über unser mickriges Funkgerät hatten wir erfahren, daß Gordon zwanzig Meilen vor Kuba mit jeder Minute, die wir unser Boot auftakelten, immer stärker tobte. Aber er zog nach Westen, hieß es, direkt auf den Golf von Mexiko zu, wie so oft in letzter Zeit, und wir wollten nach Osten, zu den Bahamas.

Ich ging eilig die Takelage durch, vergewisserte mich, daß wir alles an Leinen und Kabeln und sonstiger Ausrüstung hatten, um mit vollen Segeln in See stechen zu können. Spätestens um neun Uhr morgens mußten wir ablegen, wenn wir bis Einbruch der Dunkelheit die sechzig Meilen bis Bimini schaffen wollten. Die Hafeneinfahrt von Bimini war selbst bei Tageslicht heikel, und bei Dunkelheit unpassierbar, seit Hurricane Hugo die beleuchtete Einfahrtsboje wie eine Gummiente aufgehoben und in der Nähe eines kleinen alten Flugplatzes mitten auf der Insel wieder abgeworfen hatte.

»Ich kann die Winschkurbeln nicht finden«, rief ich die Kajütentreppe hinab Henry zu, der sich, den Kopf im Kielraum, mit einer Rohrzange am Generator zu schaffen machte.

»Die müssen hier irgendwo sein«, sagte er, »aber wir brauchen sie nicht, wenn ich den Motor hier nicht zum Laufen bringe.«

»Ganz im Gegenteil, Captain«, sagte ich, aber nicht so laut, daß er es hören konnte.

Der Name des Bootes war *Phaedrus*, benannt nach dem Buch »Zen oder die Kunst ein Motorrad zu warten«, und, wie ich immer sagte, nach den platonischen Dialogen, obwohl ich wußte, daß Henry sie nie gelesen hatte. Das Boot war eine fünfzehn Meter lange Ketsch, ein Zweimaster, mit einer maximalen Breite, die ausgereicht hätte, um in der Hauptkajüte einen Square dance hinzulegen. Die Ketsch war eigentlich dafür gedacht, sich am Anlegeplatz einen schönen Tag auf ihr zu machen oder gemütlich über Flüsse zu schippern, aber Henry hatte eine Vorliebe fürs offene Meer, die er nicht ganz unter Kontrolle halten konnte.

Carter Thompson war mit mir an Deck und überprüfte die Ankertaue. Er hatte die beiden dicken Haken ins Wasser geworfen und das Seil ganz abrollen lassen, um sich zu vergewissern, daß alles in Ordnung war.

»Wenn der Generator nicht funktioniert, tut's dann auch die Ankerwinde nicht?« fragte Carter, während er das erste Tau um das große, silberne Rad wickelte, mit dem der Anker eingeholt wurde.

»Nein«, sagte ich. »Die Winde hat noch nie funktioniert, seit Henry das Boot gehört.«

Ich stand auf, um Carter zu helfen, die hundertfünfzig Meter steifes und schweres Ankertau einzuholen.

Ich sagte: »Der Captain ist ein Anhänger der altmodischen Ankerliftmethode.«

Henry und ich waren in den fünf Jahren, die wir uns kannten, etwa zehnmal segeln gewesen. Er stammte aus dem Süden, aus dem mittleren Florida, trank Coca Cola aus Flaschen, in deren Hals Erdnüsse gestopft waren, und schoß mit Luftgewehren auf Alligatoren. Seine Familie hatte es sich nicht leisten können, ihn aufs College zu schicken, aber er hatte trotzdem eine Million Dollar gemacht, dreimal, wie er gern erzählte, und mindestens zweieinhalb verloren. Ich mochte ihn, weil er spendabel war, wenn er Geld hatte, weil er mir Ratschläge gab, ohne daß es ihm wichtig war, daß ich sie befolgte, und weil er mir erlaubt hatte, den Namen *Phaedrus* in großen, schwarzen Lettern freihändig aufs Heck des Bootes zu malen, kopfüber vom Achterschiff hängend, und er stand nicht mal auf dem Deck, um zuzuschauen.

Wir hatten diesen Törn für das Ende der Hurricane-Saison geplant, und Henry meinte, wir bräuchten noch jemanden an Bord für den Fall, daß das Wetter schlecht wurde, daher rief ich Carter Thompson im letzten Moment an, und er hatte sich freimachen können.

Carter und ich hatten uns Anfang des Jahres in Baton Rouge bei einem Stehkreolen kennengelernt, mein Shrimpgumbo an seinem Etouffée, und obwohl auf amouröser Ebene zwischen uns eigentlich nicht viel gewesen war, stand ich ein wenig auf seine hohen Wangenknochen, sein verrücktes goldenes Haar, das in alle Richtungen abstand, und die leise Honigstimme seiner Martin-Gitarre. Seine Augen waren weder grün noch blau, auch nicht ganz haselnußbraun. In ihnen lagen Sanftmut und ein freundliches Lachen.

Carter hatte eine Verlobte in Los Angeles, die auf jedem Foto, das er von ihr bei sich hatte, ein finsteres Gesicht machte, und einen besten Freund in St. Louis namens Ubiquitous Al, den, wie er sagte, noch niemand kennengelernt hatte. Und obwohl er in der Filmbranche als der beste Dreh-ort-Scout bekannt war, hatte sich Carter damals in Baton Rouge zuerst als Seemann vorgestellt.

Henry war nicht gerade einer der umgänglichsten Menschen, aber ich glaubte, daß er und Carter einigermaßen klarkommen würden. Sie hatten sich einmal kennengelernt, als wir zufällig alle geschäftlich in Chicago zu tun hatten, wo Henry ein Maklerbüro hat. Wir hatten uns bekifft, waren ins oberste Stockwerk des John-Hancock-Gebäudes gestiegen und hatten zu den Fenstern hinausgeblickt, und es war wie in einem dieser 3D-Filme, nur rückwärts.

Dann waren wir in ein italienisches Restaurant gegangen, wo die Kellner Opern sangen, und wir taten so, als hätte ich Geburtstag, damit sie an unseren Tisch kamen und für mich sangen. Henry kaufte eine Flasche teuren Champagner, und als die Kellnerin fragte, ob wir noch eine wollten, sagte ich ja, als hätte ich vergessen, daß alles nur ein Spiel war.

Henry war im Begriff, ein viertes Mal zu heiraten, eine Frau namens Candy, die halb so alt war wie er und in einem

Piercing-Studio in einem Einkaufszentrum arbeitete. Henry hatte die Liebe erst einmal so richtig umgehauen, aber mit solcher Wucht, daß er sich nie wieder davon erholt hatte. Warum Carter die Frau mit dem finsteren Gesicht heiraten wollte, wußte ich nicht.

Ich war deshalb so oft mit Henry segeln, weil seine Frauen so sehr nicht mitwollten, daß sie nichts dagegen hatten, wenn ich mitfuhr. Henry sagte, ich sei anders als die Frauen, die er heiratete, weil ich nicht jammerte und nicht so schnell Angst bekäme und nicht alle zehn Minuten pinkeln müßte und nicht seekrank würde. Man sollte meinen, daß er sich gezielt eine Frau mit solchen Qualitäten suchen würde, eine, die mit ihm einen Teil seines Lebens auf hoher See verbrachte, doch die Frauen, für die er sich entschied, waren wie Schablonen und glichen sich wie ein Ei dem anderen.

Henry hatte mich Anfang des Sommers im Zentrum von Georgetown, auf der Bahamas-Insel Great Exuma, abgesetzt. Es war zur Zeit der Regatta, der größten Party des Jahres und Reggae-Musik und der Geruch von Gin und Kokosnüssen lagen in der Luft.

»Soll ich dir sagen, warum ich Candy heirate und nicht dich?« sagte er.

»Nein«, sagte ich.

»Es ist wirklich ganz einfach«, sagte er.

»Nein«, sagte ich, diesmal etwas lauter.

»Weil du nicht immer nett zu mir bist«, sagte er.

»Ist überhaupt jemand *immer* nett zu anderen?« sagte ich.

»Candy ja«, sagte er, »zu mir. Immer.«

Carter sagte mir auch Dinge über mich, die ich nicht verstand, Metaphern, in denen ich keinen Sinn entdecken konnte. »Wir sind zusammen auf der Pressetribüne«, sagte er einmal am Telefon, »und schauen uns das Entscheidungsspiel meines Lebens an.« Und davor, in Baton Rouge, als wir uns am Flughafen verabschiedeten, hatte er mir einen kleinen Kuß gegeben und gesagt: »Ich bin hier das Tanzparkett, Lucy, und du ... du bist die Stepschuhe.«

Die Phaedrus fuhr nicht gern hart am Wind und war träge

und langsam, wenn sie nicht richtig Platz hatte, aber sie konnte es mit Booten aufnehmen, die doppelt so teuer waren, und sie ritt bei schwerem Seegang die Brecher aus. Sie war ein zähes, altes Mädchen, weniger stark als dickköpfig, und in den fünf Jahren, die ich mit Henry segelte, hatte sie uns stets zurück in den Hafen gebracht, oftmals mit ausgefallenen Lichtern, einmal ohne Schiffsschraube, immer ohne Radar und Ankerwinde, aber dennoch sicher nach Hause.

Henry nannte sie den VW-Bulli der Segelboote, aber er liebte sie sehr, wie man ein Boot nur lieben kann. Er sagte, daß sie so gut auf ihn und auf uns alle aufpaßte, sei Beweis dafür, daß sie ihn auch liebte.

Ich hatte auf Segelbooten gearbeitet, als ich Anfang zwanzig war, auf den Great Lakes an der Grenze zwischen den USA und Kanada und in der Karibik, für ein Arschloch nach dem anderen, die alle eine strenge, ellenlange Liste mit Regeln hatten, die es zu befolgen galt, und die jedesmal, wenn wir anlegen wollten, schrien: »Ich gebe ihr noch einen kleinen Schwung vorwärts«, als hätten wir mit der Raumfähre Discovery angedockt.

Henry war das Gegenteil dieser Kapitäne. Er war der Ansicht, daß eine Anlegestelle unter anderem die Funktion hat, ein heranfahrendes Boot zu stoppen, und Phaedrus' Kampfnarben legten beredtes Zeugnis davon ab. Manchmal, wenn wir auf Fahrt ging, hatten wir irgend etwas Wichtiges vergessen – einen Fender oder eine Buline oder Butter oder ein Rettungsboot –, aber wir hatten immer reichlich Rumpunschzutaten und Isolierband dabei, um uns zu behelfen.

An Bord der Phaedrus gab es nur eine Regel, von der ich wußte: Videokassetten durften nicht in ihren Hüllen aufbewahrt werden. Ich hatte erlebt, wie Henry einen Mann in Georgetown vom Boot schmiß, einen Franzosen, der das Durcheinander nicht ertragen konnte. Als Henry eines Morgens aufstand, mußte er feststellen, daß die Videos nicht nur in ihren Hüllen steckten, sondern alphabetisch geordnet waren. Der Franzose hatte das gleiche mit den CDs gemacht und war gerade mit den Büchern zugange, als Henry hereinkam.

»In Frankreich«, hatte der Mann gesagt, »sind unsere Wohnungen so klein wie eine Schiffskabine. Deshalb ist Ordnung wichtig.«

»Wir sind hier nicht in Frankreich«, hatte Henry erwidert, den Mann regelrecht beim Kragen gepackt und ihn mitten in der Kajüte abgesetzt, wo er nichts anfassen konnte. »Der Name dieses Landes ist Phaedrus«, sagte Henry, »und ich bin hier der König.«

Noch bevor es abends die Cocktails gab, hatte der Franzose die Insel verlassen.

Wir setzten alle drei Segel, sobald wir in den Golfstrom kamen. Ich war auf allen Fahrten der inoffizielle Steuermann, einerseits weil ich den Kurs genauer halten konnte als andere, und andererseits weil ich sofort seekrank wurde, wenn ich das Steuerrad nur losließ.

Henry meinte, das liege daran, daß ich auch im übertragenen Sinn immer das Ruder in der Hand haben wollte, und einmal versuchte er, mich durch Hypnose davon zu befreien, aber mir wurde schlecht, und ich kotzte über seine Navigationsinstrumente. Seitdem durfte mir niemand mehr den Job des Steuermanns streitig machen.

Carter und Henry hatten eine Heidenarbeit, die Segel ohne Winschkurbeln hochzukriegen, die, wie wir ein für allemal entschieden hatten, nicht an Bord waren, als die Skyline von Miami achtern am Horizont versank. Ich sagte, die Segel einzuholen würde noch schwieriger werden, besonders falls der Wind auffrischte, aber Henry meinte, wir würden uns darum kümmern, wenn es soweit sei.

»Wie wär's, wenn wir den Motor abstellen«, sagte Carter und streckte sich, nachdem er das Segel gesetzt hatte, »damit die Natur mit uns machen kann, was sie will?«

»Das habe ich dir noch gar nicht gesagt«, erwiderte ich, »Henry stellt den Motor niemals ab.«

»Du machst Witze«, sagte Carter.

»Das ist so ein kleines Abkommen«, sagte Henry, »zwischen der guten Phaedrus und mir.«

Carter warf mir einen Blick zu, der sagte, *Wieso kauft er sich dann nicht einfach ein Motorboot*, aber ich tat so, als würde ich es nicht bemerken. Auch mir paßten der Lärm und die Dieselabgase nicht, aber ich wußte auch, die Chancen, daß der Motor nicht wieder anspringen würde, standen zwei zu eins.

Henry machte Rumpunsch für alle, und wir gingen auf unsere jeweiligen Posten, ich ans Ruder, die Männer streckten sich rechts und links von mir auf Deck aus.

Henry und Carter erzählten sich Anwaltswitze und dann Segelanekdoten und sprachen dann ausgerechnet über Hochzeitspläne.

Ich sagte: »Ihr beide hört euch an wie zwei aus der Football-Juniorenmannschaft.«

»Und du hörst dich an wie eine alte Jungfer.«

»Du kannst mich mal, Henry«, sagte ich.

»Und noch dazu wie eine ordinäre alte Jungfer«, sagte Henry.

»Zu deiner Information«, sagte ich, »ich werde diesen Sommer selbst heiraten.«

»Im Ernst?« sagte Henry.

»Im Ernst«, sagte ich.

»Sie lügt«, sagte Henry. »Darauf verwette ich das Boot.«

»Lügst du?« sagte Carter.

»Natürlich«, sagte ich, »aber einen Moment lang seid ihr mir auf den Leim gegangen.«

»Nur für eine Sekunde«, sagte Henry.

»Jedenfalls«, sagte ich, »ist das nicht der abwegigste Gedanke der Welt, oder?«

»Aber unter den Top Ten«, sagte Henry. Er wandte sich an Carter. »Lucys Erwartungen werfen die meisten sterblichen Männer aus dem Rennen.«

»An manchen Tagen«, sagte ich, »hab ich das Gefühl, daß ich mit jedem nach Hause gehen würde, der mir nachpfeift.«

»Und hast du in letzter Zeit mal was von Josh gehört?« fragte Henry.

»Er hat angerufen und mir erzählt, daß er beim Schlafwandeln gegen Wände und Möbel läuft«, sagte ich, »und morgens beim Aufstehen feststellt, daß er am ganzen Körper blaue Flecken hat. Ich habe ihm geraten, sich Hilfe zu holen, zu Janice zu gehen, ihr wißt ja, meine frühere Therapeutin.«

»Und er hat gesagt: »Lucy, ich kann nicht zu Janice gehen«, sagte Henry.

»Wieso weißt du immer alles?«

»Glaubst du, du bist die erste, deren Freund mit ihrer Therapeutin ins Bett gegangen ist?«

»Jetzt hörst du dich an wie mein Vater«, sagte ich.

»Vielen herzlichen Dank.«

»Und an den anderen Tagen?« schaltete Carter sich ein, und wir beide drehten uns zu ihm um. »Die Tage, an denen du nicht das Gefühl hast, mit jedem nach Hause zu gehen, der dir nachpfeift?«

»An den anderen Tagen bestehe ich auf Leidenschaft und Feuerwerk. An den anderen Tagen bin ich einfach nicht bereit für trautes Glück am heimischen Herd.«

»So wie ich«, sagte Henry.

»Das hab ich nicht gesagt«, sagte ich.

»So wie ich«, sagte Carter, und wir drehten uns erneut zu ihm um. »Wirklich«, sagte er, und wir warteten, daß er sich näher dazu äußerte, aber er sagte nichts mehr.

»Ich habe Feuerwerk gehabt«, sagte er, »und Landminen und Granaten und verdammte H-Bomben. Jetzt möchte ich einfach jemanden zum Reden und Anfassen und Bumsen.«

»Interessante Wortwahl«, sagte ich.

»Was soll das heißen?« sagte Henry.

Und ich sagte: »Was meinst du wohl?«

Drei Stunden und achtzehn Meilen von Miami entfernt gerieten wir in eine Reihe kleiner Sturmböen. In der einen Minute regnete es so stark, daß wir vom Steuerrad aus nicht mehr sehen konnten, wie der Bug ins Wasser tauchte, in der nächsten brieten wir in der Mittagssonne.

Carter stand auf und vollführte einen Regentanz, aus dem er einen Sonnentanz machte, als die Wolken aufbrachen. An dem Morgen waren wir glücklich und aufgeregt wie Kinder, losgelöst von unserem wirklichen Leben, frei und ungebunden auf dem Ozean. Der Wind wehte gleichmäßig mit zwanzig Knoten, gerade richtig, um schön Kurs zu machen. Die Dünung war drei Meter hoch, manchmal bis zu viereinhalb.

»Ich würde zu gern wissen«, sagte Carter, »wann wir endlich erwachsen genug sind, um uns von dem Gedanken zu verabschieden, daß es da draußen für jeden von uns einen vollkommenen Menschen gibt, der jeden Tag unseres Lebens zum Paradies macht.«

»In Nassau«, sagte ich, »gibt es eine Mautbrücke ins Paradies, nämlich nach Paradise Island, und es kostet nur einen Dollar.«

»Meine Vorstellung vom Paradies wäre«, sagte Henry, »Besitzer der Brücke zu sein.«

»Das hier ist das Paradies«, sagte ich. »Wir drei und die Phaedrus, hier draußen auf dem wilden, weiten Meer.«

»Die Phaedrus ist meine wahre Liebe«, sagte Henry und beugte sich vor, um die Winsch zu küssen, die silbern und hell in der immer wieder zum Vorschein kommenden Sonne schimmerte.

»Ich habe mich ein wenig über den ursprünglichen Phaedrus schlau gemacht«, sagte ich, »bei Platon. Ich denke, es wird euch interessieren, was ich herausgefunden habe.«

»Erzähl mir alles«, sagte Henry, weil er wußte, daß ich genau das vorhatte.

»In einem von den Dialogen«, sagte ich, »fragt Phaedrus Sokrates, ob es besser ist, sein Leben mit jemandem zu verbringen, mit dem man gut auskommt, wie mit einem Freund, oder mit jemandem, nach dem man verrückt ist, jemandem, der einem das Leben zur Hölle macht.«

»Und was antwortet Sokrates?« sagte Henry.

»Er sagt, man sollte mit jemandem zusammensein, mit dem man auskommt, und das belegt er dann auf dreißig Seiten ... logisch ... wie ein Theorem.« Ich sah bei beiden Männern einen Schatten der Erleichterung übers Gesicht huschen.

»Dann«, sagte ich, »ändert er seine Meinung.«

»Und sagt, man sollte mit dem Menschen zusammensein, der einem das Leben zur Hölle macht«, sagte Henry.

»Er sagt«, fuhr ich fort, »wir verlieben uns deshalb Hals über Kopf in jemanden, weil unsere Seele eine andere Seele erkennt, mit der sie auf irgendeiner früheren Ebene verbunden war.«

»Sokrates sagt *Hals über Kopf*?« sagte Carter.

»Er sagt, ungefähr, *aber was ist des Menschen logisches Denken im Vergleich zur Macht göttlichen Wahnsinns*?«

»Göttlicher Wahnsinn«, sagte Henry. »Das gefällt mir.«

»Er sagt, wenn wir verliebt sind, sind wir wie ein Wagenlenker, der ein Gespann mit zwei riesigen Rossen lenkt. Das eine drängt nach vorne, zieht den Wagen mit aller Kraft, das andere bremst mit allen vier Beinen ab, und der Wagenlenker muß oben bleiben, muß sie zusammenhalten.«

»Tausendmal erlebt«, sagte Henry.

»Entscheidend ist«, sagte ich, »sogar Sokrates meint, wir sollten nicht auf trautes Glück aussein.«

»Natürlich dürfen wir dabei nicht vergessen«, sagte Henry, »daß all die Jungs, über die wir hier reden, ineinander verliebt waren.«

»Sokrates war schwul?« sagte Carter.

»Das spielt doch keine Rolle«, sagte ich.

»Für dich vielleicht nicht«, sagte Henry.

»Es sei denn, Sokrates wollte Phaedrus verführen«, sagte ich.

»Was der Fall war«, sagte Henry.

»Stimmt«, sagte ich. »Aber Phaedrus hat gesagt, es sei besser, daß sie keine Liebhaber seien, weil sie so freier über Liebe sprechen könnten.«

»Wie wir«, sagte Carter.

Und Henry sagte: »Genau.«

In dem Augenblick fiel mir auf, daß die Bö, in der wir uns befanden, länger dauerte als alle anderen.

»Henry, hast du das Gefühl, der Wind wird stärker?« Kaum hatte ich es ausgesprochen, da peitschte auch schon ein Windstoß über das Deck, so daß die Takelage scharf und laut sang und die Segeltaue heftig an den Winden zerrten. Die vorherrschenden Winde am Golfstrom bliesen in östlicher Richtung, wenn sie nach Süden drehten, bedeutete das, daß eine Schlechtwetterfront durchzog.

»Anscheinend haben wir mächtig Fahrt zugelegt«, sagte Henry kurz darauf. »Los, wir versuchen das Großsegel zu reffen.« Noch bevor wir dazu kamen, krachte die erste der großen Wellen über den Bug.

»Hast du Schwimmwesten an Bord?« fragte Carter. Henry ignorierte ihn, was, wie ich wußte, bedeutete, daß die Antwort nein war.

Der Wind war schon doppelt so stark, als wir das Großsegel gerefft hatten, und schien jetzt von überall herzukommen, mal über den Bug, mal von der Seite; hin und wieder hob mir eine Bö das Haar von hinten hoch. Wir spannten die Genua, so fest es ging, und befestigten das Besansegel zum Ausbalancieren genau in der Mitte. Jede Welle, die über den Bugspriet kam, war größer als die vorhergegangene. Irgendwo südlich von uns grollte Donner. Gordon räusperte sich.

Henry spielte mit dem Satellitennavigationsgerät, um sich zu vergewissern, daß wir noch auf Kurs waren. Die Strömung im Golfstrom würde uns unter normalen Bedingungen mehr als zwei Knoten nach Norden bringen, und es stand völlig in den Sternen, wie viele Knoten bei einem starken Wind dazukamen.

»Anscheinend sind wir runter auf fünf Knoten«, sagte er. »Bei dem Tempo schaffen wir es niemals bis Bimini, solange es hell ist. Ich könnte Phaedrus bitten, einen Zahn zuzulegen, aber ich will sie nicht vergraulen.« Er lächelte das Alter-Seebär-Lächeln, das er sich für besondere Gelegenheiten wie Hurricanes aufsparte. »Ich kenne den einen oder anderen Seemann, der es auch im Dunkeln geschafft hat.«

»Wahrscheinlich als die Hafeneinfahrt noch beleuchtet war«, sagte ich.

»Kleinkram«, sagte Henry.

»Es wird dringend davon abgeraten, den Hafen von Bimini bei starkem auflandigem Wind anzulaufen.«

»Und wo wärst du heute, meine Liebe, wenn du dich dein ganzes Leben lang an die Ratschläge anderer gehalten hättest?«

Keiner sprach aus, was jeder wußte, daß wir nämlich, falls Gordon seinen Kurs geändert hatte und wir gerade in seine Ausläufer geraten waren, von Glück reden könnten, wenn wir auch nur in die Nähe von Bimini kämen, geschweige denn in den Hafen.

Die Phaedrus war nicht für die Bedingungen gebaut, auf die wir rasch zusteuerten. Sie war zu breit, nicht geschmeidig genug, hatte zuviel Leerraum unter Deck, um einem tosenden Meer Widerstand zu leisten. Henry hatte einmal zu mir gesagt, ich sollte sie mir als ein riesiges Tier vorstellen, dessen hölzerner Brustkorb keineswegs sicher mit seiner Fiberglashaut verbunden war. Schon hörten wir die Spannungen, denen die große Hauptkabine ausgesetzt war; sie knarrte jedesmal, wenn wir von einem Wellenkamm hinabtauchten.

Das Donnern kam allmählich so nahe, daß es nicht mehr zu ignorieren war. Ich zählte die Sekunden zwischen dem Blitz und dem nächsten Donnerschlag. Sieben und dann sechs und dann vier.

»Wir haben aber plötzlich eine ganz schön steife Brise«, sagte Henry. Carter war so still, wie ich ihn noch nie erlebt hatte.

»In Westafrika«, ich hob die Stimme, »glauben die Leute, daß die Sonne ein Feld ist, und auf dem Feld lebt der Widder-Gott. Wenn der Widder die Sonne mit seinen Hufen schlägt, donnert es, und wenn er mit dem Schwanz wedelt, blitzt es. Der Regen kommt von den Wollbüscheln, die vom Vlies des Widders abfallen, und wenn der Wind bläst, dann, weil der Widder galoppiert.«

Carter blickte ausdruckslos. Henry, so wußte ich, konzentrierte seine Gedanken auf etwas anderes, die baulichen Besonderheiten des Bootes vielleicht oder das Focksegel, das fast bis zum Zerreißen gespannt war.

Mir wurde allmählich ziemlich komisch im Magen, und zu allem Übel mußte ich pinkeln. Doch das würde bedeuten, daß ich nicht nur das Ruder abgeben, sondern auch unter Deck gehen mußte, und das zusammen hätte zur Folge, daß ich von dem Stadium der Seekrankheit, in dem man befürchtet, man würde sterben, direkt in das Stadium käme, in dem man sich wünscht zu sterben.

»Erzähl uns eine Geschichte«, sagte ich zu Henry, um mich von meiner Blase abzulenken. »Erzähl uns die Geschichte von dem Loch.«

»Ein Mann steht auf, geht zur Tür hinaus und tritt in ein Loch«, sagte Henry.

»Ich liebe diese Geschichte«, sagte ich. »Hör gut zu, Carter.«

»Er denkt sich, *Verdammt noch mal, wieso habe ich das Loch nicht gesehen*«, sagte Henry, und griff nach unten zwischen seine Füße, um zu überprüfen, daß das Wasser durch die Speigatts ablief. Wir bekamen jetzt eimerweise Wasser ins Gesicht, so daß uns die Haut vom Salz brannte.

»Am nächsten Tag steht der Typ wieder auf«, sagte Henry, »geht zur Tür hinaus und tritt in das Loch. Und er sagt, *Verdammt noch mal! Wieso trete ich bloß zwei Tage hintereinander in dasselbe Loch?*«

Ein Blitz zuckte so nahe, daß die Luft zischte. Ich blickte die zwanzig Meter hinauf zur Spitze des Mastes, dann auf meine Hände an dem großen Chromsteuerrad.

»Am nächsten Tag steht der Typ wieder auf«, sagte Henry, »geht zur Tür hinaus und tritt in das Loch. Jetzt ist er richtig genervt.«

Henry fummelte an dem GPS herum. »Sieh mal zu, daß

du sie möglichst weit südlich von neunzig kriegst, Lucy«, sagte er.

»Aye-aye, Captain.«

»Und weiter ...?«, sagte Carter.

»Wir sind beim vierten Tag, nicht? Also, der Typ steht auf, geht zur Tür hinaus und tritt in ein Loch.«

»Viel mehr als fünfundneunzig ist nicht aus ihr rauszuholen«, sagte ich.

»Dann nimm, was du von ihr kriegen kannst«, sagte Henry.

»Und was passiert dann ...?« fragte Carter.

»Ich freu mich, daß dein Interesse nicht nachläßt. Also, am nächsten Tag steht der Typ auf, geht zur Tür hinaus, aber er tritt nicht in das Loch.«

Henry holte die Genua noch etwas straffer ein.

»Und weiter ...?« sagte Carter.

»Nichts weiter«, sagte Henry. »Das ist die ganze Geschichte.«

»Er tritt nicht in das Loch«, sagte Carter.

»Stimmt«, sagte Henry.

»Er steigt drüber«, sagte Carter.

»Möglich«, sagte Henry. »Oder er geht drum herum.«

Ein paar Minuten saßen wir da, ohne zu sprechen, lauschten dem Klang von Tausenden Litern Wasser, die über den Bugspriet gischteten, dem Klang von überdehntem Nylon, das mehr Wind abbekam, als es vertragen konnte, dem Klang des sich biegenden Rumpfes, der sich gleich darauf noch ein kleines bißchen mehr bog, und dem vielen steifen Fiberglas, das dem sich krümmenden und verdrehenden Holz Widerstand bot.

»Wenn es jetzt dunkel wäre«, sagte ich, »könnten wir direkt über uns das Sternbild des Delphins sehen.«

»Erzähl uns mehr darüber«, sagte Henry.

»Es war einmal ein Dichter und Musiker namens Arion, der zurück nach Griechenland segelte. Die Schiffsmannschaft wandte sich gegen ihn und wollte ihn töten, doch er lockte mit seiner Leier einen Delphin an, stürzte sich ins

Meer und kletterte auf den Rücken des Delphins, der ihn in Sicherheit brachte.«

»Das ist eine ungewöhnlich erfreuliche Geschichte für dich«, sagte Henry.

»Ich kenne einige erfreuliche Geschichten«, sagte ich.

Das GPS zeigte an, daß wir jetzt auf unter zwei Knoten waren. Der Wind kam direkt von vorn und fegte mit über fünfzig Knoten über uns hinweg. Die Wellen waren über zehn Meter hoch und kamen immer schneller. Trotzdem hatte noch keiner von uns das Wort »Hurricane« ausgesprochen.

Das Großsegel war entlang seiner Falleine so tief eingerissen, daß es nicht mehr zu gebrauchen war, und Carter hatte es mit Stretchbändern um den Mast gewickelt, damit es mir nicht ins Gesicht schlug. Wir hatten die Genua so hart gespannt, daß sie über kurz oder lang reißen mußte; die einzigen Fragen waren »wann« und »wie«.

»Vielleicht sollten wir versuchen, die Genua einzuholen«, sagte Carter, »für den Fall, daß wir sie später brauchen.«

Henry nickte langsam, machte aber keine Anstalten. Selbst wenn es ihnen gelang, sie ganz einzuholen, ohne Winschkurbel würden sie sie vielleicht nicht mehr setzen können, und falls der Motor den Geist aufgab, wäre die Genua unsere einzige Chance, überhaupt noch von der Stelle zu kommen.

Der Sturm hatte uns jetzt voll erfaßt, der Wind heulte so laut, der Donner war so nahe, die Blitze so hell, daß ich dachte, wir würden es nicht mal hören, wenn der Motor stotterte, doch dann spürte ich es unter meinen Füßen, spürte ihn stottern, einmal, zweimal, um dann wieder gleichmäßig zu laufen.

Mir war inzwischen dermaßen schlecht, daß ich mich nur noch auf den Beinen hielt, weil ich alle Kraft aufbringen mußte, um Phaedrus auf dem Fünfundneunzig-Grad-Kurs zu halten. Außerdem wollte ich auf keinen Fall, daß Henry mich kotzen sah.

Dann, als es kaum noch schlimmer kommen konnte, erfaßte uns breitseitig eine Sturzwelle, so groß und so schnell, daß die Spitze des Großmastes ins Wasser tauchte. Wasser rauschte in die tiefer liegende Seite der Kabine, und ich hörte etwas, das für mich so klang, als liefe eine Riß vom Bug bis ganz nach achtern durchs Holz. Ich umklammerte das Ruder und starrte auf den Kompaß, und dann waren wir wieder aufrecht, und die Wellen kamen nur noch über den Bug.

»Der einzige Nachteil der See«, sagte Henry, die Stimme über den tosenden Sturm hebend, »ist der, daß man es, wenn man gerade glücklich eine Welle überwunden hat, gleich darauf mit der nächsten zu tun kriegt, die es darauf anlegt, Boote zum Sinken zu bringen.«

»Von wem ist denn das?« sagte Carter. Auch er mußte schreien, damit man ihn verstehen konnte.

»Stephen Crane«, brüllte Henry. »›Im Rettungsboot‹.«

»Das Splittern ...«, sagte Carter.

»Das war nicht das, was du denkst«, sagte Henry. »Diesmal nicht, noch nicht. Bisher war es nur das Fiberglas, das sich mit dem Holz streitet und verliert.« Ich meinte, Henry ein wenig lachen zu hören. »Wenn eine Welle das Boot auseinanderbricht, kriegen wir das sofort mit. Kannst du sie etwas dichter in den Wind bringen, Lucy?«

»Auf einhundert«, sagte ich. »Vielleicht hundertfünf.«

»Tu, was du kannst«, sagte er. »Ich hätte gern einen etwas besseren Winkel, wenn wir das nächste mal eine Breitseite kriegen.«

Und kaum hatte er das gesagt, erfaßte uns die nächste Welle und zwei weitere gleich hinterher. Das Splittern, was immer es war, wurde diesmal lauter.

Ich nutzte das Chaos, das die dritte Welle verursachte, um mich zu übergeben, rasch und lautlos in eine Tasse, die am Boden herumrollte, und als wir uns auf die Seite legten, warf ich die Tasse ins Meer. So zurückhaltend hatte wohl noch niemand auf hoher See gekotzt, aber es hätte mich gewundert, wenn Henry es nicht mitbekommen hätte.

»Braves Mädchen«, sagte er.

»Diesmal sind wir geliefert, Henry«, sagte ich. »Garantiert.«

»Nein, Schätzchen«, sagte er. »Wir schaffen es.«

Und ich wußte, daß unsere Worte austauschbar waren. Daß ich auch hätte sagen können, *Werden wir es schaffen, Henry*, und Henry hätte sagen können, *Nein, wir sind geliefert*, und am Ende wäre die Bedeutung genau dieselbe gewesen.

Carter sah aus, als wünschte er sich, er hätte mich nie kennengelernt. Dann erwischte wieder eine von diesen masthohen Wellen die Seite des Bootes.

»Carter«, sagte Henry, »hol deine Leier hervor und fang an, den Delphin anzulocken.«

»In welchem Zustand ist dein Rettungsboot?« sagte Carter.

»In einem ganz passablen«, sagte Henry, und ich betete, daß er nicht log. Dann sagte er: »Was meint ihr, wie lange ihr da draußen in einem Schlauchboot durchhaltet?«

»Erzähl uns die Geschichte von dem Affen«, sagte ich.

»Die kennst du doch auswendig«, sagte Henry.

»Erzähl sie trotzdem.«

»Du steckst einen Affen in eine Kiste, gibst ihm jedesmal, wenn er den Hebel drückt, ein Futterkügelchen, und er lernt im Handumdrehen, wie er sein Essen bekommt.«

»Ich kenne die Geschichte tatsächlich«, sagte ich, nicht, damit er aufhörte, sondern weitererzählte.

»Dann veränderst du alles, und statt eines Futterkügelchens, verabreichst du ihm einen Stromstoß, wenn er den Hebel drückt.«

»Aber damit machst du den Affen nicht verrückt«, sagte ich und bekam im selben Augenblick die bislang größte Welle ins Gesicht.

»Nein«, sagte Henry, »damit machst du den Affen nicht verrückt.«

»Okay«, sagte Carter, »ich höre.«

»Du machst den Affen verrückt«, sagte Henry, »indem du

ihm manchmal einen Stromstoß verpaßt und ihm manchmal etwas zu fressen gibst und ihm keine Möglichkeit läßt vorherzusagen, was er kriegen wird.«

Wir waren inzwischen naß bis auf die Haut, froren und waren salzverkrustet, hatten bei einer Durchschnittsgeschwindigkeit von zwei Knoten noch über fünfzehn Seemeilen vor uns, während wir förmlich hörten, wie unser einziges Segel in Fetzen riß, und jeden Moment damit rechnen mußten, daß das Boot auseinanderbrach.

Dann wurde es dunkel, und wir konnten uns noch schwerer vorstellen, wie wir vorankamen. Es gab nichts als den unaufhörlichen Wind, der uns mit sechzig und dann mit siebzig Knoten direkt ins Gesicht blies, wie aus einem unsichtbaren Tunnel, nichts als die schwarzen Wellen, die immer und immer wieder versuchten, uns zu verschlingen, und die Blitze alle paar Minuten, die uns das Gesicht der anderen zeigten, verängstigt und erschöpft, und die absurden Winkel zwischen der Phaedrus und dem Meer, die sich immer wieder aufs neue veränderten.

Dann, als es gerade so aussah, als würde der Sturm nie mehr ein Ende nehmen, wurde der Wind ein wenig schwächer, die Wellen wurden ein wenig kleiner, und wir waren auf der windgeschützten Seite der Insel Bimini.

»Ich sehe Lichter«, sagte Carter. »Wartet, bis wir auf der nächsten Welle sind, dann könnt ihr sie sehen.«

Und tatsächlich, da waren Lichter, so viele Lichter, daß es Bimini sein mußte, was da im Osten am Horizont über den Wellen hüpfte.

»Okay, Captain«, sagte ich, »was machen wir jetzt?«

Es gab mehr als nur eine Schwierigkeit dabei, im Dunkeln in den Hafen von Bimini zu gelangen. Zunächst verlief über die ganze Länge der Westseite der Insel eine Untiefe, ein Korallenriff, so hart und seicht, daß es schon vielen Booten den Rumpf aufgerissen und Bimini bei Wracktauchern zu einer der beliebtesten Inseln der Welt gemacht hatte.

Ungefähr auf halber Höhe der Insel war eine Öffnung im Riff, doch wie wir die im Dunkeln finden sollten, stand in den

Sternen. Falls wir es durch die Öffnung schafften, hatten wir noch die zwei Meilen nach Norden durch die schmale Inlandpassage vor uns, wobei wir mit einem Ohr auf die Wellen lauschen würden, die sich am Riff brachen, und mit dem anderen auf die Wellen, die an den Strand brandeten, während wir versuchten, Phaedrus in der Mitte zu halten.

Schon an Tagen ohne den geringsten Wind konnten die Gezeiten die Sandbänke so verlagern, daß die Einfahrt knifflig wurde. Und das Handbuch machte sich nicht mal die Mühe, darauf hinzuweisen, daß man es im Dunkeln auf keinen Fall versuchen sollte.

»Drossel den Motor um tausend Umdrehungen, Lucy«, sagte Henry. »Carter, wir beide holen jetzt die Genua ein.«

Sie konnten es sich auch sparen. Von dem Segel war nur noch knapp ein Meter zerfleddertes Nylon an der Spitze des Fockstags übrig. Kaum genug, um den Wind einzufangen.

»Ich möchte, daß du so dicht wie möglich in den Wind drehst«, sagte Henry. »Wir wollen schließlich nicht ungebremst aufs Riff zufahren.«

»Vielleicht sollten wir einfach bis morgen früh hier draußen bleiben«, sagte ich. »Und bis Tagesanbruch die Küste auf und ab segeln.«

»Morgen früh bläst der Wind vielleicht mit hundert Knoten«, sagte Henry. »Vertrau mir, Lucy, ich kann riechen, wo's langgeht.«

Zum erstenmal seit Stunden wurde die Stimmung wieder lustiger.

Carter band sich am Bugspriet fest, hielt lauschend im Dunkeln nach Wellen Ausschau, seine gelbe Regenjacke schimmerte wie ein unförmiger Mond. Ich hatte eine Hand am Ruder und die andere am Gashebel, bereit zu reagieren, sobald Carter schrie. Henry fummelte am GPS herum, die Taschenlampe auf die Navigationskarte gerichtet, die durchweicht und zerrissen war, blickte immer wieder hoch, um die Insellichter zu deuten.

»Wellen brechen auf elf Uhr«, brüllte Carter.

»Gas weg«, sagte Henry, aber ich hatte es schon getan.

»Nicht zuviel«, sagten wir wie aus einem Mund, als die Phaedrus anfing zu stottern und zu würgen.

»Weiter südlich«, sagte Henry. »Gib mir hundertfünfzig Grad.«

»Bitte sehr«, sagte ich, als das Boot sich langsam gedreht hatte.

»Gut«, sagte Henry. »Jetzt wieder auf neunzig.«

»Wellen«, sagte Carter. »Diesmal auf zehn Uhr.«

»Was siehst du direkt vor uns?« brüllte Henry ihm zu.

»Den Strand«, sagte er. »Und ich habe jetzt auch Wellen auf zwei Uhr.«

»Okay, Lucy«, sagte Henry, »jetzt ganz langsam und vorsichtig in den Rückschub.«

Ich zog den Gashebel nach hinten, und der Motor machte einen entsetzlichen Lärm, Metall auf Metall, das Getriebe knirschte so laut, daß es bestimmt auf Bimini zu hören war. Ich schob den Hebel auf Leerlauf, und der Lärm hörte auf.

»Wir haben keinen Rückschub, Henry«, sagte ich.

»Nein«, sagte Henry. »Schade. Okay, dann versuchen wir's wieder ein bißchen vorwärts.«

»Immer noch brechende Wellen auf zehn und auf zwei«, brüllte Carter.

»In den nächsten dreißig Sekunden werden wir's wissen«, sagte Henry. »Entweder sind wir genau in der Mitte der Öffnung oder kurz davor, ernsthaften ökologischen Schaden zu verursachen.«

Ich konnte die Wellen jetzt sehen, groß, mit weißen Schaumkronen und auf beiden Seiten von uns. Ich steuerte das Boot in die Lücke, die ich zwischen ihnen zu sehen meinte, und machte mich auf die Karambolage gefaßt.

»Wir sind drin«, sagte Henry.

»Wir sind drin«, schrie Carter. »Verdammt, ich fasse es nicht!«

»Okay, Steuermann«, sagte Henry, »jetzt schön langsam nach Norden drehen.«

Vermutlich war die aus blauem Wasser bestehende Passage zwischen dem Riff und dem Strand in der Geschichte der Insel Bimini noch nie so aufgewühlt gewesen, aber uns kam sie vor wie eine Badewanne. Carter blieb am Bug und schrie seine Schätzungen heraus, wie weit wir von den beiden Wellenkämmen entfernt waren, aber ich konnte sie auch von meinem Standort aus bestens hören, und Henry sagte später, ich hätte das Boot so gerade gesteuert, wie ein Computer es nicht hätte besser machen können.

Als wir in den Hafen einliefen, leuchtete das Licht der Stadt so hell, daß der Weg zur Anlegestelle des Zollhauses gut zu sehen war, und ich steuerte schnurstracks darauf zu.

»Der Wind wird uns so stark gegen das Dock drücken, daß du sie nicht wirst stoppen können«, sagte Henry. »Versuch einfach, Kurs zu halten.«

Die Phaedrus sicher an der Anlegestelle zu befestigen war zwar kein Problem, sie davon abzuhalten, daß sie mit ihren knapp dreißig Tonnen kurzerhand über den Steg hüpfte, allerdings schon. Der Wind blies jetzt mit weit über siebzig Knoten, sogar innerhalb des Hafens. Wir behängten die Seitenwand des Bootes mit allen großen, schwarzen Fendern, die wir finden konnten, verdoppelten die Springleinen, hauten uns in die Kojen und hofften das Beste.

Am nächsten Morgen waren Henry und ich früh auf. Der Sturm war noch schlimmer, und wir brauchten mehr Fender, doch wir mußten warten, daß der Zollbeamte kam und uns aus der Quarantäne entließ, bevor wir das Boot verlassen konnten. Carter kam kurz vor Mittag mit nichts als einem T-Shirt, das ihm bis knapp über den Bauchnabel ging, am Leib aus seiner Kajüte. Ich öffnete den Mund, um etwas Lustiges zu sagen, aber die Kombination aus dem Adrenalin, das ich aus Freude, am Leben zu sein, ausgeschüttet hatte und das sich noch in meinem Körper befand, und Carters appetitlichem Anblick machte mich sprachlos. Henry, der gerade konzentriert eine seiner Spezialitäten zubereitete – Schweinelendchen à la Jack Daniel's –, blickte erst auf, als Carter schon die Treppe aufs Deck hinauf verschwunden war.

»Mund zu«, sagte Henry, und ich gehorchte und zeigte nach oben, und wir beide steckten die Köpfe durch die Luke. Carter stand da, mit nacktem Hintern, wunderschön, und überprüfte die Fender und Taurollen.

»Carter«, sagte Henry, »halt mich bitte nicht für prüde, aber wir sind hier mitten in einem Ort, der auf den Bahamas als große Stadt gilt, und die Bahamer schätzen es ganz und gar nicht, wenn Weiße herkommen und gegen ihre Gesetze verstoßen.«

Ich sah den Zollbeamten in vollem Staat ganz hinten auf den langen Steg einbiegen.

Carter sah aus, als fühlte er sich ertappt, und seine Hände verharrten mitten beim Abrollen des Taus.

»Zieh dir was über«, sagte Henry. »Sofort!«

Carter schnappte sich das Handtuch, das ich am Abend zuvor in der Takelage aufgehängt hatte, und sprang zur Kajütentreppe, bevor der Beamte ihn erspäht hatte. Er bedachte mich mit einem Blick, der sagte, *Blödes Arschloch* oder so was in der Art, verschwand dann in seiner Kajüte und schloß zum erstenmal die Tür.

Wir gingen den Hügel hoch, um bei Opal's zu Abend zu essen – Barsch und Muschelbeignets –, und tranken auf dem Rückweg im »End of the World Saloon« noch ein Kalik-Beer. Ich fand Interesse an einem Kneipenspiel, ein Eisenring, der an einer Kordel hing und den man so fest schwingen mußte, daß er an einem Stift in der Wand hängenblieb, aber Henry sagte, wir sollten die Phaedrus nicht länger als nötig allein lassen, also gingen wir zurück zum Boot und legten uns früh schlafen.

Am nächsten Morgen öffnete ich die Luke an der Kajütentreppe so weit, daß ich Kopf und Schultern hinausstecken konnte, und bekam einen Schwall Wasser mitten ins Gesicht, den eine kräftige Bö aus der Bucht hochbefördert hatte. »Der Sturm muß jetzt bei achtzig Knoten liegen«, sagte ich, »einzelne Böen sogar noch höher.«

»Der höchste Punkt dieser Insel liegt nur fünf Meter über

dem Meeresspiegel«, sagte Henry. »Wenn es so weiterregnet, ist er morgen früh nicht mehr da.«

»Vor fünf Jahren haben sich hier Atlantisforscher getroffen«, sagte ich. »Vor Paradise Point liegen jede Menge Felsbrocken. Das sollen Überreste eines eingestürzten Tempels sein.«

»Vielleicht waren sie einfach ein paar Jahre zu früh hier«, sagte Carter.

Es fing wieder heftig zu regnen an, und ich schlug die Kajütenluke zu.

»Jetzt können wir wohl Däumchen drehen«, sagte Carter, »oder wieder über Liebe sprechen.«

»Du bist dran, Carter«, sagte ich. »Bis jetzt haben wir dich verschont.«

»Da gibt's nicht viel zu erzählen«, sagte er. »Ich bin seit zwölf Jahren mit Sarah zusammen, mit ein paar Unterbrechungen. Ich liebe sie«, sagte er, »bloß nicht so, wie es sein müßte.«

»Du meinst, sie macht dich nicht an«, sagte Henry.

»Sarah ist eine wunderschöne Frau«, sagte Carter. »Vor zwei Jahren am Groundhog Day hab ich ihr einen Heiratsantrag gemacht ...«

»Groundhog Day!« sagte ich.

»Das Ende des Winters ist für mich wichtig«, sagte Carter. »Na, jedenfalls kann ich mich einfach nicht überwinden, ein Datum festzulegen.«

»Du machst Sarah also verrückt bis zum Gehtnichtmehr«, sagte Henry, »und ihr hattet seit zwölf Jahren keinen Sex.«

»Das hab ich nicht gesagt«, sagte Carter.

»Zwölf Jahre«, sagte ich. »Ich hab immer gedacht, zwölf Monate, und ich würde mir den Strick nehmen.«

»Oder zwölf Tage«, sagte Henry.

»Keiner hat was davon gesagt, daß ich seit zwölf Jahren keinen Sex hatte«, sagte Carter.

»Henry hat es gesagt«, sagte ich.

»Was soll die Geheimniskrämerei?« sagte Henry. »Raus mit der Sprache, Carter, wie lange?«

Carter starrte Henry einen Augenblick lang streng an, öffnete dann die Luke und trat hinaus in den Sturm.

Henry blickte mich ein wenig einfältig an. Er sagte: »Ich schätze, es war nicht besonders seemännisch, so was zu sagen.«

Das war ein alter Scherz, aus unserem allerersten Segeljahr. Wir hatten vor Stocking Island, Exuma, den Ankerplatz erreicht, genau bei Sonnenuntergang, und der Hafen war so voller Boote, wie wir es noch nie erlebt hatten, aber es war zu spät, um umzukehren. Wir zwängten uns zwischen das Ufer und ein kleines Boot namens *Penny Pincher*, das, wie Henry sagte, sich sowieso viel zu breit gemacht hatte. Henry konnte Leute nicht ab, die so lange an einem Ankerplatz lagen, bis sie meinten, er gehörte ihnen.

Als wir den Anker warfen, herrschte Westwind, der dafür sorgte, daß wir in ausreichendem Abstand von der Penny Pincher blieben, doch um Mitternacht wurde es so ruhig wie in einem Beichtstuhl, und schließlich schaukelte unser Heck nur noch knapp einen Meter vom Bug des Nachbarbootes entfernt.

Der Typ auf der *Penny Pincher* und seine Frau wurden wach, kamen an Deck und fingen an, uns anzubrüllen. Der Mann sagte, wir kämen ihnen zu nahe, und Henry sagte, wir hätten alles im Griff, was auch stimmte, denn wir hatten soviel Leine eingeholt wie nötig. Dann sagte der Typ, es sei von vornherein nicht sehr seemännisch von Henry gewesen, überhaupt dort zu ankern, und wenn wir jetzt seemännisch sein wollten, würden wir den Anker lichten und weiterfahren.

Der Typ hatte natürlich recht; er machte bloß mit seiner Wortwahl alles kaputt.

»Ich könnte mir vielleicht überlegen weiterzufahren«, sagte Henry, »wenn Sie so seemännisch sein wollten, mich freundlich zu bitten.«

»Sind Sie verrückt?« schrie die Frau, und das Mondlicht schien durch ihr hauchdünnes Nachthemd. »Unser gesamter materieller Besitz ist auf diesem Boot.«

»Und euren geistigen Besitz habt ihr wohl über Bord geworfen, was?«

»Kommen Sie«, sagte der Mann, »seien Sie doch vernünftig.«

»Hör mal, Kumpel«, sagte Henry, und ich rechnete schon damit, daß sie gleich aufeinander losgingen, doch zum Glück trennte sie knapp ein Meter offener Ozean.

»Captain«, sagte der Typ, »würden Sie bitte mit ihrem Schiff woanders ankern?«

»Mit Vergnügen«, sagte Henry, und das taten wir dann auch.

»Ich langweile mich«, sagte ich am vierten Tag bei geschlossenen Luken im Hafen. »Da draußen ist heute etwas, das Ähnlichkeit mit der Sonne hat. Ich gehe schwimmen.«

»Sei bloß vorsichtig«, sagte Henry. »Das Meer ist jetzt nicht so, wie du es gewohnt bist.«

»Ich komme mit«, sagte Carter, obwohl ich nicht wußte, ob er nur von Henry weg oder mit mir zusammensein wollte.

Wir gingen zum Stadtstrand auf der Nordostseite der Insel, der normalerweise übervölkert und ein wenig schmuddelig ist, doch der Hurricane hatte ihn sowohl von Menschen als auch von Unrat gesäubert. Ich warf mein Handtuch hin und rannte zum Wasser, hatte nur den einen Gedanken, wie es sich anfühlen würde.

Die Wellen brachen sich etwa dreißig Meter vom Ufer entfernt, jede fünfte oder sechste war noch so kraftvoll, daß ich mich ein kurzes Stück auf ihr treiben lassen konnte. Henry hatte recht, die Wellen waren groß für die Bahamas und viel stärker als in irgendeinem Jahr zuvor. Carter ging langsamer und vorsichtiger ins Wasser, hielt die Hände über den Kopf, ließ die Wellen gegen seinen dünnen Oberkörper krachen und zog dabei jedesmal ein lustiges Gesicht.

Ich hatte das Gefühl, ewig in den Wellen bleiben zu können, und so ließ ich mich auf dem Rücken treiben, bis eine große Welle mich unter Wasser drückte, und tauchte durch so viele Wellen hindurch, wie ich konnte. Ich schwamm bis knapp hinter die Stelle, an der die Wellen sich brachen, wo es zwischen mir und Grönland nichts anderes mehr gab, das heißt, bis auf ein, zwei Inseln und einer Million Meilen See. Dann schwamm ich am vorderen Rand der Brecher den Strand auf und ab. Ich machte Purzelbäume, bis mir schwindelig wurde. Ich ließ mich wieder treiben, diesmal mit geschlossenen Augen, versuchte zu erraten, wann mich der nächste Wellenkamm hochheben würde.

Ich blickte zurück zum Strand und sah etwas, was ich zuerst nicht verstand: Carter, im Sand auf Händen und Knien. *Eine Kontaktlinse*, dachte ich, *eine Qualle, ein Angriff von einem Hai*. Ich schwamm mit aller Kraft in Richtung Strand, um zu sehen, was nicht in Ordnung war.

Allmählich schwante mir, daß ich, so kräftig ich auch schwimmen mochte, dem Strand kein bißchen näher kam. Der Ozean ließ mich gerade bis in die Brecherzone, aber nicht weiter. *Gezeitenstrom!* Das Wort formte sich in meinem Kopf, grell wie das Plakat eines schlechten Films, unmittelbar gefolgt von *Keine Panik*, wie ich es von meinem allerersten Schwimmlehrer im YMCA gelernt hatte. Und dann begriff ich, daß der Grund für Carters Körperhaltung Erschöpfung war, daß er mit äußerster Kraftanstrengung gegen das Meer gekämpft und mit knapper Not gewonnen hatte, und daß er mir in keiner Weise würde helfen können.

Ich hörte einen Moment lang auf zu kämpfen und versuchte, tief zu atmen, dachte, *schone deine Kräfte*, dachte, *Carter müßte eigentlich rasch Hilfe holen*, dachte, *was hast du dir bloß dabei gedacht*, immer und immer wieder.

»Carter!« schrie ich, und entweder hörte er mich nicht, oder er war noch viel zu fertig, um aufzublicken.

Zudem wurde ich seitlich abgetrieben. Noch knapp hundert Meter, und ich war am Ende des Strandes, am Ende der Insel. Auf dem Weg nach Grönland, ohne Boot. Jetzt durchströmte mich zum erstenmal echte Panik, so daß meine schon müden Glieder noch schwächer wurden.

»Carter!« schrie ich wieder, und noch immer sah er nicht auf.

Ich blickte hinter mich und sah eine große Welle kommen, vielleicht die größte an dem Tag, eine Welle, auf der ich bei halbwegs normalem Verstand niemals reiten würde, doch binnen eines Sekundenbruchteils beschloß ich, daß meine einzige Hoffnung darin bestand, das Risiko einzugehen. Ich ließ mich in sie hineinheben, schwamm aus Leibeskräften auf sie zu, und tatsächlich, sie erfaßte mich, hob mich einen Moment lang hoch über den Strand und den ganzen Ozean, und als sie überschlug, nahm sie mich mit und schleuderte mich in Purzelbäumen immer weiter, bis ich mit dem Kopf voran auf dem wunderbar festen Sand landete.

Sobald ich den Boden spürte, grub ich meine Finger und Zehen, meine Arme bis zu den Ellbogen ein, tat alles, um mich in dem seichten Wasser festzuhalten, während der Sog versuchte, mich zurückzuziehen. Ich krabbelte ein kleines Stück den Strand hoch, bevor die nächste Welle kam, und als sie mich umbrandete, krallte ich mich wieder im Sand fest.

Ich brauchte noch drei Anläufe, bis ich wußte, daß ich es geschafft hatte. Carter hatte sich mittlerweile in eine sitzende Position gebracht. Er streckte matt die Daumen hoch, und ich erwiderte das Zeichen. Erst nach einer halben Stunde hatten wir wieder genug Energie, um über die Insel zum Boot zurückzugehen.

»Eins versteh ich an der Geschichte nicht«, sagte Henry, als ich ihm erzählt hatte, was passiert war, und Carter unter die Dusche verschwunden war, »wieso hat Carter, wenn er es selbst doch nur mit Mühe wieder an den Strand geschafft hat, sich nicht denken können, daß du vielleicht auch Probleme hast.«

»Selbst wenn, er hätte mir nicht helfen können«, sagte ich. »Er war fix und fertig, er hätte es nicht mal geschafft aufzustehen.«

»Du bist viel zu nachsichtig mit ihm, Lucy«, sagte Henry.

Die Dusche hörte auf zu laufen, und ich legte den Finger an die Lippen. Carter trat splitternackt aus der Duschkabine und ging durch die Hauptkajüte in die Kombüse, um sich ein kaltes Bier zu holen.

»Ich nehme an, du hast keine persönlichen Bestimmungen, was Nacktheit in Abwesenheit von bahamischen Beamten betrifft«, sagte Carter zu Henry.

»Nein«, sagte Henry, »aber ich bin's langsam satt, ständig auf deinen behaarten Hintern zu glotzen.«

Carter durchquerte den Raum wieder und zog sich eine Trainingshose an.

»Die Phaedrus dreht zwar nicht gern in den Wind«, sagte Henry zu mir, »aber für dich würde sie es schon irgendwie hinkriegen, wenn es nötig ist.«

Carter und ich lagen am nördlichsten Zipfel der Insel bekifft auf dem Rücken. Am Nachmittag war die Sonne zum erstenmal seit fünf Tagen durch die Wolken gebrochen, und man hätte meinen können, die Inselbewohner hatten Jesu Antlitz erblickt, so, wie sie aus ihren Häusern kamen und auf den Straßen tanzten.

Der Wind heulte noch immer, die Landstraßen standen einen halben Meter unter Wasser, aber der Himmel war die wenigen Stunden vor Sonnenuntergang klar gewesen, und er war es noch immer, fünfzehn Minuten nachdem es dunkel geworden war.

Über uns war die Milchstraße, und pro Minute kamen an die zweihundert Sterne hinzu. Hinter uns krachten noch immer die Hurricane-Wellen auf den Sand. Henry war schon wieder auf dem Boot und machte Kartoffelpüree mit Kokosmilch und mein Lieblingsgericht unter seinen Inselrezepten: Ente mit Guajava.

»Ich habe Sarah gesagt, ich würde diesen Segeltörn nutzen, um mir über einiges klar zu werden«, sagte Carter. »Hab gesagt, ich würde anschließend wissen, ob ich durch Tür Nummer eins, Nummer zwei oder Nummer drei will.«

»Eins ist sie heiraten, nehme ich an«, sagte ich. »Zwei ist das ungebundene Leben. Was ist drei?«

»Eine Frau finden, die mich körperlich anzieht, und versuchen, es mit ihr auf die Reihe zu kriegen.«

Er stützte sich auf einen Ellbogen, drehte mir den Oberkörper zu. Im Dunkeln konnte ich zwar nicht die Farbe seiner Augen erkennen, aber ich sah in ihnen etwas, das ich als Hoffnung deutete.

»Wieso meinst du, daß es dir mit der nächsten Frau nicht genauso ergeht wie mit Sarah?« fragte ich.

Er rollte sich wieder auf den Rücken und legte die Hände über die Augen. »Wenn ich das meinen würde«, sagte er, »müßte ich mich umbringen.«

»Gehen wir in die Bar«, sagte ich, »und genehmigen wir uns einen Goombay Smash.«

»Und was ist das?« fragte Carter.

»Das bahamische Mittel für jeden, der davon redet, sich umzubringen.«

»Lucy«, sagte er, »willst du mich betrunken machen, um mit mir machen zu können, was du willst?«

»Wir fangen erst mal mit dem Betrinken an«, sagte ich. »Was danach passiert, werden wir sehen.«

Carter und ich erwachten gemeinsam in meiner großen Achterkajüte, weil Henry so laut eine italienische Oper spielte, daß sie durch das ganze Boot schallte. Carter war nach drei Goombay Smashes ganz schön betrunken gewesen und hatte mir gegenüber zugegeben, daß er nicht viel vertrug und eigentlich nicht mehr als einen hätte trinken dürfen.

Er war schon tief und fest in meiner Koje eingeschlafen, als ich aus der Dusche kam, und als ich ihn betrachtete, sein liebes Gesicht und die hübschen langen Gliedmaßen, konnte ich nicht anders, als mich neben ihn zu legen. Ich hatte wie ein Baby durchgeschlafen, doch jetzt sah ich, daß Carter sich irgendwann in der Nacht die Hose ausgezogen haben mußte.

»Hi, Crew«, sagte Henry, »ich habe Maiskuchen auf dem Grill. Der Wind ist zum erstenmal in dieser Woche unter dreißig Knoten, und bei Sonnenuntergang segeln wir Richtung Nassau.«

»Wir kommen«, sagte Carter, ohne mich anzublicken, doch als ich aufstehen wollte, nahm er meine Hand.

»Und bevor wir aufbrechen, Carter«, sagte Henry, »möchte ich, daß du dir noch einmal den Generator anguckst, dich vergewisserst, daß die Bilgenpumpe funktioniert, falls wir wieder in ein Unwetter geraten.«

»Aye-aye, Captain«, sagte Carter. Er schlang seine langen Finger um meine Hand, blieb in der Horizontalen.

»Und was«, sagte Henry, »hältst du von der angekitschten Keilnut in der Antriebswelle?« Seine Stimme war jetzt ganz nah, direkt vor der Kajütentür. »Meinst du, sie hält, falls wir zurücksetzen müssen, um hier aus dem Hafen zu kommen?«

Carter legte meine Hand auf das Laken über seinem Bauch, die Handfläche nach unten, fuhr mit ihr an sich hinunter, bis sie auf seiner Erektion lag, schloß dann seine Hand um meine, um das Laken, um seine Erektion, so daß ich meine Hand nicht bewegen konnte.

»Ich denke doch«, sagte er zu Henry, »aber wir sollten vorsichtshalber heute morgen jemand auftreiben, der ein Schweißgerät hat.«

Seine Hand war noch immer auf meiner Hand. Ich schloß die Finger noch fester, versuchte sie ein bißchen zu bewegen; er preßte seine Hand noch fester nach unten, hielt meine, wo sie war und völlig reglos.

»Ja«, sagte Henry, »mach das mal, und pumpe in der Zwischenzeit noch einmal den Motorraum aus.« Ich hörte Henrys Hand am Türknauf, sah, wie er eine Vierteldrehung machte.

Carter nahm seine Hand weg; meine blieb liegen, wo sie war, ein Vogel, der gegen eine saubere Glasscheibe geflogen war.

»Steht ihr zwei nun auf, oder was?« sagte Henry, noch immer draußen vor der Tür.

»Ja, sofort!« sagte Carter und sprang aus dem Bett.

Es war die schönste Segelfahrt meines Lebens, in der Nacht durch die Bahamian Banks, das Wasser nirgendwo tiefer als fünf Meter, keine Boote, keine Riffs, kein Fahrwassermarkierungslicht, seit die *Blackhawk II* es an einem Silvesterabend aus Leichtsinn zerstört hatte, und jetzt, mit einem Wind von zwanzig Knoten im Rücken, glitten wir über die flachen Wellen einer blaugrünen bahamischen See.

Orion leuchtete über uns, so hell und klar, daß ich ihn hätte fotografieren können, wenn es einen ruhigen Platz gegeben hätte, um meine Kamera aufzustellen. Auf der anderen Seite des Mastes funkelten die Plejaden, das Siebengestirn, die sieben Töchter des Atlas, wie ein Tennisarmband, das auf ein Stück schwarzer Seide gefallen ist. In den frühen Morgenstunden würde Leo zum Vorschein kommen, die Meteoriten, die Leoniden genannt werden, würden zu hunderttausend pro Stunde aus ihm herausfallen.

»Orion war der schönste Mann, den die Welt je gekannt hat«, sagte ich. »Vielleicht ist er es immer noch.«

»Ich dachte, Carter hätte gesagt, *er* wäre der schönste Mann der Welt«, sagte Henry.

»Und er war so groß«, sagte ich, »daß er durch jedes Meer waten konnte.«

»Durch *diese* See könnte Shawn Bradley waten«, sagte Henry.

»Wer möchte Rumpunsch?« fragte Carter.

»Ich möchte die Plejaden«, sagte Henry, »alle sieben Schwestern auf einmal.«

»Orion wollte das auch«, sagte ich. »Deshalb hat Zeus sie ja in Sterne verwandelt. Damit sie ihre Ruhe hatten.«

»Orions erste Frau war so eitel, daß sie in die Unterwelt verbannt wurde«, fuhr ich fort, »und der Vater seiner zweiten Frau war so eifersüchtig, daß er Orion blendete.«

»Das hört sich mehr nach Henrys Dauerzustand an«, sagte Carter.

»Dann verliebte sich Artemis, die jungfräuliche Göttin der Jagd, in ihn und hetzte ihm in einem Anfall von Eifersucht Skorpion auf den Hals«, sagte ich, »und damit war es um Orion geschehen.«

»Ich dachte, eine Horde liebestoller Frauen hätte ihn in Stücke gerissen«, sagte Henry.

»Das war Orpheus«, sagte ich.

»Wieso kennt ihr euch mit dem Kram so gut aus?« sagte Carter.

»Und am Ende heirateten alle Plejaden Götter«, sagte ich, »außer einer, die einen Menschen heiratete. Das ist die dunkle. Ich meine, das ist diejenige, die man kaum sehen kann.«

Wir kamen in den Hafen von Nassau, der Mond jetzt dick und rund im Westen, und über dem Fischmarkt, über der Paradise Island Bridge dämmerte der Morgen. Orion ging im Westen mit dem Mond unter. Am östlichen Horizont ging sein Feind Skorpion langsam auf.

Henry hatte mich die ganze Zeit bis in den hektischen Hafen hinein am Ruder gelassen. Ich rechnete ständig damit, daß er mir das Steuerrad aus der Hand nahm, aber er tat es nicht.

»Wenn ich doch nur meine Mondkarte mitgenommen hätte«, sagte ich. »Er ist heute nacht so nahe, daß wir alle Meere benennen könnten.«

»Du meinst, die kennst du nicht auch noch alle auswendig?« fragte Carter.

»Ich weiß noch, daß das Meer der Krise in der Mitte zwischen Gelassenheit und Fruchtbarkeit liegt«, sagte ich.

»Wie auf Erden, meine Liebe«, sagte Henry, »genau wie auf Erden.«

Selbst um diese Uhrzeit herrschte im Hafen reger Verkehr, und bei der Strömung war es schwierig, sich an den Fahrwassermarkierungen zu orientieren.

»Nachdem Orion vom Vater der Prinzessin geblendet worden war«, sagte ich, »erhielt er von einem Orakel die Weisung, den Sonnenaufgang anzuschauen, um das Augenlicht zurückzubekommen, und das tat er, doch dann verliebte sich auch Aurora, die Göttin der Morgenröte, in ihn. Ich glaube, das hat Artemis dann so in Rage gebracht.«

»Ist schon ein Kreuz, schön zu sein«, sagte Henry. »Hab ich recht, Carter?«

»Immer noch besser als das Gegenteil«, sagte Carter.

Ich behielt die Hafenbojen im Auge, versuchte zu erkennen, ob sich irgendeines von den Kreuzfahrtschiffen bewegte.

»Wir hätten fast mal geheiratet«, sagte Henry. »Nicht wahr, Lucy?«

»Ach ja?«

»Letzten Sommer«, sagt er, »kurz bevor Candy und ich uns verlobten.«

»Das muß mir entgangen sein «, sagte ich.

»Ich ruf Sarah an«, sagte Carter, »sobald wir angelegt haben, und sage, *Groundhog Day. Heirate mich. Aloha.*«

»Ein Mann steht eines Tages auf und tritt in ein Loch«, sagte Henry.

»Jeden Morgen gebiert eine himmlische Kuh ein goldenes Kalb«, sagte ich, »und jeden Abend öffnet die Himmelsfrau den Mund und verschluckt es.«

»Wer hat das gesagt?« sagte Carter.

»Ich weiß nicht mehr«, sagte ich. »Hab ich irgendwo gelesen.«

»Lucy«, sagte Henry, »kriegst du jemals den Kopf frei von deinen Geschichten?«

»Der Mond«, sagte ich, »ist der erste Ehemann einer Frau.«

Von einem Gewässer zum anderen

DIESE GESCHICHTE BEGINNT MIT CARLOS CASTANEDA. IM Februar am Flughafen von Los Angeles. Ich hatte zum erstenmal in meinem Leben ein Flugzeug verpaßt, und glauben Sie mir, ich komme immer auf den absolut allerletzten Drücker, ein ums andere Mal. Ich mache es wegen des Adrenalins – zur Zeit bin ich nicht so oft in der freien Natur, wie ich es gerne wäre –, aber noch nie ist eine Maschine ohne mich abgeflogen.

An dem Tag war die Zufahrtsstraße mit Bussen und Taxis so verstopft, wie ich es noch nie erlebt hatte, daher ließ ich meinen Mietwagen mit laufendem Motor am Bordstein vor Terminal Eins stehen, nahm die Beine in die Hand und sprintete über den Parkplatz zu Terminal Drei hinüber. Ich raste durch die Sicherheitskontrolle und an dem Laufband entlang, dachte, ich hätte es noch geschafft. Das Personal am Gate gab dann zu, daß die Maschine vier Minuten zu früh abgelegt hatte.

Nicht, daß es schlimm gewesen wäre. Ich wollte nach New York. In weniger als einer halben Stunde ging wieder eine Maschine, und ich hatte erst am nächsten Tag dort zu tun. Aber trotzdem war ich stinksauer. Damals nutzte ich jede Gelegenheit, um mich aufzuregen, und das tat ich auch gerade, als Carlos Castaneda auf mich zutrat.

Lassen sie mich von vornherein klarstellen, daß ich nie ein Fan von ihm war. Klar hatte ich die Bücher gelesen, als ich zwanzig war. Die ersten drei jedenfalls. Aber an viel kann ich mich nicht mehr erinnern.

Ich zog damals in den Nationalparks von einem Camp in

das andere: Arches, Canyonlands, Capitol Reefs. Die Grand Circle Tour nannte man das. Zwölf Nationalparks in zehn mollig warmen Wohnmobiltagen.

Mein damaliger Freund und ich lebten ein ganzes Jahr so, sammelten Landvermessungsstangen des Innenministeriums der Vereinigten Staaten ein, gruben Leitplanken aus, schlugen alle zwei Wochen, wie vorgeschrieben, unser Lager woanders auf, fuhren in die Stadt zum Einkaufen und Duschen – das stimmt –, ob wir es nötig hatten oder nicht.

Wir hatten kein Peyotl, um Castanedas Theorien zu überprüfen, aber das, was wir fanden, war fast genausogut: Wein der Marke Boone's Farm Strawberry Hill und Marihuana Marke Eigenanbau. Die Kombination hatte zur Folge, daß die Wüstenfelsen sich aufrichteten und einem den Weg versperrten.

Aber das ist zehn Jahre her; der Freund ist heute Anwalt, und ich mache Fotos für Abenteuerzeitschriften, was mich nicht gerade zu einer Ökokriegerin macht, aber sicherlich nicht so langweilig ist wie die Juristerei. Ich will damit nur sagen, daß es lange her war, seit ich auch nur einen Gedanken an Carlos Castaneda verschwendet hatte, und selbst wenn, bin ich nicht sicher, ob dieser Gedanke ein guter gewesen wäre.

»Entschuldigung«, sagte er, und ich blickte in das Gesicht eines gedrungenen Chicanos mit elektrisierenden Augen und einem Kranz von Lachfalten so tief wie trockene Wasserläufe. »Mein Name ist Carlos Castaneda«, sagte er, »und ich habe Ihnen das ein oder andere zu sagen.«

Wohl jeder wird jetzt sagen, *Woher willst du wissen, ob er das wirklich war,* als wäre die Frage angebracht. *Er war es,* sage ich, wie ich es an der Uni gelernt habe, *oder ein anderer Mann mit dem gleichen Namen*. Ich meine, ist es weniger interessant, wenn es bloß irgendein Typ war, der sich für Carlos Castaneda hielt, oder ist es interessanter?

»Hallo«, sagte ich zu Castaneda.

»Bitte verzeihen Sie meine Aufdringlichkeit«, sagte er. »Ich sehe, daß sie verärgert sind.«

»Nein«, sagte ich, »bin ich nicht. Ich hab gerade meine Maschine verpaßt.«

Die Lachfalten um seine Augen wurden tiefer.

»Ich bin der Grund, warum Sie Ihre Maschine verpaßt haben«, sagte er.

»Nein ...«, sagte ich, »ich glaube, da gibt es weit einleuchtendere Gründe.«

»Hören Sie«, sagte er. »Ich bin hier, um Ihnen zu sagen, daß Ihr Leben Ihnen Möglichkeiten eröffnen wird, die Sie sich nie hätten ausmalen können.« Er machte einen Schritt auf mich zu und nahm meine Hände. »Sie werden es nicht verhindern können, also dürfen Sie es erst gar nicht versuchen; Sie müssen sich dem hingeben, sonst sind Sie verloren.«

Seine Augen hatten etwas. Ich weiß, es paßt eigentlich nicht zu mir, so etwas zu sagen, aber ich konnte meinen Blick nicht von ihnen abwenden, selbst wenn ich gewollt hätte.

»Verbringen Sie mindestens eine Stunde am Tag irgendwo, wo sie ein offenes Gewässer sehen können«, sagte er. »Außerdem ist es wichtig, daß sie in ein Haus ziehen, das einen Hartholzboden hat.« *Umziehen?* dachte ich, *nicht schon wieder*, aber er zog an meinen Händen, und ich nickte. »Sie werden einen Mann kennenlernen«, sagte er, »der präzise denkt. Sie täten gut daran, ihn zu lieben.«

Ich nickte wieder.

»Das ist leider schon alles, was ich Ihnen zu sagen habe«, sagte er. »Ich muß jetzt nach Mexico City.«

Er hielt noch einen Moment meine Hände. »Sie dürfen sich nicht aufregen, wenn Sie ein Flugzeug verpassen, Lucy«, sagte er. »Das wäre der allererste Schritt.« Er blickte mich noch einmal mit seinen funkelnden Augen an, und dann war er weg, bevor ich ihn fragen konnte, woher er meinen Namen wußte.

Sobald ich im Hotel in New York war, rief ich meinen Freund Henry in Chicago an.

»Ich muß dir was Unglaubliches erzählen«, sagte ich.

Er sagte: »Wenn ich mich recht entsinne, fängt *Die Brücken am Fluß* so ähnlich an.«

»Nun hör doch mal zu«, sagte ich, »nur ein einziges Mal.

»Okay«, sagte er, und ich fing an.

»Ich verstehe einfach nicht, woher er meinen Namen kannte«, sagte ich, als ich ihm alles erzählt hatte, »woher er wußte, daß ich dasein würde. Er hat doch wohl nicht meinetwegen sämtliche Flug- und Fahrpläne eines internationalen Flughafens geändert?«

»Genau das macht Carlos Castaneda, Lucy«, sagte Henry. »Ich meine, das ist die Branche, in der er arbeitet.«

»Und was soll ich deiner Meinung jetzt tun?« sagte ich.

»An deiner Stelle würde ich mir irgendein offenes Gewässer suchen«, sagte er. »Und ich würde mir eine Wohnung mit Hartholzboden suchen.«

»Du tust so, als würde so etwas jeden Tag passieren«, sagte ich.

»Tut es ja auch«, sagte er, »irgendwem.« Ich hörte, wie er im Hintergrund durch die Fernsehkanäle zappte.

»Ich will dich mit meinen kleinen Wundern nicht länger aufhalten«, sagte ich.

Er sagte: »Ich dachte, du würdest mir was wirklich Unglaubliches erzählen. Ich dachte, du würdest mir erzählen, du wärst in New York kostenlos Taxi gefahren.«

Das Telefon läutete wieder, bevor ich meine Hand vom Hörer genommen hatte.

»Du bist ein Staatsschatz«, sagte Carter ins Telefon, »und ich bin der Staat.«

»Tja«, sagte ich wie auf alle Carterismen, die ich nicht verstand. »Diesmal hast du mich aber wirklich schnell gefunden.«

Carter Thompson war auf seine Beherrschung des Information Superhighway stolzer als auf alles andere. Faxtelefon, Autotelefon, Handy, Voicemail, E-Mail und Internet und Modems. Er war so gut informiert, daß er manchmal wußte, in welcher Stadt ich als nächstes sein würde, noch ehe ich es selbst wußte. Seine kostbarste Errungenschaft war ein nagelneues Headset. Er konnte, so sagte er, den ganzen Tag telefonieren, ohne die Hände benutzen zu müssen.

»Ich habe sechs Tage Dreharbeiten am Strand von Oregon«, sagte er. »Liegt Oregon auf dem Weg zu irgendeinem deiner nächsten Ziele?«

»Eigentlich nicht«, sagte ich. »Aber ich könnte auf dem Rückweg nach Oakland einen kleinen Abstecher machen.«

Carter war, so erklärte ich meinen Freunden, seit einigen Monaten für mich so etwas wie eine Anstattbeziehung. Wir hatten unsere Telefonate von einmal im Monat über einmal in der Woche zu einmal am Tag gesteigert, als seine ewige Freundin Sarah es schließlich satt hatte, auf einen Heiratsantrag von ihm zu warten, und ihm den Laufpaß gab.

Er sang Songs aus den siebziger Jahren auf meinen Anrufbeantworter und schickte mir einen Teddybär, der *ich liebe dich* auf französisch sagte, wenn man ihn drückte, eine Aufnahme von Carters eigener Stimme. Ich nannte den Bären Chip und drückte ihn Nacht für Nacht an mich, während Carter quer durchs Land flog, um nach den Landschaften zu suchen, in denen die größten Hollywood-Stars mit Außerirdischen sprechen, Berggipfel erklimmen, Kriege führen und sich verlieben würden.

Er sang »Fire and Rain« von einem Hotelzimmer in Minneapolis, »Time in a Bottle« von einer Pension am Meer in San Diego, »Anticipation« übers Handy bei Außenaufnahmen knapp westlich von Washington, D.C. Wenn ich zu Hause war und sein Zimmer entsprechend ausgestattet, schalteten wir beide auf Freisprechfunktion und sangen die Songs gemeinsam, ich auf meinem Klavier klimpernd und er seine Klampfe zupfend.

Bislang bestand die Zeit, die wir wirklich zusammen verbracht hatten, aus einem langen Wochenende in Baton Rouge, einer bekifften Nacht in Chicago, einem Segeltörn mit Henry durch einen Hurricane und drei Beinahetreffen in Städten an der Westküste.

Wir hatten uns noch nie, wie ich sagen würde, richtig geküßt. Carter sagte einmal am Telefon zu mir, er habe noch nie so guten Sex gehabt, wie er ihn sich in seiner Phantasie ausmalte, und ich wußte nicht genau, ob er es ernst meinte oder nicht. Hinter seinem Rücken nannte ich unser Verhältnis eine »So-gut-wie-Liebe«.

»Wann bist du in deine Wohnung eingezogen?« sagte Carter.

»Vor acht Wochen«, sagte ich, und er sagte: »Schon fast neun.«

»Du bist ein Tier«, sagte er.

»Tiere haben einen Bau«, sagte ich, »ein Nest oder eine Höhle.«

»Weißt du, wie viele Hausfrauen in Amerika gern ihr Leben gegen deins tauschen würden«, sagte Carter.

»Ich kenne keine Hausfrauen«, sagte ich. »Ich kenne nicht mal meine Nachbarn.«

»Zwei Tage in Oregon«, sagte Carter. »Denk drüber nach. Wir werden uns amüsieren.«

Ich legte auf und ging die Eighty-ninth Street hinunter zum Riverside Park, um die Sonne über dem Hudson untergehen zu sehen. Der Himmel hatte eine völlig andere Farbe als in Kalifornien, wo das Licht blau und sinnlich war, oder in den Rockies, wo es golden und kristallklar war. *Daheim* in den Rockies hätte ich beinahe gesagt, aber ich konnte mich gerade noch bremsen.

Daheim war ein Wort, das mir mit zunehmender Regelmäßigkeit die Kehle zuschnürte; dabei spielte der Kontext schon keine Rolle mehr: Eine Zeitungswerbung für preisreduzierte Möbel konnte dafür genauso ausreichen wie die Kurzfassung *Heim* an der beleuchteten Anzeigetafel bei einem Baseballspiel.

Ich hatte mit allen Mitteln versucht, mir in Oakland ein neues Zuhause zu schaffen. Ich kaufte teure Töpfe und Pfannen, damit ich Lust hätte, daheim zu bleiben und mir etwas zum Abendessen zu kochen. Letztes Jahr am Valentinstag war ich zum Blumenhändler gegangen, um mir lila Tulpen zu kaufen, und sobald ich sie in der Hand hatte, dachte ich, sie würden toll auf einem glänzenden schwarzen Klavier aussehen, also marschierte ich schnurstracks ins nächste Musikgeschäft und kaufte mir ein Klavier, wobei ich mich bis über beide Ohren verschuldete. Aber meinen Führerschein oder meinen Fahrzeugschein ließ ich nicht umschreiben, als ich aus den Rocky Mountains wegzog. Meine Bankgeschäfte erledigte ich noch immer aus tausend Meilen Entfernung.

Ich zog eine Handvoll Gepäckscheine aus meiner Jackentasche. Chicago, Vancouver, Honolulu, Anchorage, L.A. Ich hatte einen Job nach dem anderen erledigt, bis ich schließlich nicht mehr anders konnte, als meinen alljährlichen Trip zu den Fotoredakteuren in New York, für die ich arbeitete, hinter mich zu bringen.

Da ich nicht gerade in der besten Gegend von Oakland wohnte, hatte ich mir angewöhnt, meine Mappe von Stadt zu Stadt mitzunehmen, Negative und Originalabzüge, alle Arbeiten, die ich aus den letzten fünf Jahren vorzuweisen hatte. Es lief gut, bis ich nach L.A. kam und paranoid wurde, Angst hatte, irgend jemand könnte in mein Hotelzimmer eindringen, während ich einen Fototermin hatte, oder mitten in der Nacht, während ich schlief, und mir alles stehlen.

Auf das, was ich als nächstes tat, bin ich zwar nicht stolz, aber ich fürchte, es ist Teil der Geschichte. An meinem einzigen freien Tag fuhr ich geschlagene zwei Stunden durch die Vororte von Los Angeles und suchte nach einem Lagerraum in einer besseren Wohngegend. Dann ging ich weitere zwei Stunden zwischen Hunderten von identischen Zementeinheiten herum, um mir den sichersten auszusuchen.

Ich wünschte, Sie hätten es sehen können. Den drei mal sechs Meter großen Lagerraum und meine kleine graue Mappe, die an einer langen, kahlen Wand lehnte.

Als nächstes hätte ich mich wohl freiwillig in eine psychiatrische Klinik begeben müssen. Oder zumindest an einen dieser Orte, für die Kalifornien berühmt ist, die aussehen wie Ferienanlagen mit Swimmingpools, alles in Pastelltönen, wo aber alle Aerobiclehrerinnen über streßbedingte Krankheiten promoviert haben.

Statt dessen arbeitete ich die fünfte Hundert-Stunden-Woche hintereinander. Daß ich zu dem Lagerraum fahren mußte, um meine Mappe zu holen, war einer der Gründe für meine Verspätung am Flughafen.

Ich ging zu dem Bereich des Riverside Park, wo ich das Wasser des Hudson sehen konnte, und wartete, daß es mir ein Zeichen gab: vielleicht ein springendes Meeresgeschöpf, das mit dem Schwanz Wörter buchstabierte, oder ein schimmerndes Licht, das gen Himmel schoß. Vielleicht würde der Hudson River sich teilen, und ich würde ihn zu Fuß durchqueren, geradewegs hinein in eine Wohnung mit Hartholzboden und einem Mann, der in einem kunstvollen handgeschnitzten Sessel am Kamin saß und Uhren reparierte.

Ich wandte mich wieder nach Osten, zur Stadt hin, wo die Lichter auf den Gebäuden den Himmel so hell erleuchteten, daß es aussah, als würde eine noch hellere Sonne hinter ihnen untergehen. Die Welt begann, sich um 180 Grad in die falsche Richtung zu drehen, und ich wußte einen Augenblick lang nicht mehr genau, an welcher Küste ich war, doch gleich darauf löste sich das Trugbild auf, und ich blickte bloß auf eine große Stadt, die ich niemals so dunkel erleben würde, daß ich die Sterne sehen könnte.

Ich mußte daran denken, wie ich einmal mit dem Schlauchboot auf dem Colorado den Westwater Canyon hinabgefahren war. Es war Hochwasser, knapp fünfhundert Kubikmeter Fluß pro Sekunde zwängten sich durch die Wände eines Canyons, der so eng war, daß man mit ausgestreckten Rudern fast beide Wände berühren konnte. Dieser Wasserstand war gefürchtet, weil er im Fluß die vielen verrückten Querwellen und Strudel verursachte.

Über eine Strecke von drei Meilen gerät man von einer Stromschnelle direkt in die nächste, und ich versuchte, den Bug auf die Wellen auszurichten, die aus allen Richtungen kamen, und gleichzeitig die Flußkarte zu lesen und Wasser aus dem Boot zu schöpfen.

Ich hatte nur ein oder zwei Sekunden auf die Karte neben mir gesehen, als mich ein Strudel so rasch erfaßte, daß ich gar nicht spürte, wie ich umgedreht wurde, und als ich die nächste Welle nehmen wollte, merkte ich nicht, daß ich flußaufwärts schaute.

Was ich von diesem Tag vor allem in Erinnerung behalten habe, ist nicht der chaotische und verrückte Fluß, sondern das Gefühl, das ich in jenem Augenblick hatte: daß in dem Moment, als mir dämmerte, daß mein Boot in die falsche Richtung zeigte, der Canyon herumwirbelte, um die verlorene Zeit aufzuholen, und nicht ich.

Am nächsten Morgen mußte ich um halb zehn an der Madison Avenue Ecke Fifty-seventh Street sein. Es war ein naßkalter, grauer und regnerischer Tag, der unwiderlegbare Beweis, daß der Groundhog Day erst zwei Tage zuvor gewesen war. Der Taxifahrer war Pakistani, und wir unterhielten uns über seine Mutter und seine Geschwister zu Hause, daß er ihnen über die Hälfte seines Verdienstes schicken mußte, daß er in seinem neuen Leben in Amerika wohl nie auf einen grünen Zweig kommen könnte, weil sie von ihm abhängig waren und es immer sein würden.

Er hielt vor der Adresse, die ich ihm genannt hatte. Das Fahrgeld betrug sieben Dollar und achtzig Cent. Er drehte sich halb um und blickte mich durch die Öffnung in der Plastikscheibe an, die uns trennte.

»Ich muß Ihnen was sagen«, sagte er.

»Okay«, sagte ich. Sie können sich vorstellen, daß ich inzwischen ganz Ohr war.

»Sehen Sie meine Hand?« Er hielt sie mir vor die Nase.

»Ja«, sagte ich. Seine Augen waren ausdruckslos und hatten die Farbe von Rotguß.

»Wissen Sie, wozu diese Hand fähig ist?«

»Nein«, sagte ich.

Er schob seine Hand in die Jacke wie Napoleon. »Können Sie meine Hand jetzt sehen?«

»Nein«, sagte ich.

»Wissen Sie jetzt, wozu meine Hand fähig ist?«

»Nein«, sagte ich.

»Wissen Sie, wie groß meine Hand ist?« sagte er. »Wissen Sie, was sie für eine Farbe hat? Wissen Sie, ob sie irgendeine Verletzung hat? Wissen Sie, ob noch alle Finger dran sind?«

»Nein«, sagte ich.

Er zog seine Hand aus der Jacke, braun, unversehrt, leer, und sagte: »Können Sie meine Hand jetzt sehen?«

»Ja.«

»Wissen Sie jetzt, wozu meine Hand fähig ist?«

»Nein.«

Er schlug mit der Hand so fest gegen die Trennscheibe, daß das ganze Taxi vibrierte.

»Macht es einen Unterschied, ob Sie meine Hand sehen können oder nicht?« sagte er, seine rotgußfarbenen Augen jetzt nicht mehr ausdruckslos.

»Nicht wirklich«, sagte ich.

»Verstehen Sie, was ich Ihnen damit sagen will?«

»Nein«, sagte ich.

»Das werden Sie«, sagte er, »das werden Sie«, und drehte sich zum Lenkrad um. Ich hielt neun Dollar an die Trennscheibe, sah ein dunkles Auge im Rückspiegel aufblitzen.

»Seien Sie nicht albern!« sagte er. »Steigen Sie aus!«

»Nein, bitte, nehmen Sie«, sagte ich.

»Raus!« sagte er, und ich stieg aus.

Als erstes ging ich in eine Telefonzelle.

»Henry«, sagte ich, »ich bin eben in New York umsonst Taxi gefahren.«

Für jemanden, der nie ein richtiges Zuhause hatte, ist es, auch wenn er beschließt, daß er gern eins hätte, verflucht schwer, den Anfang zu finden. Mein Vater arbeitete rund um die Uhr und rund um den Globus; für meine Mutter war das Leben vor allem eines, nämlich verwirrend, und sie trank Wassergläser voll Wodka, um die Verwirrung zu vertreiben.

Meine Mutter lief von ihrem Zuhause in den Bergen von Colorado fort zum Broadway, als sie dreizehn Jahre alt war, und brachte es zu bescheidenem Erfolg am Theater.

Dann lernte sie meinen Vater kennen und gab alles auf, woran ihr Herz hing, wie sie immer gern sagte, um mich zu bekommen.

Meine Großmutter verzieh meiner Mutter nie, daß sie den Westen verlassen hatte, verzieh ihr nie, daß sie sich für meinen Vater entschieden hatte, den begehrenswertesten Junggesellen in Trenton, New Jersey. Sie fand es unfaßbar, daß er keinen Zaun reparieren konnte, selbst wenn sein Leben davon abgehangen hätte, daß er eine Scheune nicht von einem Schuppen unterscheiden konnte und so ahnungslos war, daß er sie einmal fragte, wozu eigentlich ein Viehhirte gut sei. Vor allen Dingen fand sie es unfaßbar, was mein Vater ihr sagte und daß meine Mutter es zuließ.

Beim letzten Besuch meiner Eltern in Colorado, als ich noch ganz klein war, hatte mein Vater Angst, daß er oder ich uns im Farmhaus irgendeine Krankheit einfangen würden, und murmelte leise etwas von *fettärschigen Hinterwäldlern* und *verkommenen Hillbillys* vor sich hin. Meine Großmutter sagte zu meiner Mutter, daß sie das nächste Mal ohne ihn kommen könne, wenn sie es nicht schaffe, ihm den Mund zu stopfen, und mein Vater sagte, nur über seine Leiche, und sie packten mich ins Auto, und wir fuhren ab. Danach sprachen meine Mutter und meine Großmutter kein Wort mehr miteinander, meine Mutter meinem Vater gegenüber so loyal wie eine Zecke einem Hund, und meine Großmutter zu stolz, wie ich immer dachte, um die Fehde beizulegen.

In den Jahren, die ich in den Rockies lebte, versuchte ich mehrmals, mit meiner Großmutter in Kontakt zu treten, doch sie antwortete auf keinen meiner Briefe. Da ich zu sehr das Gefühl hatte, meiner Mutter in den Rücken zu fallen, unternahm ich nichts weiter. Die beiden Frauen starben im selben Jahr, ohne vom Schicksal der anderen zu wissen. Sie hatten seit über dreißig Jahren nicht mehr miteinander gesprochen.

Mein Vater und ich redeten öfter miteinander als vor dem Tod meiner Mutter, aber die Gespräche waren nicht wesentlich ergiebiger. Wenige Tage bevor ich Oakland verließ, hatte er mich zuletzt angerufen, um mir zu sagen, ihm sei gerade klar geworden, daß er nie die Früchte seiner Lebensversicherung ernten würde und daß ich, wenn ich das Geld nach seinem Tod haben wollte, vom nächsten Monat an die Prämien bezahlen sollte.

An meinem dritten Morgen in New York kam die Sonne wieder heraus, und ich hatte drei Termine in vier Stunden zu absolvieren. Wahrscheinlich hätte ich es auch unter den besten Bedingungen nicht geschafft, aber dann wurde ich in einem Fahrstuhl aufgehalten, der sage und schreibe von sechsundfünfzig Stockwerken in jedem zweiten anhielt. Models, Sekretärinnen, Computerspezialisten, Bauarbeiter. Man hätte gleich mehrere Sit-coms mit den Leuten besetzen können, die während der langen Fahrt ein- und ausstiegen.

Schließlich waren nur noch ich und der Botenjunge mit der Rastafrisur übrig, der mit mir im sechsundfünfzigsten Stock angefangen hatte – Grundfarben von Kopf bis Fuß, Rastalocken bis zum Hintern.

»Wissen Sie, wie spät es ist?« sagte ich und fürchtete die Antwort.

»Es ist Zeit«, sagte er, mit einem strahlenden Lächeln, »zum Strand zu gehen.«

»Das wäre schön«, sagte ich.

»Alles ist möglich«, sagte er. »Sie müssen nur dran glauben.« Er trat im ersten Stock aus dem Fahrstuhl, und die Tür schloß sich hinter ihm.

»Was?« sagte ich zu der bespiegelten Aufzugsdecke. »Was?«

Die Türen öffneten sich im Erdgeschoß, und ich trat hinaus und dann in die Sonne.

»Kommst du nun morgen nach Oregon?« fragte Carter ins Telefon. »Oder was?«

»Tut mir leid«, sagte ich, »ich hab gedacht, ich wüßte inzwischen, was das richtige ist.«

»Du meinst, ein kleines Vögelchen hätte es dir sagen sollen?«

»Oder ein Taxifahrer«, sagte ich, »oder ein Botenjunge.«

Ich dachte an Carters schöne, lange Finger, ich dachte an unseren ersten Abend in Baton Rouge, wie er mir unter den Sternen etwas vorgesungen hatte. Dann dachte ich an all die Stunden, die ich vergeblich an der Gepäckausgabe gewartet hatte. Seine Stimme auf meinem Anrufbeantworter, entschuldigend, reumütig, niemals liebevoller.

»Wieviel Zeit hättest du?« sagte ich. »Wie lange würde ich bleiben?«

»Du weißt doch, daß ich so was nicht im voraus beantworten kann, Lucy«, sagte er.

»Aber worüber reden wir denn hier«, sagte ich, »Minuten, Stunden oder Tage?«

»Stunden«, sagte er, und als ich nichts erwiderte, sagte er: »Mindestens. Du würdest mich nicht lieben, wenn du mich jeden Tag sehen würdest.«

»Wer hat gesagt, daß ich dich liebe?« sagte ich.

»Also«, sagte Carter, »kommst du nun oder nicht?«

»Ich rufe in fünfzehn Minuten zurück«, sagte ich und legte auf und rief Henry an.

»Henry«, sagte ich, »glaubst du, Carter denkt präzise?«

»Ich glaube, Carter denkt sehr präzise«, sagte er, »in allen Dingen, die Carter glücklich machen.«

»Ich wußte, daß du das sagen würdest«, sagte ich.

»Wieso hast du dann angerufen?«

»Es ist seltsam«, sagte ich. »Ich kann nicht genau sagen, ob wir ein Paar sind oder nicht.«

»Bitte zwing mich nicht zu sagen, ein Paar wovon«, sagte Henry.

»Henry, glaubst du, ich bin in Carter verliebt?«

»Es spricht leider einiges dafür«, sagte er.

»Du offensichtlich nicht«, sagte ich.

»Hat er dich schon geküßt?«

»Nicht direkt.«

»Was ist mit Sarah?«

»Aus und vorbei. Carter sagt, diesmal hat sie Schluß gemacht. Sie hat ihm eine Karte aus Paris geschickt, es geht mir wunderbar, bin froh, daß du nicht hier bist.«

»Lucy, ist dir schon mal in den Sinn gekommen, daß *du* Castaneda dazu gebracht hast, zum Flughafen zu kommen?«

»Du meinst, ich hab mir die Geschichte ausgedacht?« sagte ich.

»Ich meine, daß du diejenige mit der Macht bist, und nicht er.«

Ich ergatterte den letzten Platz in der Touristenklasse des einzigen Nonstopfluges nach Portland, Oregon, einer von diesen Spätnachmittagsflügen, auf denen die Sonne fast drei Stunden lang untergeht, weil die Maschine mit ihr Schritt hält.

Ich sah Gelb zu Orange werden, zu Rot, zu Magenta, bis der ganze Himmel lila war, so tief, daß es ewig wirkte, ein einziges rotes Band, von hinten angeleuchtet, ein Feuer im Innern. Ich starrte so lange und so intensiv auf den Sonnenuntergang, daß er sich in seiner eigenen Schönheit verlor, reiner wurde als alles, was ich hätte benennen können. Ich starrte so lange, bis ich nicht sicher war, ob da draußen vor dem Fenster überhaupt ein Sonnenuntergang gewesen war oder ob ich auch ihn erfunden hatte, vom Innern des Flugzeuges aus, nur kraft meiner Augen.

Ich hatte zuvor die Autovermietung angerufen und um einen Wagen mit Kassettenrecorder gebeten. Falls Carter und ich was Richtiges miteinander anfangen würden, wollte ich den Soundtrack unter Kontrolle haben. Aber an dem Wochenende war in Portland allerhand los, Oldtimershows und Cowboytreffen. Der Mitarbeiter von der Autovermietung sagte am Telefon, ich hätte Glück, wenn ich einen günstigen Wagen bekäme, ob mit oder ohne Radio.

Der Typ von Alamo Rent A Car war Litauer, klein, dunkel und freundlich.

»Und sind Sie geschäftlich oder zum Vergnügen in der Stadt?« sagte er.

»Zum Vergnügen, hoffentlich«, sagte ich, »aber ich bin mal gespannt.«

»Und was machen Sie geschäftlich?« sagte er und seine Finger schwebten über die Tastatur.

»Ich mache Fotos«, sagte ich.

»Machen Sie so Fotos wie mit einer Kodak Instamatic?« fragte er. »Oder machen Sie so Fotos wie Avedon und Stieglitz?«

»Irgendwas dazwischen«, sagte ich jetzt lächelnd. »Sind Sie ein Fan von Avedon und Stieglitz?«

»Um nur einige zu nennen«, sagte er. »Ich interessiere mich leidenschaftlich für Fotokunst.« Er blickte mir einen Moment lang tief in die Augen. »Glauben Sie mir das?«

»Klar«, sagte ich. »Natürlich.«

»Gut, dann gebe ich ihnen ein mittelgroßes Cabrio für den Preis eines Escort. Und ohne Meilenbeschränkung.« Er schob meine Kreditkarte zurück über die Theke. »Also«, sagte er, »hätten Sie gern einen Kassettenrecorder?«

Als ich im Hotel in Cannon Beach ankam, hatte meine Post mich schon eingeholt, und es war ein Brief darunter, in dem ich gebeten wurde, einen Anwalt in Colorado anzurufen.

»Der Nachlaß Ihrer Großmutter ist endlich geregelt, und sehr zur Überraschung aller hat sie Ihnen die Ranch bei Hope in Colorado vermacht.«

»Die Ranch in der Nähe von Hope«, sagte ich, »die Ranch am Rio Grande?«

»Praktisch *im* Rio Grande, soviel ich höre«, sagte er, »aber es ist ein schönes Anwesen.«

»Ich verstehe das nicht«, sagte ich. »Mein Großmutter und ich hatten kaum Kontakt.«

»Ihre Cousins und Cousinen verstehen das auch nicht«, sagte er, »aber es ist vermutlich ein Segen. Niemand sonst in der Familie hätte das Geld, die Ranch aus dem Loch zu ziehen.«

»Sie ist in einem Loch?«

»Einem Steuerloch«, sagte er. »Anscheinend hat seit 1982 niemand mehr Steuern dafür bezahlt. Die Ranch wird diesen Sommer versteigert, es sei denn, Sie brauchen ein Projekt, das Ihre ganze Zeit in Anspruch nehmen und Sie in den Wahnsinn treiben wird. Sie können sie natürlich auch selbst zum Verkauf anbieten, vielleicht springen ja am Ende dabei noch ein paar Dollar für Sie raus.«

»Moment«, sagte ich. »Wissen Sie zufällig, ob die Ranch Hartholzböden hat?«

»Ich denke, Sie machen sich da ein falsches Bild ...«, sagte er. »Es ist eine Ruine, ein Schuppen, seit Jahren in baufälligem Zustand.«

»Aber der Fußboden ist doch bestimmt aus Holz«, sagte ich.

Ich konnte hören, wie er am anderen Ende der Leitung mit Papieren raschelte.

»Ich will sie«, sagte ich, bevor er antworten konnte, »und unternehmen Sie bitte nichts, bevor ich sie mir nicht selbst angesehen habe.«

»Nein«, sagte Henry, noch bevor ich dazu kam, die Steuerschulden zu erwähnen.

»Sie würde mir gehören, Henry«, sagte ich, »sie wäre mein Plätzchen auf der Welt.«

»Komm nach Chicago«, sagte er. »ich mache dir ein tolles Angebot für ein Traumhaus.«

»Ach komm«, sagte ich, »was kann denn schlimmstenfalls passieren?«

»Du gibst dein ganzes Geld aus, um die Hütte bewohnbar zu machen, du hast keine hundert Dollar mehr, um dir ein Flugticket zu kaufen, es schneit ohne Ende, und du kommst nicht mehr aus deiner Ausfahrt raus, die Tage werden kürzer und kürzer, und du schießt dir eine Kugel in den Kopf.«

»Siehst du«, sagte ich, »hört sich doch gar nicht so schlecht an.«

»Ich wette, du kriegst die Ranch mit eingebauten Steuerschulden«, sagte er.

»Nein«, log ich und lachte ein wenig, »wenigstens in dem Punkt hab ich Glück gehabt.«

»Ich würde gern sagen, komm dich nachher nicht an meiner Schulter ausweinen«, sagte Henry, »aber du wirst sie brauchen.«

»Danke«, sagte ich, »für alles, ehrlich, Henry. Ich fühl mich gut.«

Der nächste Tag war der sonnigste Februartag in der Geschichte Oregons. Die vor der Küste liegenden Felsbrocken, die von den Nordweststaatlern Felsnadeln genannt werden, ragten leuchtend aus dem Wasser, vom Winterlicht in tiefe Bernsteinfarben getaucht. Carter holte mich am späten Nachmittag in meinem Zimmer ab, und wir gingen schnurstracks zum Strand. Er wollte einen Spaziergang machen, dachte offenbar, auf diese Weise am besten das verhindern zu können, was auch immer geschehen mochte, aber ich wollte am Wasser stehenbleiben, also blieb er ebenfalls stehen.

Nach den Winterstürmen war das Meer aufgewühlt, launisch, hatte eine etwas andere Farbe als sonst, eher blau als grün und mit einem Hauch Silber.

Hinter uns zogen Menschen vorbei wie Geschichten. Ein Latino-Mädchen und ihr neuer Freund, beide geschmeidig und strahlend im rosigen Glanz der ersten Liebe. Eine Familie – war es nur *eine* Familie? –, ein Karussell von Kindern und Chihuahuas und Cockerspaniels und Kinderwagen. Ein Paar in den Achtzigern, gemächlichen Schritts, händchenhaltend.

»Fünfzig Jahre zusammen«, sagte Carter, »vielleicht mehr.«

»Niemals«, sagte ich. »Erstes Rendezvous. Ich habe seine Kontaktanzeige gesehen.« Die Flut kam, und die Wellen rollten zwischen den Felsnadeln hindurch auf uns zu, purzelten übereinander und kreuzten sich wie Stromschnellen in einem Fluß, aber das hier war kein Fluß, es gab keine Uferböschungen, eine Million Quadratmeilen unablässige Bewegung; nur die Felsnadeln waren statisch, jede einzelne ein gestaltgewordener Schluckauf auf einem Grund in unermeßlicher Tiefe.

Aber die Felsnadeln machten, daß es so aussah, als würden die Wellen aus unglaublicher Höhe herunterfallen. Und die Wellen waren tatsächlich hoch, doch sie konnten nicht so hoch sein, wie sie aussahen, drei, dreieinhalb oder vielleicht vier Meter über uns und ganz nah. Und wenn sie sich so aufbäumten, in ihrer ganzen Fülle im Rücksog der Wellen, die ihnen vorausgegangen waren, sahen sie aus, als würden sie uns verschlucken, und alle Menschen um uns herum, den Strand und sogar ein paar von den Häusern, die in den Dünen standen. Doch während sie auf uns zugerast kamen, gab es einen unmerklichen Augenblick, in dem die Illusion sich verlor und sie wieder die richtige Größe annahmen.

»Normalerweise zeige ich es gern nach außen, wenn ich eine Beziehung habe«, sagte Carter, und ich wandte die Augen lange genug von dem gischtenden Wasser ab, um seinem Blick standzuhalten. »Mit Sarah hab ich nach all den Jahren noch immer Händchen gehalten.«

»Eine Beziehung, Carter«, sagte ich, »haben wir denn eine?«

»So gut wie«, sagte er, und da hätte ich ihn auslachen können, tat es aber nicht.

»Gehen wir ein paar Schritte«, sagte er wieder.

Wir blieben an einem Schmuckverkaufsstand stehen, den ein bärtiger Mann aus einer ramponierten Rettungsschwimmerstation gemacht hatte, aber ich war zu nervös, um überhaupt nach unten zu blicken.

»Sieh mal, Lucy«, sagte Carter. »Der könnte dir gefallen.« Es war ein Bernsteinring, ein hübscher Stein, ein bißchen zu groß und klobig für mich.

»Der ist nicht der richtige für Sie«, sagte der Schmuckverkäufer, und dann sah ich ihn an. Seine Augen waren eindringlich und schwarz wie bei Vögeln.

»Ach nein?« sagte ich. »Und welcher Ring ist der richtige für mich?«

»Hier«, sagte er, griff in das Kästchen und reichte mir einen Ring. Es war ein flacher, silberner Kreis mit einem kleinen Gebirge aus getriebener Bronze. Zwei winzige Strichmännchen waren in die Flanke des Berges geritzt. Zwei Linien aus winzigen Pünktchen gingen von ihren Köpfen aus hinauf in den Himmel. Es war ein alberner Ring, ein kitschiger Ring. »Nein danke«, sagte ich und wollte ihm den Ring wieder in die Hand legen.

»Die beiden Männchen da sind der Schamane don Juan Matus und Carlos Castaneda«, sagte er, ohne den Ring entgegenzunehmen. »Sehen Sie die tiefen Gedanken, die aus ihren Köpfen kommen?«

Ich drehte den Ring in meiner Hand. Ich schaute mir die Gedankenlinien genau an.

»Sie haben recht«, sagte ich. »Das ist der richtige Ring für mich.«

»Was ist los?« sagte er, und seine schwarzen Augen hüpften von meiner Hand zu meinem Gesicht. »Erleben Sie zur Zeit so eine Art Synchronismus?«

»Das kann man wohl sagen«, erwiderte ich, »und zwar so stark, daß mein normales Maß an Zynismus ernstlich gefährdet ist.«

Er wich zurück und nahm mir die dreißig Dollar aus der Hand. »Keine Sorge«, sagte er, »der kommt immer wieder.«

Ich nahm den Ring und streifte ihn auf den kleinen Finger meiner linken Hand.

»Was war denn das gerade?« sagte Carter, als wir weitergingen, und ich wollte es ihm erzählen, doch mitten in meinem ersten Satz fing er an, sich die Haare zu kämmen, und ich wußte, daß er es eigentlich nicht wissen wollte.

Ich blickte wieder auf das Wasser, beobachtete, wie hoch und unberechenbar es vor den Felsnadeln war, wie ruhig und regelmäßig an den Seiten.

Einmal, an einem langen windgepeitschten Abend auf Henrys Boot, hatte ich Carter erzählt, daß ich noch nie einen Mann als erste geküßt hatte, und er sagte, seine Schwestern hätten ihm an die fünfzehnhundert Tests beigebracht, um festzustellen, ob eine Frau geküßt werden wollte oder nicht. Er sagte, er sei immer so mit den Tests beschäftigt gewesen, daß er den richtigen Augenblick verpaßt habe.

Aber das hier war eine andere Art von Test, also richtete ich meinen Blick weiter auf das Wasser, das jetzt wilder auf den Sand vor uns brandete. Und ich wollte sagen: »Carter, würdest du wohl einfach aufs Wasser schauen und mir sagen, daß die Wellen direkt vor den Felsnadeln höher sind als irgendwo anders in diesem Ozean.« Denn die Worte *optische Täuschung* entglitten mir immer mehr, so wie das Wort *Sonnenuntergang* am Abend zuvor.

Die Flut kam, und die Wellen tobten jetzt noch lauter, und ich sah sie stürzen. Ich hätte sie gern in dem Moment erwischt, in dem sie schrumpften, zurückpurzelten in das, was, wir die Realität nannten, doch dann wurde eine, die ich beobachtete, nicht klein, und sie lief den Strand hoch und umspülte heftig unsere Knöchel, eine kleine Neckerei von der anderen Seite.

»Der Ozean ist da höher als anderswo«, sagte ich schließlich. »Ich weiß, daß das nicht sein kann, aber so ist es.«

»Vielleicht sollten wir weitergehen«, sagte er und berührte mein Gesicht, und ich dachte wieder an den Sonnenuntergang, den ich vom Flugzeug aus gesehen hatte, wie er aufgehört hatte, ein Sonnenuntergang zu sein, und allmählich zu etwas ganz anderem wurde, eine authentischere Form von Schönheit annahm, für die ich einfach keinen Namen hatte.

»Ich habe letzte Woche an einem Flughafen Carlos Castaneda getroffen«, sagte ich. »Er hat versucht, mir etwas Wichtiges zu sagen.«

»Also wirklich, Lucy«, sagte er. Er legte mir seinen Arm um die Schultern und versuchte, mich von den Wellen wegzuführen, die noch größer wurden und noch näher kamen, aber ich rührte mich nicht von der Stelle.

»Du findest wohl nicht, daß das hier gottgleich ist oder so?« Jetzt wich er kaum merklich zurück. Ich näherte mich irgend etwas an, und ich konnte es spüren, ungefähr so, als wäre ich für einen Moment auf das Rad gesprungen, das alles in Bewegung hält und das mich jeden Augenblick wieder zurückschleudern könnte, und ich wollte in dem Moment, den ich da war, nichts verpassen.

Und ich wußte nicht, warum ich nicht aufhören konnte, auf die Stelle zu blicken, an der das Wasser von den Felsnadeln stürzte, oder warum ich ein so dringendes Verlangen hatte, aus dem großen weiten Ozean einen Fluß zu machen. Mein ganzes Leben lang hatte ich Dinge erfunden und an sie geglaubt. Ich dachte, auch die Liebe wäre so, daß man sie einrahmen könnte wie ein Foto, je nach Bedarf.

Genau der Teil von mir starrte auf das Wasser, genau der Teil, der wußte, daß es für jedes Positiv ein reines und vollkommenes Negativ gab, daß genau auf der anderen Seite des dünnen Papiers mit der Bezeichnung *Dinge erfinden* eine ganz andere Geschichte wartete, und die Geschichte handelte davon, wie man lernt, an die Dinge zu glauben, die immer schon da waren. Es war nichts anderes, als an den Sonnenuntergang zu glauben; die Verwandlung von Objekt zu Geschenk, eine einfache Glaubensfrage.

Und schließlich verstand ich, was der pakistanische Taxifahrer gemeint hatte – war es auf den Tag genau eine Woche her? –, als er mit der Hand gegen die Plexiglasscheibe zwischen uns geschlagen und gesagt hatte: »Macht es wirklich einen Unterschied, ob Sie meine Hand sehen können oder nicht?« Jetzt wußte ich die Antwort: daß auf der Welt alles einen Unterschied macht – und nichts. Daß Intuition lediglich der Punkt ist, in dem sich das, was man Willen nennt, und das, was man Zufall nennt, am ehesten begegnen. Daß der Glaube ein Feuerwerk ist: gefährlich, wunderbar, flüchtig und strahlend.

Und in diesem Augenblick gab Carter Thompson mir den ersten richtigen Kuß, den er mir je gegeben hatte, lang und hart, aber irgendwie auch sanft, mit all dem Gefühl, das er in sich hatte, obwohl ich nicht genau wußte, ob es Liebe oder nur Liebelei war.

Und kaum hatte er mich geküßt, als er sich auch schon

aus meinen Armen löste und ins Wasser rannte, Sweatshirt und Hose, Schuhe und Socken patschnaß, und er kam zitternd und tropfend wieder heraus, wie ein Hund, der ein Frisbee gefangen hat, blickte mich an, als wartete er auf einen Leckerbissen.

»Und jetzt die schlechte Nachricht«, sagte er und sah auf seine Uhr. »Ich wollte es dir nicht früher sagen, wollte den Tag nicht verderben, aber ich fliege in einer Stunde nach Amarillo in Texas. Kühe. Richtig große Kühe. Die die Weltherrschaft übernehmen.«

»Dann verpaßt du den Sonnenuntergang«, sagte ich, »unter anderem.«

»Du mußt ihn dir allein anschauen, Lucy«, sagte Carter. »So will es Carlos Castaneda.«

Ich hätte fast mit ihm gelacht. Dann hätte ich ihm fast eine Ohrfeige gegeben. Dann legte ich meine Hände auf seine hohen und schönen Wangenknochen, so, wie ich es mir tausendmal ausgemalt hatte, und seine Haut war weich und warm und makellos, genau so, wie ich sie mir vorgestellt hatte.

Und da wußte ich, daß ich Carter Thompson wirklich liebte, aber nicht sehr, und daß ich ihn nicht mehr sehr viel länger lieben würde. Daß ich mir zuerst ansehen würde, wie die warme Februarsonne in diesen eisigen Westküstenozean sank, und daß ich dann nach Kalifornien zurückkehren würde, zu meinen Büchern und meinen Weltklassekochtöpfen und meinem glänzenden, schwarzen Klavier, aber daß ich auch dort nicht sehr viel länger bleiben würde.

Ich wußte auch, daß meine Zeit am Ozean fast vorbei war, daß ein offenes Gewässer auch ein Fluß sein konnte, daß ein Zuhause eine heruntergekommene Hütte sein konnte mit einem Hartholzboden und den Möbeln von jemand anderem, ein Ort, der dir all die Jahre der Erwartung verzeihen konnte, ein Ort, der es dir – irgendwann – erlauben würde, dir selbst zu verzeihen.

Und ich wußte, daß ich in Hope allein sein würde, aber nicht für immer. Ich hatte in meinem Leben schon Schwierigeres geschafft, als allein zu sein, ja, schon eine verdammte Menge. Und ich wußte, daß ich, wenn die Zeit des Alleinseins vorüber war, nie wieder versuchen müßte, mein Leben in Sicherheit zu bringen, indem ich es in einen drei mal sechs Meter großen Betoncontainer sperrte, daß irgendwo da draußen ein Mann auf mich wartete, der präzise dachte, und daß ich dann viel zu clever sein würde, mich mit jemandem zu begnügen, der mich so gut wie liebte.

Dann war Carter fort, und ich stand allein da und sah die Sonne ins Meer stürzen, und ich sah, wie sich rundherum das Licht zeigte, wie der Sand glühte, durchscheinend, wie die Oberfläche des Gehirns der Welt.

Zwei Mädchen, knapp dreizehn, mit langen Gliedern und langen Haaren, gingen den Strand hinunter zwischen mir und dem Wasser, dem glühenden Himmel, vollkommen fließend, vollkommen frei. Sie waren Silhouetten, nicht mehr, und als das Mädchen, das mir näher war, lachend den Kopf zurückwarf, war ich nicht im geringsten überrascht, daß auch ich lachen mußte.

Und ich brachte die Erde dazu, sich um 180 Grad zu drehen, genau wie an jenem Tag auf dem Fluß, genau wie an dem Abend in New York, nur diesmal stand ich am Rand eines ganz neuen Ozeans, und diesmal ging die Sonne nicht unter, sondern auf.

Wie das Gute unter den Füßen

HOPE IST EIN HÜBSCHES STÄDTCHEN; ES LIEGT GENAU IN der Mündung eines großen Canyon, zwei Felswände stehen wie Wächter auf beiden Seiten der Main Street. Viel mehr als diese eine Straße gibt es nicht: der Lebensmittelladen Kentucky Belle, das Eisenwarengeschäft True Value, der Crooked Creek Saloon, das Hope Hotel, die First National Bank von Hope, die noch vergitterte Fenster hat, ein Laden, der Schmuck aus Silber und geflochtenem Roßhaar verkauft.

Der Willow Creek fließt direkt hinter der Main Street durch einen Zementkanal, in dem früher das Silber von den Minen oberhalb des Städtchens nach unten befördert wurde. Auf einer Tafel mit Informationen über die Geschichte des Ortes steht, daß vor hundert Jahren täglich dreitausend Menschen nach Hope kamen, um, mit Spitzhacke und Jutebeuteln bewaffnet, auf dem Berg herumzukraxeln, aus dem das Silber in Strömen floß.

»Wenn Sie wissen wollen, wie es wirklich war«, sagt eine Stimme hinter mir, »müssen Sie mit den Einheimischen sprechen.«

Ich drehe mich um und sehe eine dünne Frau mit durchdringenden braunen Augen und einem Meer von Sommersprossen.

»Und Sie sind eine davon«, sage ich.

»B.J. Blair«, sagt sie. »Seit neunundzwanzig Jahren hier, und ich spreche noch immer nicht mit mir selbst, jedenfalls nicht allzuoft.«

»Ich bin Lu...«

»Bitte beleidigen Sie meine Intelligenz nicht. Sie sind Marge Cunninghams Enkelin Lucy, und Sie sind hier, um die Ranch zu übernehmen. Das sieht doch ein Blinder mit Krückstock.«

»Wirklich?« sage ich, aber nicht ohne ein leichtes Gruseln im Bauch.

»Die Ähnlichkeit ist unheimlich«, sagt B.J., »aber ich bin bestimmt nicht die erste, der das auffällt.«

»Ich hab sie gar nicht gekannt«, sage ich. »Sie und meine Mutter waren über dreißig Jahre zerstritten.«

»Muß ja ein heftiger Streit gewesen sein«, sagt B.J.

Ein UPS-Wagen kommt quietschend auf die Main Street gefahren, wie einem Werbespot entsprungen. Das erste Fahrzeug, das in den Ort kommt, seit ich vor einer halben Stunde angekommen bin.

»Sie hat gut von Ihnen gesprochen«, sagt B.J., »immerzu damit geprahlt, was Sie alles für Preise gewonnen haben.«

»Ich hatte keine Ahnung«, sage ich. »Ich habe versucht, mit ihr Kontakt aufzunehmen, mehrmals.«

»Die Menschen sind stolz«, sagt B.J. »Dann sterben sie. Kommen Sie mit zu mir. Ich mach Ihnen was zu essen.«

Ich bekomme ein Mittagessen und dazu die Kurzfassung der Geschichte von Hope. Ich erfahre, daß Rutherford B. Hope das erste Silber praktisch per Zufall oben in der Holy Moses Mine entdeckte, dreihundert Meter oberhalb des Ortes, daß Hope danach sogar an der Börse in Paris und Madrid ein Begriff war, daß das Städtchen während des Silberrausches dreimal den Flammen zum Opfer fiel, weil Betrunkene spätnachts Feuer gelegt hatten, und daß die Kaufleute so verrückt aufs Geldverdienen waren, daß sie die Läden nach jedem Brand schon am Mittag des nächsten Tages wieder öffneten.

B.J. erzählt mir, daß die Mine auch weiter in Betrieb blieb, als um die Jahrhundertwende so viele andere dichtmachten, ebenso in den zwanziger und dreißiger Jahren, Jahrzehnt um Jahrzehnt, daß sie immer kleiner wurde, bis in den sechziger Jahren die Hippies kamen und mindestens die Hälfte der Häuser übernahmen, die den nach und nach sterbenden Minenarbeitern gehörten.

Als die Mine schließlich Ende der siebziger Jahre ganz geschlossen wurde, verringerte sich die Einwohnerzahl auf unter zweihundert, und Hope wurde fast zu einer Geisterstadt, verlor beinahe seine Schule. Eine Gruppe von Frauen aus dem Ort, darunter meine Großmutter, kämpfte mit den Behörden, daß die Schule erhalten blieb, und gewann.

»Die Einwohnerzahl hat sich auf knapp dreihundert eingependelt«, sagt B.J., »aber die Grundstücksmakler heißen jeden freundlicher willkommen, der mit einer Schar Kinder im Auto hierherkommt. Möchten Sie mal Kinder haben?«

»Im Augenblick nicht«, sage ich.

»Schade«, sagt sie. »Wenigstens sind Sie im gebärfähigen Alter. Vielleicht sollten Sie mit einem Hund anfangen.«

»Vielleicht sollte ich mit einer Zimmerpflanze anfangen«, sage ich. »Ich stehe nicht gerade in dem Ruf, besonders fürsorglich zu sein.«

»Zuerst ein Hund«, sagt B.J., »dann vielleicht eine Freundin«, und ihr Gesicht ist eine offene Einladung.

»Nach dem, was ich gehört habe«, sage ich, »ist das Haus meiner Großmutter nicht unbedingt in einem Zustand, der dazu angetan ist, Besuch zu empfangen.«

»Soll das heißen, Sie haben es noch nicht gesehen?«

»Nein«, sage ich, »ich bin eben erst angekommen.«

»Dann vergeuden Sie Ihre Zeit nicht mit mir«, sagt sie, »fahren Sie auf der Stelle hin und sehen Sie es sich an.«

»Ist es eine Bruchbude?« sage ich und wappne mich innerlich für die Antwort.

»O nein«, sagt sie, »es ist zauberhaft. Es ist eins von den Häusern, die so wirken, als wären sie immer schon dagewesen, als wäre es schon dagewesen, als die Felsen gerade anfingen, aus dem Boden zu wachsen.«

Ich fahre in nördlicher Richtung aus Hope hinaus, den Rio Grande hoch, wo der Fluß in den sandsteinfarbenen Felsufern zwei kleine Biegungen macht und dann eine große nach Norden, bevor er in gerader Linie wieder nach Osten in Richtung seines Oberlaufes unweit der Wasserscheide fließt.

Ich bin, so sage ich mir unablässig, nur probeweise hier. Ich bin hergekommen, um für eine Weile vom scharfen Rand des Festlandes wegzukommen, um zu sehen, ob ich vielleicht mit Rändern im allgemeinen nichts mehr zu tun haben will. Ich bin hergekommen, weil eine Wiese am Fuße des hohen Hauptgebirgszuges von Amerika der sicherste Ort ist, den ich mir vorstellen kann, und auch weil ich weiß, daß ich in achtundvierzig Stunden wieder in der Großstadt sein könnte, falls ich merke, daß ich einen schrecklichen Fehler gemacht habe.

Mein Wagen ist diesmal nicht so voll bepackt wie das letzte Mal, als ich das Great Basin in die andere Richtung durchquerte. Normalerweise sammeln die Menschen irgendwelchen Kram an, wenn sie älter werden, ich dagegen scheine Ballast abzuwerfen, als wäre ich in hundert Schichten Zellophan eingewickelt, die ich nacheinander abreiße, um bis zu mir vorzudringen.

Ich habe meine Kameras dabei, mein Werkzeug und das meiste meiner Outdoor-Ausrüstung sowie eine Schachtel mit Briefen von einer toten Frau, mit der ich nicht verwandt bin, einer Frau, an die ich in den drei Jahren seit ihrem Tod keine fünfmal habe denken können, einer Frau, die vielleicht in vierunddreißig Jahren der einzige Mensch war, den ich wirklich sehr geliebt habe. Ich habe ihre Asche in einer Kaffeedose neben mir auf dem Sitz. Sie hat mich gebeten, sie erst zu verstreuen, wenn ich den richtigen Platz gefunden habe.

Die Ranch meiner Großmutter liegt genau dort, wo B.J. gesagt hat, mitten in der größten Biegung des Flusses, und die Wasserscheide krümmt sich dahinter wie ein Hufeisen. Das Haus steht weniger auf dem Land als vielmehr in dem Land. Das Blockhaus, erbaut vor mehr als einem Jahrhundert aus Baumstämmen, die in einem Wald gefällt wurden, der noch höher liegt als diese Gegend, und die man, wie ein Floß zusammengebunden, flußabwärts treiben ließ.

Es gibt eine Scheune, hundert Jahre alt und von der Sonne herbstfarben verbrannt, mit einem großen Giebel und einem Heuboden. Weidezäune verlaufen, so weit das Auge reicht. Das Präriegras, seit Jahren nicht abgegrast, ist hoch und grün mit goldenen Spitzen und voller Wildblumen, Lupinen, Kastillea und Gilia. Die Sonne perlt über das Wasser des Flusses, und die blauesten Vögel, die ich je gesehen habe, hüpfen pärchenweise von einem Zaunpfahl zum nächsten.

Goldkiefern und Espenhaine säumen die Grenzen des Anwesens, die zur Wasserscheide hin ansteigen. Der höchste Berg hat einen runden Gipfel, und über seine Vorderflanke laufen drei Grate hinunter, die so symmetrisch sind, daß man meinen könnte, ein Grizzlybär hätte ihn mit seiner Pranke gekratzt.

Die Tür des Hauses wird von einer Kaffeedose aufgehalten, und direkt dahinter ist die Küche, alt und abgenutzt, aber sauberer, als ich erwartet habe. An einem Ende der Arbeitsplatte ist ein altmodischer Fleischwolf befestigt, und ein Schneidebrett in Form eines Schweins liegt über der Spüle. Der Kühlschrank ist alt und chromverziert, und genau in der Mitte der Tür prangt ein Foto, das ich gemacht habe; es stammt aus einer Gott weiß wie alten Ausgabe von *Photography* und hatte mir im ersten Jahr nach dem Studium den Ansel-Adams-Preis eingebracht.

Das Kribbeln, das in meinem Bauch anfing, als B. J. mich erkannte, fühlt sich jetzt an wie Schmetterlinge. Ich gehe ins Wohnzimmer, alles dreht sich, und ich sinke geradewegs in das, was der Lieblingssessel meiner Großmutter gewesen sein muß. Über den abgenutzten, aber gutgepflegten Möbeln, an Wänden, die dringend gestrichen werden müßten, hängen fünf – nein sechs – Lucy-O'Rourke-Originale: eine schneebedeckte Scheune bei Layton in Utah; ein Paar, das eng umschlungen auf einer Zigeunerhochzeit in L.A. tanzt; ein kleines dunkles Pferd in einem grellweißen Schneesturm in South Dakota; ein alter Mann, der eine Geige stimmt, bei Grass Range in Montana; Wäsche, die auf der Leine weht, in einem Sommergewitter in Iowa; meine Mutter mit aufgerissenen Augen, die sich vor einem Vergrößerungsspiegel schminkt.

Ich sitze lange in ihrem Sessel und denke intensiv über die Frau nach, die ich nicht kannte, die kein Interesse daran zu haben schien, mich kennenzulernen, die ein kleines Vermögen für meine Fotos ausgegeben hat, während ihr Haus langsam, aber sicher Richtung Fluß rutschte, die gestorben ist und erst Gott weiß wie viele Tage später von jemandem gefunden wurde und die mich – aufgrund eines Entschlusses, der mir immer weniger willkürlich erscheint – zur Besitzerin dieser Ranch gemacht hat.

Am nächsten Morgen gehe ich auf den Hügel zum Familienfriedhof, von dem B.J. mir erzählt hat: keine Grabsteine, nur Gedenktafeln aus gehämmertem Silber, auf denen die Namen, bis auf den meiner Großmutter, so verblichen sind, daß sie nicht mehr zu lesen sind.

»Das hier ist das gesegnetste Fleckchen Erde, das ich je gesehen habe«, sage ich, doch es ist niemand da, der mich hören könnte. Ohne Hund ist die Ranch keine richtige Ranch, überlege ich, also steige ich in meinen Wagen und fahre zum Tierheim.

Das nächste Tierheim ist in Durango, mehr als zwei Stunden entfernt, und so fahre ich auf meinem Weg durch den Ort bei B.J. vorbei, um sie um moralische Unterstützung zu bitten. Sie hängt ein Schild an die Tür: »Mußte dringend weg ... bin in ein paar Stunden zurück«, und steigt zu mir in den Wagen.

»Ich lebe seit neunundzwanzig Jahren in Hope«, sagt sie. »Manchmal denke ich, es gibt auf der ganzen Welt keinen schöneren Platz, und manchmal denke ich, es ist bloß ein Zufluchtsort für streunende Hunde und verlorene Seelen, für Leute, die ihr Leben beim erstenmal nicht auf die Reihe gekriegt haben und zuviel Angst haben, es noch mal zu probieren.«

Als ich nichts erwidere, sagt sie: »Ich rede übrigens von mir. Ich habe keine Ahnung, wie *Ihre* Geschichte verlaufen ist.«

Wir überraschen ein kleines Rudel Wapiti, die zum Fluß gekommen sind, um zu trinken, und sie springen über ihn hinweg, fort von der Straße, neun Zehntel Anmut und ein Zehntel Unbeholfenheit.

»An manchen Tagen verwende ich die Wörter, mit denen andere Leute mein Leben beschreiben«, sage ich, »zum Beispiel Unabhängigkeit und ein gewisses Maß an Erfolg. Aber meistens kommt es mir wie ein Fehlstart nach dem anderen vor, mit viel zu vielen Hochs und Tiefs, um immer wieder an genau derselben Stelle herauszukommen.«

»Ich glaube«, sagt B. J., »daß die Hochs und Tiefs, die man im Leben hat, irgendwann wie eine gerade Linie wirken, und die gerade Linie wirkt dann wie ein Abenteuer.«

Sie zeigt auf einen jungen Weißkopfseeadler, der auf einem Baumstamm im Fluß hockt und auf einen Fisch wartet. »Ich glaube, so werden die Menschen sehr alt.«

Im Tierheim will die Hündin, die B.J. für mich aussucht, noch nicht einmal zur Käfigtür kommen, bleibt zusammengerollt wie ein Kojote an der rückwärtigen Wand liegen, während um sie herum hundert Hunde, die springen und heulen und sich gegenseitig auszutricksen versuchen, ein Heidenspektakel veranstalten.

Auf der gelben Karte steht, daß sie acht Monate alt ist und daß es ihr letzter Tag ist, bevor sie eingeschläfert wird, und als ich sie hochhebe, ist sie so ausgehungert und entkräftet, daß sie nicht einmal stehen kann. Sie hat ein Gesicht, für das Rin Tin Tin seinen letzten Knochen hergeben würde, Flecken in allen Braun-, Weiß- und Grautönen, die immer dichter werden, je weiter sie von den Augen weg sind, wie mit einem Pinsel gemalt.

»Die Lana Turner unter den Hündinnen«, sagt B.J.

»Manche Hunde fressen hier nicht«, sagt der Tierpfleger. »Der hier will nicht mal trinken.«

Als ich sie auf den Arm nehme, macht sie sich ganz steif, wie wilde Hunde es tun, wenn sie abgerichtet werden.

»Ich vermute, sie hat nicht viel Kontakt mit Menschen

gehabt«, sagt er. »Wir haben sie in der Nähe des Naturschutzgebiets aufgegriffen. Da streunen jede Menge Hunde rum.«

Ich trage sie in den sogenannten Garten, eine sechs Quadratmeter große Sandfläche mit Maschendraht drum herum und sogar darüber, in dem das Verhalten der Hunde beobachtet wird, wenn sie aus dem Käfig geholt werden.

Ich setze sie mitten im Hof ab und gehe in eine Ecke und setze mich ebenfalls hin. Einen Moment lang steht sie wie versteinert da, die Pfoten gespreizt, dann kriecht sie direkt auf mich zu, wie ein Soldat, der einen Luftangriff erwartet, krabbelt schnurstracks auf meinen Schoß und rollt sich wieder ganz klein zu einem Ball zusammen.

»Ich denke, damit wäre die Sache wohl entschieden«, sagt B.J.

Ich beschließe im selben Moment, sie Ellie die Hündin zu nennen.

Die erste Ellie hatte blondes Haar und braune Augen und ein so breites Lächeln, daß ihr Mund sich wie eine Blüte öffnen mußte, um es zuwege zu bringen. Wir lernten uns im Einkaufszentrum kennen, als sie mich vor den Leuten rettete, die Verbraucherbefragungen durchführen.

Manchmal stellten sie nur ein paar Fragen nach Produkten, die ich niemals kaufe – Limo Light oder Schmelzkäse –, aber manchmal bugsierten sie mich auch in einen von diesen kleinen weißen Räumen, die sich im tiefsten Innern der Einkaufszentren befinden, wo sie mir irgend etwas zum Probieren gaben.

An dem Tag war es Mayonnaise, und Ellie muß wohl mitbekommen haben, wie ich sagte, ich würde keine verwenden und ich hätte es sehr eilig und ob sie mich bitte weitergehen lassen würden. Der adrette junge Mann versicherte mir, es werde nur eine Minute dauern, und schob seine Hand in meine Armbeuge, wie sie es immer machen, und in dem Moment trat Ellie dazu.

»Nein, nein, nein, nein, nein«, sagte sie und verdutzte den

jungen Mann damit derartig, daß er beinahe seine Höflichkeit vergaß.

»Ich muß doch sehr bitten«, setzte er an.

»Nein, nein, nein, nein, nein, nein, nein«, sagte Ellie, zog mich von ihm fort und blieb erst stehen, als wir längst um die Ecke gebogen waren.

»Nur so wird man die los«, sagte sie.

»Danke«, sagte ich.

»Ich heiße Ellie«, sagte sie, und ich schüttelte ihre Hand.

Das zweite Mal traf ich sie bei einer Wanderung in den Bergen unweit ihres Hauses. Sie hatte mich dazu eingeladen, zusammen mit all ihren Lieblingsfrauen, wie sie sie nannte – eine Malerin, eine Dichterin, eine Lehrerin und eine Hexe. Wir wanderten auf einem Weg mit dem Namen »Engelspfad« zu einem Wasserfall, der, wenn die Nachmittagssonne ihn von hinten beleuchtete, aussah, als regnete es Diamanten.

Es war September, und ich erinnere mich, daß die Espen ihr letztes Grün trugen, als würden sie den Atem anhalten, daß ein winzig kleiner Vogel sich ganz nah an der steilen Wasserwand wusch, daß Ellie unterwegs sang, aber nur für sich, ein Lied ohne Worte und fast ohne Melodie, als würde sie dem Blut, das durch ihre Adern pulsierte, irgendwie eine Stimme verleihen.

Alle anderen Frauen habe ich nur noch verschwommen in Erinnerung, aber irgendwo habe ich noch einen Schnappschuß, Dauerwellen und wohlgeformte Schenkel und Baumwolle von Kopf bis Fuß. Ich weiß noch, daß ich mir große Mühe mit dem Foto gegeben habe, weil ich schon damals wollte, daß Ellie stolz auf mich ist.

Ellie war ein Ausbund an Zähigkeit und Unabhängigkeit, und auch ihre Liebe hatte etwas Vehementes; wenn man das Objekt ihrer Liebe war, wie ich eine Zeitlang, dann begriff man irgendwann, was für eine Macht diese Liebe hatte, daß sie einen stützte und zusammenhielt, eine Liebe, die so vehement war, daß sie es einem unmöglich machte, Ellie im Stich zu lassen.

Sie machte allen ein wenig angst, vor allem ihren Eltern, die sie mit sechzehn in eine psychiatrische Klinik einweisen ließen. Das einzige, so sagte sie immer, für das es sich gelohnt hatte, ein ganzes Jahr drinnen gewesen zu sein (und sie fand den Ausdruck *drinnen* gut), war das Treffen roter Autos, das sie auf die Beine gestellt und das regen Zulauf gefunden hatte.

Sie organisierte alles von der Klinik aus, die Flugblätter und Programme und die Zeitungsanzeigen, und schmuggelte sie mit Hilfe eines Pflegers, der in sie verknallt war, nach draußen. Im Handumdrehen hing an jeder Telefonzelle in Evenston, Illinois, ein Plakat.

Sie bot Preise für den größten roten Wagen, den kleinsten roten Wagen, den rotesten roten Wagen und forderte Restaurants und Kunsthandwerker auf, einen Stand zu machen. Sie erzählte die Geschichte immer so, daß man meinte, es wären höchstens fünfzig oder hundert Leute gekommen, und dann lehnte sie sich zurück mit ihrem Blumenblütenlächeln und sagte: »Sechzehntausendzweihundertdreißig rote Autos.«

Zurück in Hope zuckt Ellie die Hündin nicht ein einziges Mal zusammen, während Doc Howard sie untersucht. Er kommt einmal die Woche mit dem Auto den weiten Weg von Gallup, New Mexico, weil es ja sonst keiner macht, wie er sagt. An den übrigen Tagen läßt er seine Praxis offen, und jeder, der Hundefutter oder Schmerztabletten oder die eine oder andere Spritze braucht, geht einfach rein und bedient sich und schreibt seinen Namen auf einen Block.

Er vermutet, Ellie ist älter, als man uns im Tierheim gesagt hat, wahrscheinlich etwas über ein Jahr. Er sagt, sie muß fast zehn Kilo zunehmen, damit sie ihr Idealgewicht hat. Als er sich die roten Ringe um ihre Augen ansieht, sagt er, daß sie wahrscheinlich Staupe hat.

»Dagegen gibt es kein Mittel«, sagt er. »Falls sie krank ist, werden Sie's in zwei Wochen wissen. Dann fängt sie an zu husten und zu wimmern, kein besonders schöner Anblick, aber Sie können hoffen, daß es schnell geht.«

Ich kaufe ihr Hundefutter, das die Immunkräfte stärkt, und ein Kauspielzeug, und wir fahren zur Ranch.

Als wir ankommen, ist es fast genauso schwer, Ellie aus dem Wagen zu kriegen, wie es schwer war, sie hineinzukriegen. Und die ersten zwei Tage kommt sie nicht in die Nähe des Hauses.

Am dritten Tag schleicht sie vorsichtig über die Schwelle, setzt sich vor meine Füße und lächelt zu mir hoch, und ihr Schwanzwedeln schlägt dumpf auf den vermoderten Dielen auf. Sie niest, fast unmerklich.

»Nein, nein«, sage ich. »Untersteh dich, mir krank zu werden.«

Ich war ein Einzelkind, ein einsames Kind, und ich nannte mich selbst eine Einzelgängerin, aber die weiten, ebenen Felder der Ranch und der Bergkamm, der sich um sie herumschmiegt, verleihen dem Wort *einsam* für mich eine ganz neue, ursprüngliche Bedeutung.

»Du könntest eine ganze Weile tot sein, bevor das hier draußen jemand merkt«, sage ich zu Ellie. »Wir alle könnten das.«

Eine Maus huscht über den Fußboden, und Ellie springt hoch und stürzt sich so elegant und mühelos auf sie, daß sie meine Vermutung bestätigt, daß sie zur Hälfte Kojote ist und vielleicht sogar ein bißchen mehr. Sie legt mir die leblose Maus vor die Füße, scheinbar unversehrt, bis auf das gebrochene Genick, und wartet ab, was ich damit mache.

Die Tage verstreichen, und wir lassen uns häuslich nieder, Ellie die Hündin hält die Stellung – seit dem Tag unserer Ankunft macht sie einen großen Bogen um den Wagen –, und ich fahre täglich in den Ort, kaufe Lebensmittel, Glühbirnen und Installationsteile und was wir sonst noch alles brauchen.

Ellie hört meinen Wagen, lange bevor ich in die Zufahrt einbiege, und dort begrüßt sie mich, ein breites Kojotengrinsen auf dem Gesicht. Sie springt neben mir her zurück zum Haus, immer nach dem gleichen Muster – laufen, laufen, laufen, springen, laufen, laufen, laufen, springen –, wobei sie bei jedem vierten Schritt alle Beine in die Luft wirft, als könnte sie ihre Freude über meine Ankunft gar nicht fassen.

Abends lauschen wir dem Jaulen und Heulen der richtigen Kojoten, und ich beobachte, wie Ellie die Ohren spitzt und mir dann einen verstohlenen Blick zuwirft, um zu sehen, ob ich auch gucke. Wenn sie sieht, daß ich gucke, steht sie auf und legt sich wieder hin, aber diesmal auf meine Füße.

Keine Angst, sagt sie mir mit dem Rhythmus ihres schlagenden Schwanzes. Und der Ausdruck in ihren Augen sagt, *ich werde niemals gehen.*

Es ist die schönste Zeit des Tages in meiner Küche, die Sonne ist eben aufgegangen und strömt durch meine Fenster, als Ellie aufspringt und mit einem Knurren in der Kehle zur Tür hinausfegt. B.J. steigt aus ihrem Pick-up mit einer Tüte Bagels in der einen Hand und einem Stück Pansen in der anderen, das sie Ellie hinwirft, die ihren Augen nicht trauen mag.

»Der verdammte Lieferant bringt mir immer mehr Bagels, als ich brauche«, sagt sie. »Ich hoffe, ich bin nicht zu früh. Ich fahr gleich wieder, wenn du zu tun hast.«

Ich nehme ihr die Bagels aus der Hand, den Rahmkäse, den sie unter den einen Arm, die Thermosflasche mit Kaffee, die sie unter den anderen geklemmt hat.

»Schritt für Schritt, was?« sagt sie, als sie den Teil der Wände sieht, den ich neu gestrichen, die paar Dielenbretter, die ich saubergeschrubbt habe.

»Ich kann so viel saubermachen, wie ich will«, sage ich, »aber es ist alles für die Katz, falls das Dach einsackt und das Haus in den Fluß rutscht.«

»Du brauchst einen Mann hier draußen, der sich um den Kram kümmert«, sagt B.J. Sie hat meinen Backofen angeheizt und backt so viele Bagels auf, daß eine ganze High-School davon satt werden könnte.

»Ich brauche einen Mann«, sage ich, »wie ich ein Loch im Kopf brauche.«

»Das hat deine Großmama auch immer gesagt.« Sie läßt sich auf einen Küchenstuhl sinken. »Ich finde es geradezu sträflich, daß ihr zwei euch nie kennengelernt habt.«

»Es war ihre Entscheidung«, sage ich.

»Bei dem Streit ging es um deinen Vater«, sagt B. J. »Sie konnte ihn nicht ausstehen.«

»Da war sie kein Einzelfall«, sage ich.

»Sie hätte dich sehr gern selbst hier großgezogen.«

»Dann hätte sie es machen sollen«, sage ich. »Wahrscheinlich wäre es mir um einiges besser ergangen.«

Ich stelle zwei Tassen vor ihr auf den Tisch.

»Die Leute im Ort haben gesagt, du würdest nicht herkommen«, sagt B. J. »Sie haben gesagt, die Ranch würde dir nicht das geringste bedeuten.«

»So war es auch beinahe«, sage ich. »Es hätte so sein können. Ich schätze, es könnte noch immer so sein.«

»Deine Mutter muß ausgeflippt sein, als sie erfahren hat, daß du herkommen willst.«

»Meine Mutter ist tot«, sage ich. »Die beiden sind im selben Jahr gestorben, ein paar Tage auseinander, nur ein paar Wochen Unterschied nach meiner besten Freundin – die, nach der ich den Hund benannt habe.«

»Und seitdem hast du keine richtige Freundin mehr gehabt«, sagt B. J.

»Ich habe Freundinnen«, sage ich. »Nicht so eine wie Ellie. Eine Frau namens Thea zum Beispiel ist fast so eine gute Freundin geworden, und ich habe versucht, sie im Colorado River zu ertränken.«

»Das bezweifele ich«, sagt B. J. Sie tunkt einen mit Rahmkäse bestrichenen Bagel in ihren Kaffee. »Also«, sagt sie und hält mir den Bagel hin, damit ich reinbeiße, »warum bist du hier?«

Ich bin hergekommen, weil Carlos Castaneda es mir gesagt hat, hätte ich sagen können. Oder: *Ich bin hergekommen, weil meine Mutter von hier weggelaufen ist.* Oder: *Ich bin hergekommen, weil ein Teil von mir in der Großstadt abstarb.* »Ellie hätte es hier gefallen«, sind die Worte, die ich schließlich benutze.

»Ich habe ihre Asche dabei und ihre Briefe. Ich mußte für das alles den richtigen Ort finden, bevor ich Ellie loslassen konnte.«

Die erste Ellie wünschte sich für mich vor allem anderen, daß ich ein Zuhause hätte. Die Männer, mit denen ich mich einließ, gefielen ihr nicht. »Der ist nicht poetisch genug für dich«, sagte sie einmal. Und: »Ich kann nichts für dich tun, solange du deine Vorliebe für Prototypen nicht aufgibst.« Und: »Lucy, manchmal bin ich felsenfest davon überzeugt, daß du nur deshalb auf die Welt gebracht worden bist, um zu verdeutlichen, daß meine Psyche vergleichsweise gesund ist.«

Sie sagte, sie begreife einfach nicht, daß eine Landschaftsfotografin ein solches Problem mit dem Verhältnis von Person und Umgebung haben könne.

»Such dir auf der Welt einen Platz, wo du hingehörst«, sagte sie, »einen Platz, wo sich der Sand unter den Füßen wie das Gute anfühlt. Mach das richtige Bild, und ein Mann wird in das Bild hineingehen. Und wenn du ihn auch nur ein bißchen ertragen kannst, dann laß ihn eine Weile bleiben.«

Am allerliebsten auf der Welt saß ich bei Ellie am Küchentisch, während sie Schmorfleisch oder weiße Bohnen oder mit Honig glasierten Schinken zubereitete. Ihr Garten war so groß, daß sie ein ganzes Bataillon hätte bekochen können, doch ihr Mann und ihre Söhne aßen offenbar immer außer Haus. Sie konnte eine Tonne Pfirsiche so schnell einmachen, daß einem schwindelig wurde. Sie konnte Pesto und Salsa und gläserweise eingelegte grüne Tomaten machen, und das alles gleichzeitig.

Selbst nach der Diagnose konnte keiner sie aus der Küche locken. Sie trug ein leuchtendes Kopftuch um ihren kahlen Kopf, und ihre Hände flogen von der Backofentür zum Kühlschrank und dann zu meinen Schultern, um sie kurz zu reiben.

»Mal angenommen, ich sterbe vor der nächsten Einmachsaison«, sagte sie und fixierte mich dabei. »Was sollen die dann alle essen?«

Als der Winter kam, ging sie fort, um zu sterben, nach Tulsa in Oklahoma. Dort lebte ein Mann, der behauptete, er könne sie heilen, indem er mit ihren Füßen sprach. Er würde ein Kräuterheilmittel nach dem anderen an ihre Fußsohlen halten, und ihre Füße würden ihm sagen, welches ihr Körper brauchte.

Sie hatte mich fast täglich von ihrer Ranch aus angerufen und mir Briefe geschrieben, auch aus dem Krankenhaus in Albuquerque, wo man ihr das ganze Knochenmark aus dem Körper nahm, die Krebszellen vernichtete und es ihr dann wieder zurückgab. Drei Tage lang war sie in der Welt zwischen Leben und Tod gewesen, und am vierten Tag schrieb sie mir einen Brief. Doch als sie nach Oklahoma ging, hörten die Anrufe und Briefe auf.

Am Ende wollte sie nicht einmal mehr mit mir sprechen, wenn ich anrief; sie wollte mit niemandem sprechen. Sie hatte mit ihrer Zimmergenossin im Krankenhaus vereinbart zu lügen. Als ich die Wahrheit erfuhr, war es schon viel zu spät, noch rechtzeitig zu ihr zu kommen. Sie starb, während ihr Mann und ihre Söhne und ich in einer Maschine über dem Westen von Oklahoma saßen, und die Zimmergenossin nach wie vor behauptete, Ellie wolle niemanden von uns sehen.

In unserer zweiten Woche auf der Ranch verbringt Ellie die Hündin mehr und mehr Zeit unter der Veranda, und ich höre sie morgens husten und versuche, nicht zu weinen. Sie bleibt sogar auch dann unter der Veranda, wenn die Gewitter kommen, am Nachmittag erst gewaltig und lautlos, bis sie sich zu Donner steigern, der in Wellen über uns hinwegrollt, manchmal fünfzehn Sekunden lang, und schließlich zu Blitzen, die über die Berggipfel tanzen, so daß wir hinterher nachsehen, ob es irgendwo brennt.

Doch schon am Abend sind die Gewitter für gewöhnlich weitergezogen, und ich versuche Ellie herauszulocken, damit sie etwas frißt. Sie wedelt mit dem Schwanz, und ihre Augen blitzen mich an, doch sie hat nicht vor zu kommen.

Die Veranda ist hoch genug, daß ich meinen Körper halb darunter schieben kann und eine von Ellies Pfoten zu fassen kriege. Dann leistet sie keinen Widerstand und läßt sich an der Pfote herausziehen wie ein Ghandi in Hundegestalt, läßt zu, daß ich ihre gut zwanzig Kilo hochwuchte und zum Futternapf trage und sie füttere, Häppchen für Häppchen aus der Hand.

Wenn wir später zusammen auf der Couch sitzen, streckt sie dieselbe Pfote aus – ein bißchen so wie eine feine Dame, die eben ihr Taschentuch fallengelassen hat – und wartet, daß ich ihr den Bauch streichle. Also streichle ich ihn eine Weile und nehme dann vielleicht meine Gitarre und singe die Art von Liedern, bei denen so mancher Selbstmord begeht, und frage mich, was ich hier in dieser gottverlassenen Gegend eigentlich zu suchen habe, einsamer denn je, bis auf einen halbwilden Kojotenhund, den ich nach meiner toten besten Freundin benannt habe und der wahrscheinlich den Freitag nicht mehr erlebt.

»Ich lasse uns morgen einen Telefonanschluß legen«, sage ich zu Ellie, »ich finde, es ist keine Mogelei, wenn wir uns ein Telefon anschaffen.«

Der einzige Mensch, der mir einfällt, den ich anrufen kann, ist mein Freund Henry in Chicago.

»Schön, daß du dich amüsierst«, sagt er. »Ich möchte bloß wissen, wann du diesen ganzen Erdmutterblödsinn überwindest und zurück in die Zivilisation kommst.«

»Die Leute hier mögen dich lieber, wenn du Kinder hast«, sage ich zu ihm. »Ich habe beschlossen, mit einem Hund anzufangen.«

»Ein Hund ist eine gute Sache«, sagt Henry.

»Ich glaube, sie hat Staupe«, sage ich.

»Und dein neuer Freund ist ein Zeuge Jehovas«, sagt er. »Ehrlich, Lucy, würde es dich umbringen, dich ein einziges Mal auf etwas einzulassen, das echte Erfolgschancen hat?«

»Ich habe keinen neuen Freund«, sage ich.

Am zehnten Tag gräbt Ellie die Hündin sich ein Plätzchen unter der Veranda, wo ich nicht an sie herankomme, und dort bleibt sie geschlagene zwei Tage und Nächte. Ich krieche, so weit ich kann, zu ihr und höre, wie sie keucht und schnauft. Sie hustet jetzt ständig und atmet noch schwerer und noch langsamer.

Ich bringe ihr Wasser und was mir sonst noch alles einfällt – Hühnerbrühe, Hamburger, sogar Thunfisch aus der Dose – und stelle es ihr einfach hin, damit sie nicht denkt, ich will sie bestechen, aber sie rührt es nicht an, auch nicht, wenn ich weg bin.

Ihre Augen sind stumpf geworden, und ihr Zahnfleisch ist weiß und teigig. Ich möchte nicht daran denken, wie ich sie da am Morgen rauskriegen soll, falls sie in einer dieser langen, dunklen Nächte stirbt.

Am zweiten Morgen höre ich keinen Laut mehr, und ich denke, sie ist tot, doch als ich nachsehe, wedelt sie noch immer schwach mit dem Schwanz zwischen Boden und Verandabrettern.

Dann kommt das große Unwetter. Wolken, so hell, als würden sie von innen beleuchtet, in allen Schattierungen, vom reinsten Weiß bis zum tiefsten Indigo, türmen sich auf allen Seiten auf, manche kommen vom Red Mountain, manche von den La-Garita-Bergen, manche vom oberen Flußlauf, so daß wir nur noch bis Bristol Head blicken können.

An den meisten Tagen kommen die Gewitter, die an der Ranch vorbeiziehen, von Westen, regnen sich auf der Wasserscheide ab, doch dieses Unwetter hängt Stunde für Stunde über uns. Es läßt seinen Regen oder Hagel fallen, hält kurz inne und macht dann weiter, dreht sich ohne Unterlaß direkt über der Ranch, als wüßte es nicht, wo es sonst hinsollte.

Als es dunkel wird, bietet sich uns ein noch beeindruckenderes Schauspiel; der Donner kommt aus allen Richtungen, und die Blitze erleuchten den Zaun, als wäre er elektrisch geladen, erleuchten den Red Mountain, den Fluß, die Scheune, das Blockhaus und die ganze Ranch, so daß es heller ist als am Tag.

In Decken eingewickelt, sitze ich auf der Veranda direkt über der Stelle, an der Ellie liegt, und ich bete zu den Blitzen und zu Gott und zu Carlos Castaneda, sie mir doch bitte bitte nicht wegzunehmen.

Das dritte Mal, das die erste Ellie und ich zusammen waren, waren wir Skilanglaufen in viel zu früh gefallenem Schnee. Die Espenblätter waren rot und golden und stellenweise sogar grün, und sie fielen auf den Teppich aus schwerer, weißer Nässe wie Buntstifte auf ein frisch gewaschenes Laken.

Wir waren eine Stunde lang überwiegend schweigsam gewesen, und das einzige Geräusch war das Knirschen der Skier.

»Ich liebe dich jetzt schon«, waren ihre Worte.

Als wir wieder am Auto waren, sagte sie: »Ich bin nicht wie die anderen. Ich werde niemals gehen.«

Einen Monat später entdeckte der Arzt den ersten Knoten.

Noch drei Monate nach ihrem Tod sah ich Ellie überall. Sie war eine der Background-Sängerinnen in dem Konzert von James Taylor, sie war die junge Frau, die an der Autowaschanlage mein Geld entgegennahm, die Frau auf einer Wäschereklame, mit der ganz Frankreich tapeziert war. Es passierte so häufig, und die Ähnlichkeit war so unheimlich, daß ich nach einer Weile glaubte, daß Ellie dahintersteckte, um mich wissen zu lassen, daß sie dasein würde, solange ich sie in meiner Nähe brauchte.

Mehrmals am Tag las ich ihre Briefe, und ich träumte von ihr, sobald ich die Augen schloß. Ihre Stimme war in meinem Kopf und schloß alle anderen aus. Einmal wurde ich abends von einer Polizeistreife angehalten, weil ich zu schnell gefahren war, und als der Cop an mein Fenster trat, schien es mir ganz selbstverständlich, Ellie die Schuld zu geben.

Dann hörte eines Tages ihre Stimme auf zu sprechen, ich schlief fest und traumlos, und keine Frau, der ich auf der

Straße begegnete, sah aus wie sie. Nichts hatte mich auf die Leere vorbereitet, die danach kam. Ich faltete ihre Briefe zusammen und schloß sie weg.

Ich wache auf der Veranda auf, als die Sonne durch die Wolldecken brennt, und Ellie die Hündin sitzt kerzengerade vor mir und blickt mich an. Ihre Augen strahlen, ihr Zahnfleisch ist rot, und sie springt in die Luft, als ich aufstehe, um sie zu begrüßen.

»Jetzt, wo du wieder auf den Beinen bist«, sage ich zu ihr, »ist es an der Zeit, daß wir uns entscheiden, ob wir hierbleiben oder nicht.«

Sie wedelt nicht nur mit dem Schwanz, sondern mit der ganzen hinteren Hälfte ihres Körpers, wirbelt herum und tötet eine Maus, bevor die es zur Türschwelle schafft.

»Die gehört dir«, sage ich, und sie legt den Kopf schief, beißt einmal zu und schluckt.

Während Ellie langsam wieder zu Kräften kommt, machen wir täglich einen Spaziergang, was zur Tradition werden soll. Zunächst folgt Ellie mir stets auf den Fersen wie eine Art Hirtenhund, doch je weiter wir uns von der Ranch entfernen und je besser die Gerüche werden, desto größere Kreise macht sie, bis sie manchmal für drei oder vier Minuten spurlos verschwunden ist.

Dann rufe ich sie, nicht zu laut, für den Fall, daß sie irgend etwas jagt, und meistens taucht sie postwendend auf einem kleinen Grat auf, wartet, bis wir Blickkontakt haben, und schon ist sie wieder weg und hinter etwas anderem her. Wenn sie nach fünf oder sechs Minuten nicht wieder auftaucht, rufe ich lauter, warte in dem Echo auf ihr Hecheln – das ich noch vor dem Geräusch ihrer Pfoten höre –, und sie kommt den Berg herabgesaust, wirft sich mir in die Arme und läßt sich so lange tätscheln, bis eine von uns es leid wird, und dann läuft sie auch schon wieder davon.

Es macht mir nichts aus, sie ständig rufen zu müssen, weil ich es schön finde, Ellies Namen auszusprechen, nachdem ich sie so viele Jahre vermißt habe.

Etwa eine Woche später, nachdem die Gewitter und der Regen aufgehört haben, sitze ich auf der Veranda, nehme die alte Larrivee-Gitarre, die ich für Carter Thompson gekauft, ihm aber nicht gegeben habe – endlich mal eine vernünftige Entscheidung in meinem Leben –, und zupfe die Akkorde von »Brown-Eyed Girl«.

Ellie die Hündin kommt sofort unter der Veranda hervor und setzt sich neben mich, als hätte sie Eintrittsgeld für einen Platz in der ersten Reihe bezahlt.

Während ich den Text singe, blickt sie mich aufmerksam an, doch als ich zu der Stelle mit dem Scha-la-la-la-la-la-la-la-la-la-ti-da komme, wirft sie ihren hübschen Kopf zurück und singt mit. Es ist kein Heulen oder Bellen oder sonst ein Hundegeräusch, sondern es klingt genau wie bei einem Menschen, wenn er den Text nicht kennt.

Dann singe ich »Suzanne« von Leonard Cohen, was sie geduldig aussitzt, und es scheint ihr zu gefallen, obwohl sie keinen Ton von sich gibt. Doch als ich anschließend »The Boxer« anstimme und zu der Stelle mit dem Lei-la-lei, Lei-la-lei-lei-lei-lei-lei, Lei-la-lei komme, fällt sie, wie ich erwartet habe, wieder mit ein.

Das L klingt bei ihr zugegebenermaßen eher wie R, daher singen wir Rei-ra-rei statt Lei-la-lei.

»Ich liebe dich«, sage ich, und sie legt den Kopf schief.

»Rri rriebe rrich«, sage ich, diesmal ein wenig langsamer.

»Rri rriebe rrich«, sagt sie, mit klopfendem Schwanz.

»Rrrrotes, rrrotes Rrrrotkehlchen«, sage ich.

»Rrrrotes, rrrotes Rrrrotkehlchen«, sagt sie, leckt sich die Lippen und legt sich hin.

»Gerrrallldo Riverrrra«, sage ich, bevor sie das Spiel leid wird.

»Rerrrallldo Riverrrra«, sagt sie, aber ich weiß, gleich verliert sie das Interesse.

Also nehme ich die Gitarre, und wir singen »Bobby McGee«, Janis' Version mit vielen Ra-ra-raings am Ende, und danach hänge ich an jedes Lied, das ich spiele, einen Refrain, den Ellie mitsingen kann, bis sie sich nach zehn oder zwölf Stücken auf ein Schaffell legt und mir zu verstehen gibt, daß ihr Part für heute beendet ist.

Ich setze die Gitarre ab und blicke hinauf zur Sonne, die jetzt grell auf den Bergkamm scheint. Auf einmal habe ich das Gefühl, daß der richtige Zeitpunkt für mich gekommen ist, und Ellie die Hündin und ich gehen mit der Kaffeedose auf den Hügel, und ich öffne die Schachtel mit Ellies Briefen.

Und das schrieb sie:

Heute morgen laufen die Pferde, dreizehn sind es, an den Hügeln am hinteren Ende der Weide entlang. Sie sprengen auseinander, galoppieren davon, weil wir sie stören. Zwei alte weiße Stuten führen die Herde an.

Sie schrieb:

Ich trage jetzt wieder meine Glatzenmützen. Sie sehen ziemlich albern aus, aber es macht mir großen Spaß, sie aufzusetzen.

Sie schrieb:

Seit Donnerstag hat es hier geregnet und geregnet und geregnet. Wolken und Nebel ziehen durch den Canyon wie Frauen mit großen Körben auf dem Kopf.

Sie schrieb:

Auf meine eigene sonderbare Weise habe ich noch immer den festen Boden, die Erde, unter meinen Füßen, und dafür bin ich dankbar.

Sie schrieb:

Mir ist, als würde ich für eine Weile unter Wasser tauchen. Ich muß mit diesen Dämmerwesen schwimmen.

Sie schrieb:

Ich weiß jetzt, daß ich dich wirklich bei mir trage, denn ich kann dich vorn auf meinem Körper spüren, am Gesicht und an der Brust, wo mein Atem die Mulde an meinem Hals wärmt. Das ist zwar schön, aber es hat zur Folge, daß ich dich noch mehr vermisse.

In ihrem letzten Brief schrieb sie:

Es muß für dich sehr seltsam sein, so eine Freundin wie mich zu haben.

Ich öffne die Kaffeedose, und bevor ich weiß, was ich tue, ist der Boden um meine Füße herum mit Asche bedeckt. Der

Boden ist weich nach dem Regen, und die dunklen Wolken im Westen kündigen neuen Regen an. Heute wird er auf Ellie fallen und sie mit in den Boden nehmen, und sie wird die Gilia und die lila Lupinen nähren, das Präriegras und die Goldkiefern, alles, was wild auf der Ranch meiner Großmutter wächst.

Ellie die Hündin blickt zu mir hoch, streckt die Pfote aus, als wollte sie mich bitten, etwas gemeinsam zu singen, zwinkert mir mit ihren Kojotenhundeaugen zu, als wollte sie sagen, *danke, daß du mir den richtigen Namen gegeben hast.*

»Wir sind nun schon einen Monat hier«, sage ich. »Es ist Zeit, weiterzuziehen – falls wir weiterziehen.«

Ellie rollt sich auf meinen Füßen ganz klein zusammen. Wenn die erste Ellie hören würde, daß ich davon spreche, von hier wieder wegzugehen, würde sie mir die Autoreifen zerstechen.

B.J. hat gesagt, jeder im Ort habe auf meine Großmutter kurz vor ihrem Tod eingeredet, die Ranch zu verlassen, nach Durango zu gehen, wo man sich richtig um sie kümmern könnte, ein oder zwei Jahre die Beine hochzulegen, was ihr Leben vielleicht verlängert hätte. Aber sie blieb bis zum Schluß, hielt die Ranch, so gut sie konnte, in Schuß. Meine Mutter ließ sich von niemandem helfen, sie von der Flasche abzubringen. Ellie, die sich bei dem verrückten Arzt in Oklahoma versteckte, griff nicht einmal zum Telefon.

Am Ende waren sie alle allein, Ellie mit Absicht, meine Mutter, obwohl mein Vater an ihrer Seite war, meine Großmutter, weil sie es ihr ganzes Leben lang gewesen war. Ich habe so viele blödsinnige Dinge in meinem Leben getan, nur um nicht allein zu sein, und jetzt habe ich mir eine richtige Kur verschrieben. Ich glaube, ich habe sie nötig. Ich kann nur hoffen, daß es vorübergeht. Ich habe mit einem Hund angefangen. Als nächstes kommt vielleicht eine Freundin.

Die Sonne klettert unaufhörlich den Red Mountain hoch, und die Luft ist so klar nach dem Regen, daß ich die neuen Blätter an den Espenzweigen zählen kann.

Ich zupfe einige Akkorde, und Ellie die Hündin merkt gleich auf. Wenn die erste Ellie heute morgen hier wäre, würde sie das Lied, das sie am Wasserfall gesungen hat, das Lied ohne Worte singen. Sie würde sagen, eines meiner größten Probleme in meinem bisherigen Leben ist, daß ich jedesmal, wenn ich »ich liebe dich« gesagt habe, im Grunde Geraldo Rivera meinte. Sie würde mir erklären, warum sie es uns in den letzten Wochen ihres Lebens so schwer gemacht hat, zu ihr durchzudringen. Sie würde sagen, daß ich endlich den Platz gefunden habe, von dem ich nicht wußte, daß ich ihn brauche, den Platz, der für Ellie die Hündin und mich bestimmt ist, damit wir festen Boden unter den Füßen haben.

Dann steht man auf und frühstückt

»Ich werde in diesem Nest einen Mann finden, der noch an diesem Wochenende mit mir schläft, und wenn es das letzte ist, was ich tue«, sagte ich und ließ die Tür vom Glory Hole Café hinter mir ins Schloß krachen.

B. J. wischte sich mit der Schürze die Mayonnaise und den Senf von den Händen, goß zwei Tassen Kaffee ein, holte das Telefonbuch hinter dem Tresen hervor und setzte sich.

Hope hat 283 Einwohner und nimmt nur zweieinhalb Seiten im Telefonbuch der Region Alamosa in Anspruch. Männer sind fast zwei zu eins in der Überzahl, aber B. J. konnte trotzdem nur vier nennen, die eventuell in Frage kämen. Einer hatte Kinder und steckte gerade mitten in einer üblen Scheidung, einer war zum Holzfällen in den Wald gegangen und seit über einem Monat nicht mehr gesehen worden, und die übrigen zwei hatte ich selbst bereits ein paarmal gesehen, und es waren, vorsichtig ausgedrückt, nicht gerade die Funken geflogen.

»Heute abend sind alle bei Paul auf der Party«, sagte B. J., »auch die Sommerurlauber. Nimm ein langes Bad, zieh was an, das sexy aussieht, dann hast du die freie Auswahl.«

Paul Stone gab jeden Sommer zum Unabhängigkeitstag eine Party. Er baute auch jedes Jahr einen Festwagen für die Parade. Dieses Jahr wollte er sich als Angehöriger der Green Beret Special Forces verkleiden und von seinem Festwagen aus, an dessen Anhänger Schilder mit der Aufschrift »Bomb Clinic, 15.00« hingen, auf der Main Street mit einem Gatling-Maschinengewehr Bohnensalat abfeuern. Seine Festwagen wurden zwar nie von den Stadtvätern »genehmigt«, aber er schaffte es trotzdem, sie in die Parade zu schmuggeln. Er tritt energisch für ein schärferes Waffenkontrollgesetz ein, seit sein jüngerer Bruder sich vor drei Jahren erschossen hat.

»Die freie Auswahl«, sagte ich und versuchte, selbst daran zu glauben. Aber wir beide wußten, daß meine Erfolgsquote den tiefsten Tiefstand aller Zeiten erreicht hatte.

»Heute abend gibt's Feuer am Himmel, in allen Formen und Farben«, sagte B. J. »Zieh los und tanz ein bißchen im Feuer.«

Es war noch nicht einmal drei Tage her, daß Carter Thompson sich für immer von mir verabschiedet hatte, und er hatte seinen Rucksack und sein helles Lachen und seine Martin-Gitarre mitgenommen.

»Ich fand den Burschen sowieso viel zu hübsch«, hatte B. J. nur gesagt.

Und das war er. Volle blonde Locken, Lachfalten und markante Wangenknochen. Hände, die sich bewegten wie Gedichte, wenn sie sich hoben und die Luft formten.

Ich hatte eine Zeitlang gedacht, er wäre der Mann, auf den ich gewartet hatte, hatte gedacht, es wäre ein gutes Zeichen, daß wir, anders als bei allen anderen, nicht auf Anhieb zusammen ins Bett gegangen waren.

Carter mochte die Ranch meiner Großmutter, und seit ich wieder in die Rockies gezogen war, flog er über Denver, wann immer er es einrichten konnte, aber seine Besuche waren so kurz, daß wir manchmal noch nicht mal aus dem Flughafen rauskamen. Auch ich war in dieser Zeit viel unterwegs, um Fotos für eine Outdoor-Zeitschrift zu schießen. Wenn wir gleichzeitig ein Wochenende freihatten, gingen wir, egal, wo wir waren, raus in die Natur: Skifahren, Wandern oder eine wilde Flußfahrt. So vergingen fünf Monate, bevor mir klarwurde, daß wir kein einziges Mal miteinander geschlafen hatten.

Von B. J. ging ich zu Paul, um ihm beim Schmücken für die Party zu helfen und um sicherzugehen, daß er seinem Ruf nicht schon wieder alle Ehre machte und das Hähnchen bei zu schwacher Hitze briet.

Er arbeitete an einer neuen Plastik mit dem Titel »Virtual Reality«, einem altmodischen, mit Kugeln gefüllten Kaugummiautomaten, an dem an einer silbernen Kette eine .357 Magnum hing. Nicht jeder in Hope versteht Pauls Humor, was, wie er sagt, einer der Hauptgründe ist, warum er bleibt.

Ich setzte mich und sah zu, wie Paul die Porzellanseiten des Kaugummiautomaten babypuppengelb strich. »Trost« stand auf dem Deckel der Farbdose.

»Ich suche meine Farben eher nach dem Namen als nach dem Farbton aus«, sagte er. »Die Küche ist ›Ausflucht‹, die Diele ›Wahnsinn‹, und das untere Badezimmer heißt ›Lustige Blondine‹.«

»Wer hätte gedacht, daß Wahnsinn eine einzige Farbe ist«, sagte ich.

»Das denkt man zuerst«, sagte Paul, »aber dann ergibt es allmählich Sinn.«

Er legte den Pinsel hin, nahm den silbernen Revolver und steckte ihn in den Mund.

»Apropos Wahnsinn«, sagte er, »mein bester Freund kommt dieses Wochenende aus Kansas. Ich möchte das hier fertig haben, damit er es sich ansehen kann.«

Seine Name war Erik Sorenson, und ich kannte ihn nur von den Erfindungen, die er mit nach Hope gebracht und dagelassen hatte: ein Bierdosenkatapult mit zwei Läufen, einer für Bier der Marke Coors, einer für alle anderen Sorten; eine Rakete, mit der man brennende Leuchtstoffröhren abschießen konnte; ein Luftgewehr, das Klopapierrollen abschoß, so daß sie sich im Flug abrollten.

»Diesmal hat er sich selbst übertroffen«, sagte Paul. »Er kommt mit neunzigtausend Feuerwerkskörpern und einer Kanone, die eine Bowlingkugel weiter als eine Meile schießen kann.«

»Ist er Single?« fragte ich ihn, und Paul machte in seiner Kehle ein Geräusch, das nicht ganz ein Lachen war.

»Ist er ein Arschloch?« sagte ich.

»Er ist ein Prinz«, sagte Paul, »der cleverste und der beste. Hyperintelligent, netter, als ein Mann sein sollte.« Er blickte einen Augenblick auf seine Hand, die noch immer den Revolver hielt. »Die Welt wird Erik manchmal ein wenig zuviel, und was er an Scheiße erlebt hat, ist nicht zu knapp. Aber mit einer ordentlichen Ration Tequila am Tag hält er sich ganz gut über Wasser.«

»Schade«, sagte ich. »Bei Alkoholikern habe ich so meine Grundsätze.«

»Komisch«, sagte Paul. »Ich auch.«

Carter Thompson konnte hin und wieder leidenschaftlich werden, meistens draußen, an öffentlichen Plätzen und vollständig bekleidet. Flughäfen schienen ihn besonders anzumachen, die bevorstehenden Abflüge und die Aussichtspunkte, glitzernde Großstadtskylines und die gezackten Silhouetten von Bergketten, die leere Weite großer Salzseen. Doch wenn wir nach Hause kamen, blieb er auf und sang, bis der Himmel hell wurde, und meistens schlief ich dann auf der Couch ein. Die seltenen Male, die wir zusammen im Bett landeten, lief es ohne Ausnahme so ab: er im T-Shirt, ohne Pyjamahose, zusammengerollt und mir abgewandt, die dunklen Haare auf seinem Hintern stachlig gegen meinen Bauch gedrückt. Wenn ich mich auch nur ein winziges bißchen enger an ihn schmiegte, rollte er sich noch kleiner zusammen.

Einmal hatte ich einen richtig unanständigen Traum und muß wohl im Schlaf mein Bein über seins gelegt und weiter nachgefaßt haben. Am nächsten Morgen sein Gesicht: mitleidig und aschfahl. Ohne daß ein Wort gesprochen wurde, erfuhr ich alles, wonach ich nie hatte fragen dürfen.

Als ich Erik Sorenson das erste Mal sah, stand er vor einem brennenden Kessel Benzin mit zweitausend Feuerwerkskörpern in seinen norwegischen Armen. Paul stand einige Schritte hinter ihm und hielt einen Gartenschlauch in seine

Richtung, während Erik immer wieder zu seinem Pick-up lief, Nachschub holte und immer zwei Armvoll Feuerwerkskörper auf einmal in das flammende Loch warf.

Es war später Abend am Vierten Juli, das Feuerwerk war längst vorbei und kein Vergleich zu dem Schauspiel auf der Stone Avenue: zwei Männer mittleren Alters zunächst in riesige Wolken Schwarzpulverrauch gehüllt, dann in Funkenschauer, in Raketen und allen erdenklichen sprühenden, wirbelnden und explodierenden Feuerwerkskörpern.

Ich sah, wie Paul und Erik sich vor Lachen schüttelten, halb Hexen, halb Schuljungen. Paul drahtig und flink, Erik groß und schwerfällig, ein Schrank von einem Mann, ein Riese; ich dachte, *allein seine Hand ist so groß wie Pauls Kopf.*

In diesem Moment flog Erik eine Rakete in den Mund, und er drehte sich zu den Zuschauern um, die hinter Sicherheitsglas in Pauls Atelier kauerten. Sein Gesicht verzog sich zu einem schrägen Grinsen.

»Die ist mir direkt in den Mund geflogen«, sagte er und lachte, und seine Worte waren ein Schauer aus roten und goldenen Funken.

Meine erste Frage war, warum er die Nähe zum Feuer so liebte, und er sagte: »Weil mein Großvater immer zu mir gesagt hat, es gibt keinen besseren Platz.«

Später am Abend, im Crooked Creek, vergaß ich meinen eigenen Grundsatz und forderte Erik zum Wetttrinken heraus. Ich trinke zwar nicht viel Alkohol, aber das Zeug, das aus der Brust meiner Mutter kam, war zu einem Zehntel Milch und zu neun Zehnteln Wodka, und ich habe schon so manches Mal ganz gut mithalten können, mit Tequila, vor allem Cuervo Gold; Tequila bringt mich in Stimmung, der tiefe Fall kommt erst Stunden später.

Der Barkeeper versorgte uns mit einem doppelten Three Generations, und Erik zeigte mir Fotos von den Sachen, die er mit seinen Händen gemacht hatte: Miniaturnachbildungen von großen Tudorhäusern. Eins davon hatte vierzehntausend Miniziegel und im Fußboden Miniaturdübel aus

Eichenholzzahnstochern, Schmuckkästchen in Form von Flugzeugen und Kaninchen, eine Holzbank mit der aufgehenden Sonne auf der Rückenlehne.

Er erzählte mir eine Geschichte von fünftausend Pinguinen, die im Gänsemarsch in einer schnurgeraden Linie zum Südlichen Eismeer spazierten. Ein Wissenschaftler versuchte, sie von dieser Geraden abzubringen und sie um ihn herumzulenken, mit dem Ergebnis, daß alle fünftausend, sogar die ganz hinten, sich in Reih und Glied hinsetzten, um zu warten, bis der Wissenschaftler aufgab.

Er erzählte mir von den Chrysippusfaltern, die immer wieder von Kanada nach Mexico – eine Strecke von dreitausendfünfhundert Meilen – zur Farm der Familie seiner Freundin zurückkehrten, derjenigen, für die er die Schmuckkästchen gemacht hatte und die vor nicht ganz drei Jahren an Lungenversagen gestorben war.

Er erzählte mir von Feng Shui und wie man ein Haus so baut, daß das Glück darin bleibt, von seinem ebenfalls verstorbenen asiatischen Mentor, der ihm den Drachenring vermachte, den er an seiner unversehrten Hand trägt.

In North Dakota gingen er und sein Großvater oft zum Eisenwarengeschäft und kauften Dynamit, nahmen es mit auf die Farm und sprengten Felsen in die Luft.

»Hat meinen Vater in den Wahnsinn getrieben«, sagte er. »Wozu natürlich nicht viel gehörte.«

Er hielt den Zeigefinger seiner rechten Hand in die Luft. Er war um ein Glied kürzer als die anderen. »Wenn ich eins über Elektrowerkzeuge gelernt habe …«, sagte er.

Seine Brillengläser spiegelten das Blau und Gold der Barlichter.

»Sanitäter«, rief er dem Barkeeper zu. »Wir haben Verwundete.«

Er erzählte mir von den Jahren, in denen er politische Gefangene aus China rausholte, sie nach Amerika brachte und ihnen half, auf die Beine zu kommen.

»Ein Typ kommt hierher, und als ich ihn frage, wieviel Englisch er kann, sagt er auf chinesisch, *nur zwei Sätze, aber der eine oder der andere passen auf alles, was ein Amerikaner zu mir sagt.*«

Erik signalisierte dem Barkeeper, uns die fünfte Runde zu bringen.

»Also frage ich ihn, welche zwei Sätze das sind, und er sagt: ›Der erste ist: *Du willst mich wohl verarschen*‹« – er spielte mit seinem Glas – »›und der zweite ist: *Wie wenig wir doch wissen.*‹«

»Ich steh auf Männer, die gute Geschichten erzählen können«, sagte ich zu ihm. Und ich wußte, wenn er mich fragen würde, würde ich mit Sicherheit noch diese Nacht mit ihm schlafen.

Innerhalb von neun Monaten tat Carter drei Dinge, die mir die Gewißheit gaben, daß ich ihm nicht lange nachweinen würde. Das erste Mal war in Baton Rouge, auf einem Musikfestival, als er plötzlich zu einer Gruppe junger Reggae-Musikern auf die Bühne sprang, sich das Tamburin vom Percussiontisch schnappte und damit wie ein Hahn herumstolzierte.

Das zweite Mal war in Illinois, als er mich bat, ihn vor dem Ortsschild eines Städtchens namens Normal zu fotografieren, und als er sich unbeobachtet glaubte, weil ich, mit dem Kopf im Kofferraum, nach meinen Kameras kramte, ertappte ich ihn dabei, wie er die richtige Miene für das Foto übte, nicht einmal, nicht zweimal, sondern dreimal.

Und die dritte Sache, na ja, die möchte ich lieber für mich behalten.

Nach vierzehn Drinks gab ich mich geschlagen, mir war schwindelig, und ich fing an zu lallen. Erik, dem nichts anzumerken war, kaufte noch zwei Bier für unterwegs.

Ich war jedoch noch klar genug im Kopf, um ihn in meinen Pick-up zu verfrachten, die einzige Möglichkeit, die fünfzehn Meilen über die dunkle Landstraße zurück zur Ranch zu kommen.

Es war eine mondlose Nacht, und die Milchstraße zog

sich über den Nachthimmel so dick wie Sirup, und ich wünschte, ich hätte meine Kamera dabei und könnte ein, zwei Stunden mit ihr herumspielen, und dann fiel mir ein, daß ich ja eine lebende im Auto hatte. Das große Quadrat des Pegasus erhob sich über dem Bergkamm im Osten. Dahinter mußte Andromeda sein und eine ganze Galaxie, die sich in den Falten ihres Rockes versteckte.

Da erzählte Erik mir von den Antidepressiva. »Ich hätte es dir wohl besser schon in der Bar sagen sollen«, sagte er, »ich hatte seit fast zwei Jahren keine Erektion mehr.«

Ich betrachtete Kassiopeia, die direkt über mir hell am Himmel stand. Ich dachte: *Vielleicht lastet ja irgendein seltsamer uralter Fluch auf mir.*

»Ich würde dich gern berühren«, sagte er, die Augen nach unten auf ein gebrochenes Verandabrett gerichtet, »und ich denke, es könnte dir auch gefallen.«

Er legte seine Hände auf meine Brüste, der verstümmelte Finger seiner rechten Hand berührte die Spitze meiner Brustwarze, und seine Augen verwandelten sich in eine Frage.

»Ja«, sagte ich, und ich nahm ihn mit ins Bett.

In den nächsten vier Stunden waren seine Hände ununterbrochen in Bewegung. Er berührte mich wie ein Blinder, der nur eine Nacht zur Verfügung hat, um zu erkunden, was eine Frau ist, und ich schlief immer wieder ein und wachte wieder auf, wie in einem süßen, unentwegten Traum. Als die Sonne die Spitze des Bergkamms draußen vor meinem Schlafzimmerfenster erreichte, hatte ich ein sehr viel tieferes Verständnis von all den Bildern, die er mir gezeigt hatte. Ich spürte tief in mir die perfekte Anordnung jedes einzelnen dieser vierzehntausend winzigen Ziegel.

Um sieben Uhr stand Erik auf und ging in die Küche, und ich zog mir mein Flanellnachthemd über und folgte ihm. Er öffnete den Kühlschrank und nahm eine Dose Bier heraus. Mein Magen machte einen kleinen Satz, als der malzige Geruch mich erreichte. Ich versuchte, die Frage mit den Augen nicht zu stellen, aber er beantwortete sie dennoch.

»Vor fünfzehn Jahren hat das ganze Elend angefangen«, sagte er. »Zuerst meine kleine Schwester, dann mein Vater, dann mein Haus, dann alle Spielsachen. Eine Frau verließ mich, eine andere wurde krank, als nächstes kam mein Mentor, dann mein bester Freund.« Er sah sich in der Küche um. »Hast du hier auch härtere Sachen zu trinken?«

Ich deutete auf den Schrank neben der Spüle.

»Ich wollte zigmal Schluß machen, aber das hätte meine Mutter nicht verkraftet, also hab ich mir überlegt, ich mache es ganz langsam, ein köstliches Fläschchen nach dem anderen.« Er goß sich ein Wasserglas Cuervo Gold ein.

»Meine Mutter hat sich totgetrunken«, sagte ich. »Das ist nicht sehr hübsch.«

»Du bist sehr hübsch«, sagte er. Er nahm meine Hand und führte mich zurück ins Schlafzimmer, wo er mich wieder berührte, als wäre es eine Art Religion.

Als es Mittag war, sagte er: »Zeig mir doch mal, was mit der Installation nicht in Ordnung ist.«

Ich hatte ihm erzählt, daß ich den ganzen Sommer über mit nur einem funktionierenden Waschbecken und ohne Innentoilette hatte auskommen müssen, weil alles im Laufe der vielen Jahren ohne Wartung durch Frost und sonstige Schäden marode geworden war.

Wir krochen zu den Rohren unter dem Haus.

»Also«, sagte ich, »als Carter hier war, hat er gemeint, das da ist bloß für die Außenanschlüsse und das da hinten wahrscheinlich die Hauptleitung.«

Ich kroch weiter unter den vermoderten Bauch des Hauses, sah, wie Erik seinen Körper schlangengleich wand. »Carter hat gemeint, die undichte Stelle ist direkt hinter der Hauptleitung, wo man es nicht sehen kann, und vielleicht unterirdisch, und ich hab gedacht, wenn das stimmt, müßte der Boden hier naß sein, aber Carter …«

Erik hob die Hand.

»Wer ist denn dieser Carter?« sagte er. »Ist er Klempner?«

»Nein«, sagte ich, »er ist in der Filmbranche, was bedeutet, daß er weiß, wie man einen Klempner spielt.«

»Toll«, sagte Erik. »Vielleicht schaffen wir es ja, ihn aus dieser Unterhaltung rauszuhalten, was?«

Als Carter mit mir Schluß machte, waren wir mitten in der Weminuche Wilderness, am zweiten Morgen einer Vier-Tage-Wanderung. Ich hatte gesagt, nachdem ich acht Monate mit ihm zusammen war, ohne mit ihm geschlafen zu haben, hätte ich das Gefühl, zu versuchen, mit einem am Rücken festgebundenen Bein einen Steptanz hinzulegen. Er machte sofort Schluß, noch am selben Morgen, noch ehe wir aus dem Zelt raus waren.

Die nächsten achtundvierzig Stunden sprachen wir kein Wort mehr miteinander. Hin und wieder holte er einen Zettel hervor und schrieb irgendwas auf. Als wir wieder am Parkplatz waren und unsere Autos beluden, fiel der Zettel aus seiner Jackentasche auf den Boden, und ich konnte gerade noch ein paar von den Punkten lesen, die er aufgelistet hatte: *1. Schultern zu breit; 2. Oberlippe zu dünn; 3. Unvorteilhaftes Verhältnis Taille-Hüfte; 4. Schienbein ständig verfärbt.*

»Das ist erst das Ende vom ersten Akt«, sagte er, gab mir einen Kuß auf die Wange und steckte die Liste wieder in die Tasche. Er stieg in seinen Mietwagen, warf mir eine Kußhand zu und fuhr davon.

Nachdem Erik die Wasserrohre repariert hatte, verlegte er neue Stromleitungen in der Garage, brachte den alten Traktor wieder zum Laufen und stützte die Seite des Hauses, die sich am schlimmsten neigte, mit Zementblökken ab.

Ich machte uns Quesadillas mit Habañeros, die ich zwei Wochen zuvor von einem Fototermin in Tucson mitgebracht hatte.

»Du solltest das Haus anheben und ein neues Fundament legen lassen«, sagte er zu mir. »Und zwar schleunigst.«

»Du blutest«, sagte ich, als ich ein rotes Rinnsal an seiner Bierdose hinablaufen sah.

»Wahrlich, es gibt nichts Schöneres für einen Mann, als für die Wasserleitungen seiner Herrin sein Blut zu vergießen«, sagte er.

»Ich kann mir kein neues Fundament leisten«, sagte ich.

»Wenn das so ist«, sagte er und sah auf den Fluß, »solltest du darüber nachdenken, das Haus auf ein Floß zu setzen.«

Erik nahm mich mit auf eine Spritztour in dem klapprigen Chevy, den er von seinem Nachbarn in Kansas bekommen hatte.

»Ich glaube, hier müssen wir abbiegen«, sagte ich ganz plötzlich, und er riß das Lenkrad so schnell herum, daß ich schon fürchtete, wir würden beide zur kaputten Beifahrertür hinausfliegen.

Auf dem Schild mit dem aufgemalten Pfeil stand Black Canyon, und die unbefestigte Straße war seit dem Regen Anfang letzter Woche nicht mehr befahren worden. Ich hatte gehört, die Gegend um den Black Canyon sei eine der wildesten im ganzen County, voller Felsklippen und windumtosten Bergspitzen, Hochplateaus, auf denen häufig noch bis weit in den Juli hinein Schnee lag.

Hundert Meter vom nördlichen Canyonrand entfernt endete die Straße in weichem Schnee. Ich sprang aus dem Wagen und rannte zur Felskante.

Von meinem Standpunkt aus ging es sechshundert Meter in die Tiefe. Oben war der Felsen glatt und golden, aber nach unten hin wurde er immer zerklüfteter und schwärzer. Die Canyonwände waren mit Rissen durchzogen, tief und noch dunkler als der schwarze Fluß, der ganz unten in der Tiefe schimmerte. Es war eine so unermeßliche Entfernung, daß man den Wunsch hatte, sich hineinfallen zu lassen. Der Fluß rauschte, die Bäume auf den Felsgesimsen wuchsen mir entgegen.

»So ein Gefühl hatte ich schon mal«, flüsterte Erik und

machte rasch einen Schritt rückwärts, doch ich blieb wie angewurzelt am Rand stehen.

»Selbst jemand, der nie einen schlechten Tag hatte, müßte hier spüren, wie es ihn hinabzieht«, sagte ich.

Mein ganzes Leben lang hatte ich Angst, das Wort *Selbstmord* auszusprechen, aber ich setzte mich an den Rand und ließ die Beine in die Leere baumeln. Ich wollte meine eigenen Möglichkeiten ausreizen, wollte wissen, wie es sich anfühlte, wenn ich mich von dem glatten Felsen unter meinen Händen ins Nichts abstieß.

Erik saß gegen einen Felsbrocken gelehnt, ein kleines Stück vom Rand entfernt. Er nahm meine Kamera, machte ein Foto von mir, wie ich dasaß, die Hände auf dem Felsen und den Kopf weit vorgereckt, zog einen Flachmann aus seiner Tasche und nahm zwei tiefe Schlucke.

Ich blickte auf die Flasche, dann wieder über den Felsrand. »Ich glaube, du täuschst dich«, sagte ich. Dann blickte ich ihn eindringlich an, und wieder drückte er auf den Auslöser.

»Wenn du schon aufgegeben hättest«, sagte ich, »könntest du mich nicht so anfassen.«

Er stellte meine Kamera auf Selbstauslöser, lief auf Zehenspitzen zum Canyonrand und setzte sich neben mich. Das Klicken des Verschlusses war laut.

Ich stand auf und holte ihn mit dem Objektiv meiner Kamera ganz nah heran, drückte den Auslöser, trat einen Schritt zurück und drückte erneut den Auslöser.

Dann stellte ich mir vor, daß Erik sprang, stellte mir vor, daß ich ohne ihn nach Hope zurückfahren, den Sheriff benachrichtigen und es dann Paul erzählen würde. Ich stellte mir die Beerdigungsfeier und das Feuerwerk vor, das erforderlich wäre, stellte mir vor, wieviel sie in die Luft jagen müßten, um dem Verlust auch nur annähernd gerecht zu werden.

»Normalerweise kann ich Höhen ganz gut vertragen«, sagte er und stand auf, »aber das hier ist zuviel für mich.« Und ich wußte, daß uns die Liebe, die uns an dem

Tag verband, wie auch immer sie geartet war, schützte, ein Paar, das sich, wie Paul Stone gern sagte, in der Hölle gefunden hatte.

»Ich hab eine Idee«, sagte Erik. »Wir gehen in das Schneefeld, und ich mache dir einen Schnee-Engel, und du steigst auf mich herab und erdrückst mich mit denen hier.« Er zog mein Top hinunter, nahm beide Brüste in eine große Hand.

Die Sonne stand tief, und der Wind wurde bereits kälter.

Ich kniete mich über Erik, der im Juni-Harschschnee lag und lachte, nur mit T-Shirt und Jeans bekleidet, und wie verrückt mit den Armen und Beinen wedelte, um den Engel abzubilden, den Kopf nach hinten geworfen, die Brille beschlagen, die Ohren leuchtendrot.

»Dir muß doch kalt sein«, sagte ich.

»Ich bin Norweger«, sagte er, und die Tequila-Flasche neben ihm glänzte in der Sonne.

»Und am allerliebsten«, sagte er, »habe ich Pinguine und schöne Brüste und Steckrüben mit Flügeln.«

Ich stützte mich einen Moment lang auf seiner Brust ab, um meine nackten Knie aus dem Schnee zu heben.

Er sagte: »Falls ich jemals irgendwas mache, das dir weh tut, gibst du mir einfach einen Klaps auf den Hinterkopf, okay?«

»Okay«, sagte ich.

»Gut«, sagte er. »Das wird unser Geheimzeichen.«

Es war längst dunkel, als wir uns vom Black Canyon auf den Rückweg machten, und auf halber Strecke den Berg hinab fuhren wir durch ein Schlagloch, und die Scheinwerfer fielen aus.

Ich stand am Straßenrand und hielt eine Taschenlampe, während Erik sich unter der Motorhaube des Chevy an der Elektrik zu schaffen machten. Als ich sah, wie sich seine großen Hände um die dünnen Drähte schlossen, erwachte etwas in mir, so daß ich tief Luft holen mußte, um die Taschenlampe ruhig zu halten. Mir fiel das vergilbte vollgeschriebene Notizbuch meiner Großmutter ein, das ich gefunden hatte. Auf der ersten Seite stand nur der folgende Satz: *Gott liebt Männer, die ihre Hände zu benutzen wissen.*

Am nächsten Nachmittag kam Paul zur Ranch, den Anhänger voll mit Eriks Kanonen; eine Gruppe Jugendlicher aus dem Ort war mitgefahren.

Wir schossen eine Dose Coors Light nach der anderen auf die metallene Dachtraufe der Scheune und sahen zu, wie sechs Leuchtstoffröhren durch die hereinbrechende Dämmerung flogen. Aber die Jugendlichen waren mitgekommen, um die Bowlingkugelkanone zu sehen, und wenn sie sie schon abschießen wollten, so fand ich, sollten sie das machen, bevor es ganz dunkel war.

»Es könnte uns ein bißchen auf die Stimmung schlagen, wenn wir eins von den Pferden töten«, sagte ich zu Paul, der über die Weide zu den Pferden blickte, die ich hielt, um zusätzlich etwas Geld für die Ranch zu verdienen.

»Ja«, sagte Paul, »aber wir hätten ganz schön was zu erzählen.«

Erik grub ein Loch in die Erde, so tief, daß die Kanone zur Hälfte hineinpaßte. Er mischte drei Sorten unterschiedlich starkes Schwarzpulver und schüttete es aus einer feuerfesten Schüssel aus meiner Küche ganz unten ins Kanonenrohr.

»Wir könnten sie kerzengerade in die Luft abschießen«, sagte Erik grinsend, »dann würden wir wissen, wer von uns denkt, daß unser Gott der wahre Gott ist.«

»Nicht heute«, sagte Paul, und Erik richtete die Mündung der Kanone über die Weide hinweg, hinauf zur Bergkette. Dann forderte er uns alle auf zurückzutreten, trank den letzten Schluck seiner ersten Tagesration Tequila und ließ die Bowlingkugel behutsam in die dunkle Kanonenöffnung hinab. Er führte zwei Kabel von den Glühkerzen an der Unterseite der Kanone zur Batterie seines Wagens, hockte sich hinter den Vorderreifen und sagte: »Los geht's.«

Aber es tat sich nichts. Die Kanone ging auch nicht los, als er sie das zweite Mal mit der Autobatterie verband, auch nicht, als er sie an die 110-Volt-Leitung aus dem Haus anschloß. Er versuchte es immer wieder, aber statt eines Kanonendonners hörten wir nur ein Pling, und zwar jedesmal, wenn im Haus die Hauptsicherung raussprang.

Erik tat mehr Schießpulver hinein und versuchte es erneut, und als das auch nicht funktionierte, schüttete er einige Liter Kerosin hinein und warf eine brennende Packung Streichhölzer hinterher. Dann kam er zum Haus, um zu sehen, ob wir noch übriggebliebene Feuerwerkskörper hatten, die er ebenfalls hineinwerfen konnte.

»Sei vorsichtig.« Die Worte kamen aus meinem Mund, bevor meine Hand sie aufhalten konnte.

Ich sah zu, wie er zuerst eine Hand vorn in die Öffnung der rauchenden Kanone steckte, dann den Kopf, dann das Ohr, dann das Gesicht.

»Erik«, rief Paul ihm zu, »hier sind ein paar Leute, die nicht so gern mit ansehen möchten, wie du dich selbst in die Luft jagst.«

Er grinste uns an und schüttete noch eine Dose Budweiser in sich hinein. Dann holte er aus seinem Wagen einige Lappen, zerriß sie und zwirbelte sie zu einer langen, dünnen Zündschnur, tränkte sie mit Benzin, zündete ein Ende an und steckte das andere in die Kanonenöffnung.

Diesmal lief er nicht mal zurück. Die Kanone qualmte und bebte und wackelte hin und her. Wieder ging sie nicht los.

Erik ging ein Weilchen um die Kanone herum, blieb dann stehen und blickte sie prüfend an. Dann hievte er sich das rauchende, mordsschwere Ding auf die Schulter, machte ein Geräusch wie eine Lokomotive und schleuderte die Kanone über den Hof.

»Himmel Herrgott«, sagte Paul.

Die Kanone landete dumpf an einem Zaunpfahl. Die Kanonenkugel rollte heraus, und die Löcher schauten uns an wie ein Gesicht.

»Dann ist es also wirklich ein Todeswunsch«, sagte ich zu Paul, »nicht wahr?«

»Absolut«, sagte er, und als er mein Gesicht sah, sagte er: »Was für eine Antwort hast du denn erwartet?«

Die Jugendlichen waren es leid und gingen ins Crooked Creek, um noch etwas zu trinken, bevor es zumachte. Sogar Paul sagte, er könne sich das nicht mehr mit ansehen, stieg in seinen Pick-up und fuhr nach Hause. Erik ging noch immer um die Kanone herum, trank aus einer neuen Tequila-Flasche und sprach mit sich selbst. Ich wickelte mich in eine Decke und legte mich in die Hängematte auf der Veranda, zumindest froh darüber, daß alle Pferde den Abend überstanden hatten.

Ich wachte auf, als ich seine Hände auf meinen Schultern spürte.

»Wie kommt es, daß du so sanfte Hände hast?« fragte ich ihn.

»Exotische Hölzer«, sagte er. »Sehr teuer. Man hat nur einmal die Chance, sie richtig zu schneiden.«

Er beugte sich hinab, um mich zu küssen, und über seinem Kopf sah ich den Stachel von Skorpion und Cigynus den Schwan, der die Milchstraße hinunterflog. Am östlichen Horizont stieg der frisch aufgegangene Altmond in den Armen des Neumondes auf. Erik nahm seine Brille ab, und im Mondlicht war sein Gesicht das eines Jungen. Sommersprossig, kurzsichtig, viel zu hoffungsvoll für das, was hinter den Augen lag.

Er hob mich aus der Hängematte, trug mich in die Mitte des Gartens und setzte mich ab, und um uns herum war nichts als Himmel, breit und tief wie der Ozean.

»Bevor ich meine Brille bekommen habe«, sagte er, »dachte ich, Sterne wären Wattebäusche.«

Dann legte er seine Hände auf meine Schultern und küßte mich erneut. Er küßte mich, als hinge unser Leben davon ab, als würden wir in einem Wettkampf die Weltmeisterschaft verteidigen. Er küßte mich, bis die Sterne über mir sich in Hubschrauber und chinesische Drachen verwandelten. Er küßte mich, bis ich fast zu benommen war, um den Druck durch seine Hose an meinem Bein zu spüren.

»Ich glaube, wir erleben hier gerade eine kleine Wiederauferstehung«, sagte er, den Mund noch immer auf meinen Lippen.

»Ach du lieber Gott«, sagte ich. »Was soll ich jetzt machen?«

Er zog ein phosphorisierendes Kondom aus seiner Gesäßtasche. Es war ein French Tickler, mit einem kleinen Gebirge aus dickerem Latex, das noch kräftiger leuchtete als die Spitze.

»Zieh's mir über«, sagte er, »dann kannst du mir zeigen, wo Jupiter ist.«

Am nächsten Morgen mußte ich für zwei Wochen weg, um für das Fremdenverkehrsamt des Staates Washington die Perseiden, einen Meteorschauer, über dem Pazifik zu fotografieren. Erik sagte, er werde vielleicht noch ein paar Tage auf der Ranch bleiben, bevor er wieder nach Kansas fahre, die morschen Verandabretter erneuern, vielleicht sogar den Zaun reparieren.

Er fuhr mich nach Alamosa. »Vermiß mich bloß«, sagte ich am einzigen Gate des Flughafens.

»Das werde ich«, sagte er, und die Luft strömte so rasch aus ihm heraus wie aus einem Reifen.

»Und paß ein bißchen auf dich auf, ja ...«, sagte ich. »Nicht, daß du ... na ja ... detonierst.«

Er nickte, oder vielleicht schüttelte er auch den Kopf, wissend, daß die Antwort gleichgültig war.

Ich küßte ihn oben auf den Kopf, dann seinen Mund. Der Mann am Gate rüttelte am Türknauf, um meine Aufmerksamkeit auf sich zu lenken.

Ich sagte: »Ich bin verrückt nach dir.«

Und er sagte: »Verrückt, basta.«

Die Luft auf dem Rollfeld war heiß. Ich drehte mich einmal, zweimal, dreimal um auf dem Weg zum Flugzeug, und er war noch immer da und winkte. Ich nahm meinen Platz ein, ein Fenster auf seiner Seite, in das er, das wußte ich, nicht hineinsehen konnte, und er war noch immer da. Während des gesamten Checkouts der Maschine und einer zehnminütigen Wartezeit, blieb er da. Und als der Pilot Schub gab und das kleine Flugzeug sich schließlich in Bewegung setzte, hob Erik langsam die Hand, halb winkend, halb verlegen, bis wir abhoben.

Das Telefon klingelte um zwei Uhr morgens in meiner ersten Nacht in Washington, und ich tauchte lächelnd aus dem Tiefschlaf auf.

»Ich hab Gedichte im Kopf«, sagte er, »und Gemälde.« Lachen perlte hoch und aus ihm heraus wie ein Wasserfall.

»Ich bin betrunken«, sagte er.

Ich sagte: »Macht nichts.«

»Es wird dir bestimmt angst machen«, sagte er, »und das will ich nicht, aber ich habe seit sechsundsiebzig Stunden und dreiundzwanzig Minuten nicht mehr ernsthaft daran gedacht, mich umzubringen.«

»Das macht mir keine angst«, sagte ich, und das war nur halb gelogen.

»Ich bin noch nie in einer geraden Linie von irgendeinem Rand weggegangen.«

»Nein«, sagte ich.

»Und es gibt keinen Grund zu der Annahme, daß ich jetzt dazu fähig bin.«

»Nein«, sagte ich.

»Die letzte Frau, die ich geliebt habe, ist tot«, sagte er. »Die davor hat mein Inneres nach außen gekehrt und mich in die Klapsmühle gebracht. Dir ist doch klar, daß hier allerhand auf dem Spiel steht?«

»Ja«, sagte ich.

»Ich weiß, daß ich nicht gerade die richtigen Dinge sage«, sagte er.

»Du machst das gut«, erwiderte ich.

»Ich weiß nicht«, sagte er, »aber ich denke, das, was ich bin, könnte friedlich sein.«

»Glaube mir«, sagte ich, »darunter hab ich mir noch nie etwas vorstellen können.«

Ich war schon fast wieder eingeschlafen, als das Telefon erneut klingelte. Es war Carters bester Freund Allen, der mir erzählte, daß Carter in Montreal war, als gehetzte Vorhut eines Filmteams, mir aber trotzdem unbedingt eine Nachricht zukommen lassen wollte. Allen sollte mir »Daisy Jane« und »More Than a Feeling« vorsingen. Er sollte mir sagen, daß Carter fast soweit war, mit dem zweiten Akt anzufangen.

Ich unterbrach Allen schon nach der ersten Zeile und erzählte ihm so selbstverständlich von Erik, als wäre er ein Gerichtsreporter, der ein Bagatelldelikt recherchierte.

Er sagte: »Und was soll ich Carter wegen Sex erzählen?«

Ich sagte: »Sag ihm, ich habe festgestellt, daß es ganz einfach ist. Daß man Sex hat, daß man wieder Sex hat und dann noch mal: und dann steht man auf und frühstückt.«

Okay. Hier ist die dritte Sache. Eines Abends, als ich schon längst jede Hoffnung aufgegeben hatte, kam Carter zu mir ins Bett und kuschelte sich an meine Schulter, sah mich zum erstenmal von vorne an. »Hast du das gespürt?« kicherte er. »Mein Pipimann ist an deinen Popo gekommen.«

An der Küste von Washington war ich tagsüber in der Dunkelkammer und nachts in den Dünen und wartete, daß die Sterne herabfielen.

Ich lernte eine Frau namens Gloria kennen, die Gladiolen und Knoblauch in ihrem Garten anbaute, um damit Geld zu verdienen, und in einen Polynesier namens Joey verliebt war, der, wie sie sagte, zuviel Bier trank.

Wir ritten auf ihren Pferden zu einem Strand, der bei Ebbe mit Glasstückchen in allen Farben bedeckt war, rote und grüne und himmel- und indigoblaue Sterne, die uns aus dem Sand zuzwinkerten.

Sie erzählte mir, daß sie und Joey auf der High-School ein Liebespaar waren, sich dann für fünfundzwanzig Jahre aus den Augen verloren hatten, daß sie plötzlich von ihm geträumt hatte, daß er in ihren Träumen stets krank war oder im Sterben lag, irgendwelche schrecklichen Probleme hatte, die sie nicht lösen konnte.

Ihr Mann hatte sie nach achtzehn Jahren verlassen. Sie versuchte, die Knoblauchfarm allein weiterzuführen. Aber die Träume hielten an, und sie rief eine Telefonnummer an, die vor langer Zeit Joeys Schwester gehört hatte. Sie war völlig perplex, als Joey selbst am Apparat war.

Als erstes erzählte er ihr, daß er ein Junkie sei, daß er die meiste Zeit seines Lebens im Gefängnis gewesen sei, die restliche Zeit in Vietnam. Sie fragte, ob er noch so aussehe wie damals, und er bejahte, aber sein Haar sei weiß. Im Gefängnis hatten ihn alle Schnee-Eule genannt.

Sie verabredeten sich in Kalifornien, wo sie keine vierundzwanzig Stunden Zeit hatten, um herauszufinden, ob da noch irgend etwas zwischen ihnen war. Sie hatte damals drei halbwüchsige Töchter und war um deren Sicherheit besorgt. Er sagte, er werde ihr auf der Farm helfen, sagte, wenn sie wolle, werde er die Drogen gegen Bier eintauschen.

Sie brauchte zwei Monate, um sich zu entscheiden; es war untypisch für sie, so sagte sie, daß sie es nicht sofort gewußt hatte. Eines Abends fuhr sie von der Arbeit nach Hause und dachte gerade, sie würde vor Unschlüssigkeit noch verrückt werden, als ein großer weißer Vogel ganz dicht an ihrer Windschutzscheibe vorbeiflog. Sie rief Joey an und sagte ihm, er solle am nächsten Tag kommen.

Die Flut kam, bedeckte das Glas und machte die Pferde nervös. Ich sah, wie Gloria ihren großen Wallach um einen Baumstamm herumlenkte, der uns den Weg versperrte.

»Wenn man verrückte Typen liebt«, sagte sie, »hat man ein Problem: wenn du müde wirst und etwas Erholung brauchst, interessieren dich die normalen einfach nicht mehr«, und sie tätschelte ihrem Pferd heftig den Hals, und Tränen schossen ihr in die Augen.

Während der zwei letzten endlosen Tage auf meiner Wanderung mit Carter sagte ich, als ich das Schweigen nicht mehr ertrug: »Okay, Carter. Ich bin ein Flaschengeist, und du hast drei Wünsche frei. Was wünschst du dir?«

Er blieb kurz stehen, streckte den rucksackbepackten Rücken und sagte: »Ein Haus in der Karibik, sehr gute Augen, bis ich sterbe, und eine mühelos meisterliche Beherrschung der zwölfsaitigen Gitarre.«

»Gute Wünsche«, sagte ich und ging weiter.

Ich hörte ihn hinter mir, vermutlich überlegte er, was er sich alles nicht gewünscht hatte und warum.

»Okay«, sagte er schließlich, holte so tief Lust, als würde er eine Pflicht erfüllen. »Ich bin ein Flaschengeist, und du hast drei Wünsche.«

Ich lauschte dem Tritt meiner Wanderschuhe auf dem weichen Boden, einmal, zweimal und dann dreimal.

»Nein, Carter«, sagte ich. »*Ich* bin der Flaschengeist.«

Erik rief in den zwei Wochen, die ich in Washington war, nicht wieder an, doch am Tag vor meiner Abreise bekam ich per Post ein Videoband, auf dem zu sehen war, wie er und Paul die Elektrowerkzeugolympiade vollführten: Bohrerboxen, Seitenschleiferrennen, Staubsauger-Bierwetttrinken und Kreissägenturmspringen.

Als ich wieder in Alamosa landete, wartete er auf mich in dem Glaskäfig, der sich vom Warteraum bis zum Rollfeld erstreckt. Er trug Chauffeursmütze und dunkle Brille, eine Lederjacke und als Krawatte eine Socke, die er mit einer Sicherheitsnadel an seinem Kragen befestigt hatte, und er hatte ein Schild mit meinem Namen drauf in der Hand.

Auf der Ranch wartete Paul auf uns, er hatte ein rotschwarzes Hemd mit der Aufschrift *Alpine Bowling* an und trug einen rostfreien Stahlhelm aus dem Ersten Weltkrieg auf dem Kopf.

Als ich aus dem Wagen stieg, zündete er die Zündschnur, und keine zehn Sekunden später explodierte die Kanone, und wir schauten zu, wie die Bowlingkugel in die Höhe schoß wie in einem Zeichtrickfilm, hörten die Löcher darin pfeifen wie ein durchgedrehter Kreisel. Dann verschwand sie im weißen Himmel, bis sie nicht mehr zu sehen und nicht mehr zu hören war.

»Hört mal«, flüsterte Erik, »sie ist auf dem Weg nach unten.«

Und tatsächlich, da war das Pfeifen wieder, wurde lauter und lauter, bis ich am liebsten unter Pauls Pick-up gekrochen wäre, falls sich der Wiedereintritt in die Erdatmosphäre direkt über unseren Köpfen abspielte. Wir sahen die Staubwolke, wo die Kugel auf der Weide aufschlug.

»Neunundvierzig Sekunden«, sagte Paul lächelnd. »Selbst bei nur zweihundert Meilen in der Stunde, hat sie knapp zweitausendvierhundert Meter zurückgelegt.«

Erik, der am Führerhaus seines Pick-up stand, zwinkerte mir zu. Von der anderen Seite der Weide kamen die Pferde donnernd zurück zur Scheune galoppiert.

Erik ging über das Feld auf die kleine Staubwolke zu. Seine riesenhafte Statur war wie immer gebückt, aber ich hatte den Eindruck, daß er etwas leichter ging. Und im gleichen Moment sah ich, daß mein Haus völlig waagerecht am Hang des Hügels stand.

»Moment mal«, rief ich Erik zu. »Was habt ihr zwei denn hier angestellt?« Er grinste mir über die Schulter zu und ging weiter zu der Stelle, wo die Bowlingkugel gelandet war.

»Er ist seit zwei Wochen auf Entgiftung«, sagte Paul. »Fünf Bier am Tag, keine harten Sachen, zwei Drinks am Sonntag, sagt er, wenn er brav war.«

»Schafft er das denn?« sagte ich. »Ist das überhaupt möglich?«

»Ich weiß nicht«, sagte Paul, »aber es gibt nicht viele Leute, die eine Bowlingkugel weiter als eine Meile schießen können.«

Wir sahen zu, wie Erik in die Schatten hineinging, die von den nachmittäglichen Gewitterwolken auf die Wiese geworfen wurden, und wieder heraustrat. Ein fernes Grollen ließ uns beide nach Westen schauen, eine andere Kanone, die antwortete, und ich mußte daran denken, wie ich am Rand des Canyon gesessen hatte, der Abgrund so dunkel, wie diese Wiese hell war, und ich fragte mich, was wohl geschehen wäre, wenn meine Mutter dort am Canyon gesessen hätte. Ich begriff, daß ein Todeswunsch ebenso eindeutig ein Lebenswunsch ist, wie Liebe die Kehrseite von Furcht ist.

Ich zeigte Paul die Fotos, die wir am Black Canyon gemacht hatten.

»Schießpulver und Nitroglycerin«, sagte er. »Ihr habt beide genau den gleichen Ausdruck im Gesicht.«

»Ich mach uns was zu essen«, sagte ich und wollte in Richtung Haus gehen.

»Ähh ... stör dich nicht an den Sittichen«, sagte Paul. »Die im Gefrierfach. Sie begleiten Erik schon sehr lange.«

»Sittiche«, sagte ich.

»Sie heißen Perky und Stationary«, sagte Paul. »Es ist eine lange Geschichte.«

Hinten auf der Weide hatte Erik die Kugel gefunden und sprang winkend auf und ab. Paul winkte zurück und hielt beide Daumen hoch.

»Männer sind wie junge Hunde«, hatte Gloria gesagt, als auch das letzte Stück Glas am Strand von Wasser bedeckt war. »Du kannst ihnen einfach nicht genug Liebe geben.«

Bald werde ich Erik bitten, mir eine Dunkelkammer zu bauen. Danach ein Oberlicht über meinem Bett. Ich habe ein neues Fundament unter meinem Haus, und jetzt, wo ich keine Angst mehr habe, wir könnten hineinfallen, finde ich den Ausblick auf den Fluß allmählich ganz schön.

Wenn ich Erik frage, wieso wir so ein Glück haben, zuckt er die Achseln und sagt: »Du bist der Flaschengeist.« Er sagt, meine Ranch ist der beste Ort der Welt für eine Frau, die auf die Sterne schießen will.

Die Sorte Mensch, der man sein Leben anvertraut

JEDES JAHR IN DER DRITTEN SEPTEMBERWOCHE KOMMEN die Segelflieger aus Colorado Springs und kriegen gerade noch mit, wie die Espen sich von Grün in Gold verwandeln. Es sind fünfzehn oder zwanzig Leute, und sie bringen zehn Flugzeuge mit, und einige Tage lang ist der sonst so leere Himmel über Hope erfüllt von einer Schar großer, leiser Silbervögel.

Am späten Nachmittag fangen ihre langen Flügel, einer nach dem anderen, die Sonne ein, wenn sie am oberen Ende des Tales in einer Reihe zur Landung auf dem kleinen Flugplatz ansetzen. Es gibt nichts als Sonnenschein und kornblumenblauer Himmel, Bäume in allen Feuerfarben und die Berge mit dem ersten Schnee; und dann schimmert es plötzlich silbern, wie ein Stern, der ein paar Stunden zu früh aufgeht. Und ganz gleich, wer man sind und wie wenig man sich aus dem Fliegen machen, wenn du das siehst, tut etwas in deinem Innern einen Sprung, und beim Anblick der dünnen, langgestreckten Flügel willst du wissen, vielleicht nur für einen Augenblick, wie es ist zu fliegen.

Hopes Start- und Landebahn liegt mitten im Tal; sie wurde gegen Ende des Silberabbaus angelegt und ist so lang, daß man mit einer 727 landen könnte, wenn man sein Handwerk versteht. Die Segelflieger mögen Hope, weil die Talsohle etwa zweitausendsiebenhundert Meter hoch liegt und sie im Nu zwischen den Gipfeln der Viertausender sind. Sie können sich sogar bis in diese Höhe ziehen lassen, wenn die Thermik nicht ausreicht, um sie in die kühle, dünne Luft zu heben. Sie genießen es, sich mit ihren Seglern über die steilen Talwände zu stürzen, genießen die Herausforderung, die engen Kurven und Kehren und Schwenks, die herrlichen akrobatischen Kunststücke, die die Berge, aus der Luft betrachtet, machen.

Die Piloten bieten den Einheimischen Flüge an: fünfzig Dollar die halbe Stunde. Der schlimmste Tag in Hope, so sagen sie, ist zehnmal besser als der beste Tag in ihrer großen flachen Stadt draußen in der Ebene.

Am liebsten fliege ich mitten in der Nacht, wenn ich tief schlafe und träume, oder in einer 747, in der man, falls ein Motor ausfällt, noch zwei hat, um nach Hause zu kommen, aber B.J. besteht darauf, daß ich das Segelfliegen ausprobiere.

Es ist ein einmaliges Erlebnis, sagt sie, obwohl sie jedes Jahr fliegt, und die Piloten sind alle witzig und nett. Die Sorte Mensch, sagt sie, der man sein Leben bedenkenlos anvertraut.

In Hope war der Unfall vom letzten Jahr noch in aller Munde, und man erzählte sich, wie der Pilot allein startete, kurz bevor die Schlechtwetterfront kam, wie er in eine so kraftvolle Thermik geriet, daß er nicht mehr herauskam, wie er höher und höher getragen wurde – fast fünftausend Meter hoch –, bis der Sturm schließlich kam, fünfundsiebzig Meilen schnelle Winde, die den Segler nicht nur nach unten, sondern auch seitwärts trieben, direkt in die Felswand, die auf den Karten Bristol Head heißt.

B.J. war am selben Tag und zur selben Zeit wie der Pilot, der am Bristol Head ums Leben kam, in der Luft gewesen, und auch sie war in dieselbe Thermik geraten. Sie flog mit einem Piloten namens Gray, einem von den alten Hasen, die bei der Luftwaffe ausgebildet worden waren. Gray war ernst wie ein Herzinfarkt, solide wie ein Fels.

Sie hatten Funkkontakt, so B.J., mit dem großen Segelguru unten am Boden, und der hatte kurz zuvor das andere Flugzeug abstürzen sehen, war jedoch so vernünftig, es Gray und B.J. nicht zu sagen. Als ihr Segler absackte und es anfing zu regnen und der Wind mit achtzig Knoten blies und Gray das Flugzeug in Richtung Landebahn runterzubringen versuchte, sagte der Guru von der Bodenstation: »Der Wind steht in neunzig Grad zur Landebahn, Gray. Ich kann dir nur viel Glück wünschen.«

»Das sagt er immer, wenn er glaubt, daß wir es nicht schaffen«, sagte Gray zu B.J. Dann: »Los, zeigen wir dem Mistkerl, daß er sich irrt.«

Sie hatten keine andere Wahl, als die Landebahn in einem Winkel von fünfundvierzig Grad anzufliegen; es wäre Selbstmord gewesen, dem Wind die Seite des Seglers zuzudrehen. Gray ließ das Flugzeug in diesem Winkel einmal kurz aufsetzen und drehte dann die Nase quer zur Landebahn in den Wind. Er setzte darauf, daß sie so lange auf der Stelle in der Luft bleiben konnten, daß die Leute am Boden sie mit Fangleinen herunterziehen konnten. Gray und der Segler kehrten ohne einen Kratzer nach Colorado Springs zurück. B.J. sagt, sie wartet schon das ganze Jahr auf eine Gelegenheit, wieder zu starten und es noch einmal zu machen.

Niemand in Hope war überrascht, als Erik wieder anfing zu trinken. Alle warteten darauf wie auf einen weiteren schlechten Winter, und als er kam, taten sie das, was jeder gemacht hätte; sie packten sich dick ein, um die Wahrheit nicht an sich ranzulassen, gingen hinein und warteten, daß es wieder wärmer wurde.

Ich konnte es ihnen nicht verübeln, wußte, daß ich es genauso gemacht hätte, aber ich konnte es mir nicht aussuchen. Erik trank nun mal ausschließlich in meinem Haus.

Ich konzentrierte mich auf die Arbeit und versuchte, es zu ignorieren, als er seine Tagesration von fünf Dosen Bier auf sieben steigerte, dann auf dreizehn und noch mehr. Nachdem ich mir das zwei Monate mit angesehen hatte, flog ich nach Los Angeles, um Cowboys in Compton zu fotografieren, die ihre Pferde wie Hunde auf Schrottplätzen unterbrachten, sie aber tadellos pflegten, mit sauberen Ställen und Heu bester Qualität.

Ich rief eines Abends zu Hause an, um zu hören, ob alles in Ordnung war. Die Staupe von Ellie der Hündin hatte sich in Form von gelegentlichen Anfällen zurückgemeldet. Erik hatte versprochen, sich gut um sie zu kümmern und ihr zwei verschiedene Medikamente zu verabreichen, ein vorbeugendes Mittel und eins, das ihr wieder auf die Beine half, falls sie einen Anfall hatte. Als ich seine Stimme hörte, merkte ich gleich, daß er betrunken war, vielleicht schlimmer, als ich es je bei ihm erlebt hatte.

Als Kind kannte ich das Wort »Alkoholiker« nicht. Ich wußte nur, daß sich meine Welt jeden Abend um halb sechs von etwas Berechenbarem in etwas Verzerrtes verwandelte. Ich wußte nicht, wie lange Erik an dem Tag schon getrunken hatte und wie lange er weitertrinken würde, aber eins wußte ich: Falls Ellie sterben würde, würde ich Vergeltung für sie fordern – und die Art von Vergeltung, die mir in den Sinn kam, machte mir angst.

Als ich nach Hause kam und mit Erik darüber reden wollte, sagte er: »Das ist wie bei einem Hund, der auf den Teppich pinkelt. Du mußt ihn in flagranti erwischen, damit die Bestrafung wirkt.«

»Du bist kein Hund«, sagte ich, »und du solltest zurück nach Kansas fahren und darüber nachdenken, wieviel und wie oft du wirklich trinken willst.«

Er brauchte eine Woche, doch schließlich war er nüchtern genug, daß er in seinen Pick-up steigen und die fünfzehnstündige Fahrt auf sich nehmen konnte, und etwa genauso lange dauerte es, bis mir die Ranch wieder richtig leer vorkam.

B. J. sagte, es sei nicht mein Schicksal, eine Beziehung mit einem Alkoholiker zu führen, und sie klang so sicher, daß ich es ihr überließ, den Leuten im Ort die Sache mit Erik zu erklären. Sie hat ein ziemlich waches Auge auf mich, und dafür bin ich dankbar. Segelfliegen, so meint sie, wird mir genau den Auftrieb geben, den ich brauche.

Ich habe sie an dem Morgen, für den wir einen Segelflug gebucht haben, zum Frühstück eingeladen, und während ich auf sie warte, trinke ich Tee und lese in *Psychology Today* und frage mich, ob mit einem Flugzeug ohne Motor in die Luft zu steigen in die Kategorie von Dingen fällt, die ich nicht mehr nötig habe, um zu beweisen, daß ich ein Macho bin, oder ob es zu den Dingen zählt, die *gut* für mich wären, weil es mir Gelegenheit gibt, meine Angst hemmungslos zu zeigen.

»Ich habe Angst«, erprobe ich in der Stille der leeren Küche Wörter, die sonst kaum zu meinem Vokabular gehören. »Ich will es nicht tun«, lautet der Satz, den ich als nächstes ausprobiere.

B. J. kommt in einer leuchtendrosa Fliegermontur herein, die drei Nummern zu groß ist und von einer Wäscheklammer zusammengerafft wird; ihre Buddy-Holly-Brille von der High-School, mit gebrochenem Bügel, sitzt ihr ein wenig schief auf der Nase.

»Freust du dich?« sagt sie, während sie eine Banane ißt.

»Kann's kaum erwarten«, sind die Worte, die aus meinem Mund kommen.

B. J. setzt, ohne zu fragen, Wasser für meine zweite Tasse Tee auf. »Ich weiß wirklich nicht, wovor du Angst hast. Du hast dir doch weiß Gott schon Schlimmeres zugemutet. Hör dir das an«, sagt sie und liest mir aus der neuesten Ausgabe meines *Astronomy Magazine* vor. »Hier steht, jetzt ist der beste Zeitpunkt, Algol, den Dämonenstern zu betrachten. Algols Licht verdunkelt sich und wird in geschlossenen Drei-Tages-Zyklen stetig heller. Man bezeichnet ihn als sich verfinsternden Doppelstern, genaugenommen sind es zwei Sterne, die sich unaufhörlich umeinander drehen und sich vorübergehend gegenseitig das Licht verdunkeln.«

»So was wie eine schlechte Beziehung«, sage ich.

»Oder eine gute«, sagt sie. »Beide geben einander ein bißchen Zeit zur Erholung.«

»Du bist heute morgen ziemlich rosa und voller Optimismus«, sage ich.

»Und du bist ...«, sagt sie.

»Ängstlich«, sage ich und bemerke, daß die Erde nicht bebt. »Angst vor dem Fliegen, meine ich.«

»Du wirst begeistert sein, Lucy«, sagt sie. »Beim erstenmal hat jeder Angst. Außerdem ist heute absolut kein Vergleich mit dem verrückten Tag letztes Jahr.« Sie kann die Enttäuschung in ihrer Stimme nicht ganz verbergen. »Kein Wölkchen am Himmel«, sagt sie, »nicht mal ein Hauch von Wind.«

»Selbst du mußt das doch wohl für etwas Gutes halten«, sage ich.

»Oh, ich hoffe nicht, daß es Sturm gibt«, sagt sie, »aber der Gleitflug ist nur die eine Hälfte des Abenteuers. Ein paar Wolken helfen dem Piloten, die Thermik zu finden. Und du mußt eine Thermik erwischen, um ganz hoch aufsteigen zu können.«

»Und du meinst, ich möchte gerne ganz hoch aufsteigen?«

»Wenn du das Erlebnis voll und ganz auskosten willst.«

Aber dessen bin ich mir gar nicht sicher. Der Flug allein scheint mir für meinen allerersten Luftspaziergang in Gottes Hand schon aufregend genug. Das ganze Abenteuer, was auch immer das ist, kann gerne noch eine Weile auf sich warten lassen.

»Du solltest was frühstücken«, sagt B.J.

»Stimmt«, sage ich. »Für die Turbulenzen.«

»Genau«, sagt sie, »und auch deshalb, weil man, wenn man mit einem Flugzeug ohne Motor in die Luft steigt, nie genau weiß, wo und wann man wieder runterkommt.«

Unser Segelpilot – sein Name ist Bobby – hat langes Haar unter seiner Kameljockeymütze und einen buschigen Schnurrbart, sieht aus wie sechzehn und ist halb taub. Er sagt, das ganze Wochenende hat es noch keinen Aufwind gegeben, aber sie hoffen, daß es heute nachmittag besser wird.

Ich sage zu Bobby, ich möchte zuerst fliegen, bevor es irgendwelche Thermiken gibt, daß ein sanfter Gleitflug, kurz hochgeschleppt werden und gleich wieder nach unten, genau das ist, was mein Arzt mir verschrieben hat.

Ich werde in meinen Sitz vor Bobby geschnallt. Zwischen

mir und der Ewigkeit ist ein Plexiglasfenster und eine papierdünne Schnauze.

»Ich habe Angst«, sage ich wieder zu B.J., die neben dem Segler steht und mit einer meiner Kameras Fotos macht.

»Alles in Ordnung da vorne?« fragt Bobby mich.

»Wie soll ich wissen, wenn dem nicht so ist«, sage ich, aber er antwortet nicht, und mir wird klar, weshalb: Er konnte mir nicht von den Lippen ablesen.

Wir haben beide die Rudersteuerung zwischen den Beinen, haben beide Querruderpedale auf dem Boden.

»Den Knüppel möglichst nicht anfassen«, sagt er, »und die Füße von den Pedalen lassen.«

Ich löse meinen Schultergurt und drehe mich zu ihm um. »Was passiert, wenn ich mich nicht daran halte?« frage ich, so laut ich kann und langsam.

»Nichts Gutes«, sagt er, beugt sich vor und schnallt mich wieder an. »Vertrauen Sie mir. Aber falls mir was passiert, ist es das einfachste Flugzeug der Luftfahrt. Mit dem Ding hier steuern sie nach rechts oder links« – der Steuerknüppel kreist suggestiv zwischen meinen Oberschenkeln – »und die Pedale sind für die Klappen.« Sie hüpfen unter meinen Wanderschuhen auf und ab. »Verstehen Sie genug davon, wie ein Flugzeug funktioniert, um das Baby hier bei einem Notfall landen zu können?«

»Absolut nicht«, sage ich, so laut ich kann.

»Gut«, sagt Bobby. »Dann kann's ja wohl losgehen.«

Ein Junge, nicht älter als neun oder zehn, ist dafür verantwortlich, die Verbindung zwischen Schleppleine und dem Segler zu überprüfen. Zwei Männer kommen auf den Start- und Landestreifen, um neben uns herzulaufen und die Flügel waagerecht zu halten, bis wir auf Geschwindigkeit sind.

Das kleine gelbe Schleppflugzeug startet seinen Motor. Alle strecken den Daumen hoch, und wir fangen an zu rollen.

B.J. steht da, winkt mit einer Hand und macht Fotos mit der anderen.

»Wir heben zuerst ab«, sagt Bobby. »Das Schleppflugzeug wiegt vollgetankt fünfmal mehr als wir.«

Kaum hat er die Worte ausgesprochen, hebt unser Rad auch schon vom Boden ab, das Seil hinten an der Schleppmaschine hält uns unten. Dann hat auch das Schleppflugzeug abgehoben und fliegt den Fluß hoch in Richtung meiner Ranch, und einen Augenblick lang denke ich, wie toll es wäre, sie einmal aus der Luft zu sehen, und für eine Sekunde vergesse ich sogar meine Angst. Doch dann geht das Schleppflugzeug extrem in die Kurve nach Süden über das Moonshine Mesa und fliegt den ersten Kreis, der uns in die Höhe bringt, und die Angst ist wieder da, ein bißchen so wie eine Infektion, im selben Teil meiner Eingeweide, aber stärker als zuvor.

Ich sehe, wie das gelbe Flugzeug vor uns in Luftlöcher gerät und auf und ab hüpft, sehe, welche Mühe es hat, mit uns im Schlepptau abzudrehen. Unter uns, und irgendwo am Rande meines Bewußtseins, nehme ich weit im Osten riesige Espenwälder wahr, die fast fluoreszieren: gelb und safran und stellenweise orange, einige Südhänge noch immer in Grün.

In der Ferne umschließt uns die Landschaft, die ich mehr liebe als irgendeine andere: Half-moon Pass und La Garita, Baldy Cinco und San Luis Peak. Aber ich bin viel zu sehr damit beschäftigt, mir eine Katastrophe auszumalen, um richtig hinzuschauen, und dann richtet sich das gelbe Flugzeug wieder aus und steuert auf Hope zu.

Hope breitet sich unter uns aus wie eine dreidimensionale Ansichtskarte. Am Ende der Main Street erheben sich zwei vierhundertfünfzig Meter hohe Felsen, gezackt und wütend wie Höllentore auf beiden Seiten des winzigen silbernen Flusses. Auf Touristenfotos sehen die Felsen phantastisch aus; als Abschußrampe für Feuerwerkskörper am Vierten Juli eignen sie sich noch besser. Für ein Flugzeug, das ein anderes ohne Motor hinter sich herzieht, sind sie, auch wenn man mich für verrückt hält, nicht der richtige Ort.

Bobby kichert, was ich als gutes und als schlechtes Zeichen auffasse. Er sagt: »Er versucht, uns in den Windströmungen vor den Wänden in den Auftrieb zu bringen.«

Wir steuern, so kommt es mir vor, direkt zwischen die gezackten Felsen, die Hope bewachen.

»Ich guck mal, ob ich die Thermik erwische«, sagt Bobby und zieht den Auslösehebel, so daß der Steuerknüppel zwischen meinen Beinen zuckt. Der große Metallhaken knallt laut gegen den Bauch des Aluminiumseglers, und mir wird klar, daß wir frei schweben.

Um Haaresbreite, wie es mir vorkommt, gleiten wir über die Spitzen der Wächterfelsen, das Schleppflugzeug hat nach Süden abgedreht und fliegt jetzt über den Bachelor Mountain davon. Unter uns kann ich die Reste der Silberminen sehen: Amethyst, Midwest und meine Lieblingsmine, Happy Thought.

Die Pedale unter meinen Füßen erwachen wieder zum Leben, und Bobby fliegt eine so enge Schleife, daß es mir scheint, als würden wir uns auf der Spitze eines Flügels drehen.

»Achten Sie auf den Höhenmesser«, sagt er. »Es geht aufwärts.«

Und tatsächlich, wir steigen: 3.5, 3.6, 3.7.

»Wir steigen mehr als dreißig Meter die Minute«, sagt Bobby, »und das ohne Motor! Das schafft höchstens noch ein Jet.«

3.7, 3.8, 3.9. Die Gipfel der Viertausender hinter Silver City kommen in Sicht: der gezackte Handies Peak und das majestätische Wetterhorn und Uncompahgre Peak, der mit seiner bizarren Neigung und den Kupferflecken aussieht wie eine Waffel Rum-Rosinen-Eis an einem brütendheißen Augusttag.

Unter uns sieht Hope jetzt noch mehr aus wie ein Miniaturstädtchen, ein Spiel, das man an einem faulen Sonntag spielt, etwas, das Erik mit seinen Händen gemacht haben könnte.

4.2, 4.3, 4.4. Gibt es da nicht so eine Regel, was den Sauerstoff über viertausend Meter angeht?

»Das ist die beste Thermik des ganzen Sommers«, sagt Bobby. »Sie müssen meine Glücksbringerin sein.«

Die Nadel verharrt einen Moment lang genau auf viertausendfünfhundert Metern.

»Nördlich von hier ist eine unbezwingbare Wand«, sagt Bobby plötzlich. »Ich denke, wir sollten versuchen, sie zu schaffen.«

Im Kopf spiele ich den Satz immer wieder durch, versuche, jede mögliche Bedeutung herauszukitzeln. Bobby nimmt den Segler aus dem Aufwind und dreht nach Norden Richtung Bristol Head ab.

»Das ist unglaublich!« sagt er, jetzt fast flüsternd. »Wir steigen immer noch.«

Das Flugzeug wird immer schneller. »Wir fliegen fünfundneunzig Knoten«, sagt er. »Und das ...«

»... ohne Motor«, beenden wir den Satz gleichzeitig.

Bristol Head ragt aus der Talsohle unter uns in die Höhe, sein großer flacher alpiner Gipfel in einer Farbe irgendwo zwischen Grün und Gold: ein Tigerauge nach Stunden im Trockner, aber ich sehe ihn nur aus den Augenwinkeln.

Die Angst steigt in mir bis zum Siedepunkt, weiß glühend von innen erhitzt, bis für nichts anderes mehr Platz ist, nicht einmal für einen flüchtigen Blick, nicht einmal – und deshalb weiß ich, wie schlecht ich mich fühle – für den Wunsch, Fotos zu machen.

»Auf der anderen Seite von diesem flachen Felsen da«, sagt Bobby, »ist die senkrechteste Felswand, die Sie je gesehen haben.« Aber das weiß ich bereits. An der Felswand endete die Spritztour im letzten Jahr. Das ist die Felswand, die ich jeden Tag von meiner Ranch aus im Blick habe.

Was das ganze Abenteuer betrifft, denke ich, als wir auf den Rand von Bristol Head zujagen, so werde ich mir vor allem merken, daß es einen häufig überkommt, ob man dazu bereit ist oder nicht.

Dann fliegen wir über den Rand der Klippe, und der Boden fällt unter uns weg, und es geht im rasenden Tempo an der Felswand abwärts.

Sie müssen sich dem hingeben, hatte Carlos Castaneda mir gesagt. *Oder Sie sind verloren.* Ich lockere meinen Klammergriff an der Flugzeugwand. *Hol tief Luft,* denke ich, *mach ein Foto.*

»Bereit für ein paar Manöver?« sagt Bobby.

»Ich finde, fürs erste reicht es«, sage ich, bevor mir einfällt, das bei Bobby alle Fragen rhetorisch sind.

Dann dreht Bobby das Flugzeug auf den Kopf.

Wir trudeln an der Felswand von Bristol Head hinab, drehen uns dabei wie ein Boot auf dem Fluß, nur daß ich auf dem Fluß immer Rückwärtsrollen gemacht habe, und jetzt machen wir eine Rolle vorwärts nach der anderen.

Meine Gesichtshaut wird von der Erdanziehungskraft angesaugt. Die Felswand, das Tal, die herbstlich verfärbten Espenwälder drehen sich in unlogischer Ordnung. Dann richtet Bobby den Segler einen Moment lang gerade, und ich habe das Gefühl, daß wir wieder steigen.

»Wie hat Ihnen das gefallen?« ruft Bobby.

»Das war sagenhaft«, erwidere ich, obwohl ich weiß, daß er mich nicht hören kann. Denn auf einmal habe ich keine Angst mehr. Mir wird klar, daß das hier etwas ganz anderes ist als ein Überschlagen im Fluß. Es gibt kein Wasser, das uns ertränken kann, keine Felsen, die uns verletzen können, nichts um uns herum, nur die süße, goldene Colorado-Luft. Und es kommt mir nicht mehr so vor, als würden wir in einem Flugzeug ohne Motor fliegen; es kommt mir eher so vor, als wären wir in eine Art Geheimnis eingeweiht worden, als hätte man uns erlaubt, auf dem Rücken eines wunderbaren, verrückten Spielzeugs durch den Weltraum zu fliegen.

Das Lächeln auf meinem Gesicht fühlt sich an, als würden untrainierte Muskeln angestrengt, und mir kommt der Gedanke, daß es das erste Lächeln seit einem Monat ist, als Erik anfing, wieder richtig zu trinken.

»Bobby«, schrie ich, »noch einmal bitte!«

Ich will meine Kamera heben, um ein Foto zu machen, aber die Erdanziehungskraft läßt mich nicht.

Wir sind jetzt direkt über der Ranch. Ich sehe die vertraute Flußbiegung, Antelope Park als breiten, grünen Streifen. Ich sehe Middle Creek, Ivy Creek, sogar den winzigen Lime Creek, wie er über die Wiese und vorbei an meinem Blockhaus plätschert, auf dem Weg zum Rio Grande. Ich kann sogar das Oberlicht sehen, das Erik für mich gebaut hat, damit ich von meinem Bett aus in die Sterne gucken kann, und ich weiß, daß er trotz seiner großen Güte niemals das ganze Abenteuer erleben wird, daß er sein Leben lang gedacht hat, er könne froh sein, einfach nur im Gleitflug zu sein, wo er und wir alle doch eigentlich dazu bestimmt sind, uns zu großen Höhen aufzuschwingen.

»Fertig?« sagt Bobby, und ich halte den Daumen über der Schulter hoch.

Diesmal sind es keine Rollen vornüber, sondern seitliche Drehungen, die etwas sanfter vonstatten gehen, Korkenzieherbewegungen, so daß ich alles mitkriege. Ich schaffe es sogar, meine Kamera zu nehmen und zwei Fotos von der Ranch zu machen, auf dem Kopf.

Sie gehört mir, denke ich und weiß, während ich das denke, daß alles, was mir vielleicht noch an Gutem im Leben begegnet, darauf zurückzuführen sein wird, daß ich einen Platz gefunden habe, von dem ich sagen kann, daß er mir gehört. Aber nicht der Besitz der Ranch zählt, sondern die Verantwortung für sie, weiß ich doch zum erstenmal, wie sich das Wort »Zuhause« anfühlt.

»Möchten Sie einen Sturzflug machen?« fragt Bobby mich.

»Ja«, rufe ich, »ich will alles machen!«

Die Landebahn verschwindet aus dem vorderen Fenster, als er die Nase ganz nach unten richtet.

B.J. steht noch an derselben Stelle. Ich stelle mir vor, wie ihre Augen immer größer werden, als wir mit achtzig, neunzig, hundert, hundertzwanzig Meilen pro Stunde aus dem Himmel geschossen kommen. Ich stelle mir das Lächeln vor, das ihr über das Gesicht huscht, als wir wieder hochziehen.

Wenn man auf dem Grund eines Brunnens ist, der tief genug ist, sagte mein erster Astronomieprofessor, *kann man sogar am hellichten Tag die Sterne sehen.*

Ich habe ihm damals nicht genug geglaubt, um die Theorie zu testen. Jetzt muß ich das nicht mehr. Jetzt ist ein Stern am sonnenüberfluteten Himmel, und ich bin in ihm. Es gibt alle möglichen Theorien, die ich nie wieder testen muß.

Als ich sechzehn war, nahm mein Vater mich beiseite und sagte: »Lucille, eines schönen Tages wirst du aufwachen und begreifen, daß du dein ganzes Leben in der Gosse verbringst, während dir jemand mit dem Fuß im Nacken steht.«

Vielleicht trifft das, was er gesagt hat, auf Erik zu. Ich habe mein Leben lang darum gekämpft, daß es niemals auf mich zutrifft.

»So, jetzt kommt noch was, das Sie ihren Freunden erzählen können«, sagt Bobby, aber was immer es auch ist, ich weiß, ich habe schon genug zu erzählen.

Ich bin in einem Flugzeug ohne Motor, gleite über mein ureigenes Zuhause in den Rocky Mountains, trudele und wirbele über Felder in der Farbe von Engeln. Gerade haben wir noch einen Sturzflug gemacht. Und Bobby sagt, wir haben noch gar nicht richtig angefangen.

Mein ganzes Gewicht

ES IST NIE BESONDERS LEICHT, VON HOPE NACH PROVINCEtown in Massachusetts zu gelangen. An jenem Abend bedeutete es eine sechsstündige Fahrt mit dem Auto nach Albuquerque, weiter mit dem Flugzeug von Albuquerque nach Denver, weiter mit dem Flugzeug von Denver nach Chicago, weiter mit dem Flugzeug von Chicago nach Boston und eine dreistündige Fahrt mit einem klapprigen gemieteten Chevy-Cavalier-Cabrio mit geschweißtem Auspufftopf zur Spitze von Cape Cod.

Der Winter in Hope war lang gewesen, der Frühling war der kälteste seit Menschengedenken und ließ länger als sonst auf sich warten. Meine Nachthimmelserie hatte es in sechs Galerien im Osten geschafft, von Boston bis Washington, D.C., und die Fotos erhielten so viel Aufmerksamkeit, daß ich mir Hoffnungen machen durfte, die Steuerrückstände für die Ranch doch noch begleichen zu können.

Am ersten Juli sollte ich im Fine Arts Center in Provincetown einen Workshop leiten. In Hope tobte an dem Abend, als ich meine Tasche packte, ein verspäteter Schneesturm.

In Provincetown angekommen, ging ich auf direktem Weg zur Commercial Street und lud mich selbst zum Essen ein: Hummer und eine halbe Flasche guten kalifornischen Chardonnay. Ich wollte obigen Satz ganz selbstverständlich hinschreiben, als wäre es das Normalste von der Welt, daß ich allein in ein hübsches Restaurant gehe, doch obwohl ich fünfunddreißig Jahre überwiegend allein gelebt hatte, war es das allererste Mal.

Das Restaurant hatte eine angenehme Geräuschkulisse,

Pärchen und Familien im Urlaub. Ich las die Speisekarte zweimal von oben bis unten und bemühte mich dann, eine zufriedene und gelassene Miene aufzusetzen.

Ich mochte die Kellnerin, dachte, so, wie sie redete, könnte sie vielleicht auch Fotografin sein, und einen Moment lang hoffte ich, sie würde den Namen auf meiner Kreditkarte erkennen, aber nichts dergleichen.

Als ich wieder auf die Commercial Street trat, wurde es bereits dunkel, und der Karneval war im vollen Gang: ein über zwei Meter großer Latino, überwältigend in einem rückenfreien schwarzen Kleid und Pumps mit Pfennigabsätzen, Männer in Leder und Latex und Wäscheklammern, zu Hunderten auf der Treppe des Postamtes, und ein Chrysler Kabrio voll mit als Debütantinnen ausstaffierten Transvestiten, deren Perücken in der nach Fisch riechenden Luft wallten.

Die schwulen Männer gingen in Gruppen die Straße auf und ab, die lesbischen Frauen zu zweit, das Begehren so greifbar wie Patschuli in der Luft. Selbst die wenigen Heteropaare, von denen einige aussahen, als hätten sie sich seit Jahren nicht mehr angefaßt, gingen Arm in Arm, obwohl unmöglich zu sagen war, ob aus Furcht oder aus wiedererwachter Lust.

Der Laden hieß Toys of Eros, und ich hatte schon so einen gesehen, als ich in Oakland lebte, aber nie den Mut aufgebracht reinzugehen. Ich schaute mir die glänzenden Chromvibratoren an, die Lederharnische, in denen man auf sie draufsteigen konnte, die Umschläge der Bücher, die in die Wonnen lesbischer Liebe einführten. Einen Moment lang fragte ich mich, warum ich den Laden überhaupt betreten hatte, und führte es auf den Chardonnay zurück.

»Wenn ich Ihnen was zeigen darf, sagen Sie Bescheid«, sagte die junge Frau an der Kasse. Sie hatte rabenschwarzes Haar und eine Zahnspange, und trug ein hautenges Lederhemd, das vorne geschnürt wurde.

In einer Vitrine hinten im Raum war ein Sortiment japanischer Dildos aus weichem, durchscheinendem Plastik in

Pastellfarben mit irgendeinem Tier am unteren Ende. Ein Känguruh, ein Kaninchen, ein großer Braunbär, Nase und Ohren angelegt, bereit zum Einsatz.

»Sind die nicht schön?« sagte die junge Frau. »Und man kann die Geschwindigkeit der Tiere unabhängig vom Rest regulieren.«

»Ich nehme das Kaninchen«, sagte ich, als würde ich ein Essen in einem französischen Restaurant bestellen, als würde ich jeden Tag fünfundachtzig Dollar für einen aus Japan importierten Vibrator ausgeben.

»Ich muß ihn vorher testen«, sagte sie. »Wir nehmen nämlich grundsätzlich nichts zurück.« Der Dildo drehte sich langsam, dann schneller im Kreis; das Kaninchen schnupperte, vibrierte.

Kaum hatte ich meine Kreditkarte aus der Hand gegeben, da wurde das Lächeln der Frau auch schon breiter.

»Heh, ich kenne Sie«, sagte sie. »Ich habe Ihre Fotos in Boston gesehen – Sie geben diese Woche hier ein Seminar. Ich habe versucht, mir dafür freizunehmen.«

»Danke«, sagte ich.

»Ich liebe Ihre Fotos«, sagte sie, »und jetzt weiß ich auch noch, was für einen Vibrator Sie mögen.« Sie lachte unbekümmert. »Kleiner Scherz«, sagte sie. »Viel Spaß damit.«

In meinem Kurs waren zwölf Fotografinnen von der ganzen Ostküste. Eine von ihnen, Marilyn aus Connecticut, sah mir so ähnlich, daß sie meine Schwester hätte sein können. Sie waren alle klug und ehrgeizig, typische Ostküste-Menschen, die mich immer wieder erstaunen. Nach einer einstündigen Einführung schickte ich alle nach Hause und war sicher, daß es eine gute Woche werden würde.

Nach dem Seminar sah ich meinen Namen in roten Lettern am Schwarzen Brett.

»Toys of Eros hat angerufen. Sie haben Ihre Batterien vergessen.« Jeder Buchstabe war fünf Zentimeter groß.

»Was du brauchst«, sagte Marilyn bei Schokoladeneis mit Brombeersauce auf der Terrasse des Restaurants Bubula, »ist einen netten Wertpapierhändler.«

»Ich weiß nicht mal, was das ist«, sagte ich.

Marilyns Freundin Dorothy hatte ihr erzählt, wenn sie sich eine blaue Packung Dunhill kaufen und damit auffällig herumgehen würde, bedeutete das, daß sie eine Lesbierin sei, die auf der Suche nach Liebe ist. Und da Marilyn weder lesbisch noch auf der Suche nach Liebe war, sondern die Frau eines Wertpapierhändlers mit einem großen Haus und drei Kindern, eroberte sie mein Herz für immer, als sie die Dunhills aus ihrer Handtasche nahm und auf den Tisch zwischen uns legte.

»Die Wahrheit ist«, sagte ich, »es gibt keinen Mann, der sich nicht schon in den ersten fünf Minuten des Kennenlernens für mich disqualifiziert. Ich denke mehr und mehr darüber nach, es mal mit einer Frau zu probieren. Ich denke darüber nach, nach China zu fahren und ein kleines Mädchen zu adoptieren.«

»Meiner Schwester ging es genauso«, sagte Marilyn, »bis sie Roger kennenlernte. Davor kam sie dauernd nur vom Regen in die Traufe.«

In diesem Augenblick tauchte zwischen all dem Leder und gefärbtem Stachelhaar ein heterosexuelles Paar auf. Sie, mit langen blonden Haaren, hatte ein schlichtes grünes Samtkleid an und trug ein Baby in einem Tragetuch zwischen ihren schlanken Schultern. Er trug Sportschuhe und einen Anzug aus Rohseide, hielt ihre Hand und redete gurrend mit dem Baby. Sie waren, so dachte ich, in Provincetown genauso auffällig, wie es das Kabrio mit den Debütantinnen in Hope gewesen wäre.

»Die beiden scheinen sich gesucht und gefunden zu haben«, sagte Marilyn lachend. »Erzähl mir bloß nicht, du hättest so was nicht auch gern.«

»Ist dir aufgefallen«, sagte ich, »wie viele lesbische Paare einander ähnlich sehen? Ich meine Größe und Gewicht und Kleidung und sogar die Haare.«

»Sie nennen das spiegeln«, sagte sie. »Dorothy sagt, das hat was mit Selbstliebe und Akzeptanz zu tun.«

»Ich weiß nicht«, sagte ich, »ob das bei mir funktionieren würde.«

»Du würdest einiges über dich selbst erfahren«, sagte sie.

»Meine Mutter hat immer gesagt: ›Lucy, wenn andere, die dich das erste Mal sehen, ein dickes Mädchen sehen, kannst du nachher tun und machen, was du willst, du wirst in ihren Augen immer ein dickes Mädchen sein.‹«

Marilyn musterte meinen Körper von oben bis unten, der vom Langlauf im Winter fit war, meine straffen Muskeln, meine langen und kräftigen Gliedmaßen. »Wie hast du denn damals ausgesehen?« fragte sie schließlich.

»Wie jede andere dünne Teenagerin mit rückenfreiem Top und abgeschnittener Jeans«, sagte ich. »Ich habe Fotos, die das belegen, doch es hat keinen einzigen Tag in meinem Leben gegeben, an dem ich mich nicht rund wie eine Tonne gefühlt habe.«

»Ich auch«, sagte sie und fing an, mit ihrem Eis zu spielen. Ich betrachtete ihren Körper, der kräftig und wohl proportioniert war, ihre gebräunte Haut hatte die Farbe von Rosenholz.

»Das habe ich noch nie jemandem erzählt«, sagte ich.

»Das liegt an dem ganzen Sex, den die Leute hier haben«, sagte sie. »Das färbt ab, das befreit.« Sie klopfte eine Zigarette aus der Packung und hielt sie zwischen den Fingern, ohne sie anzuzünden.

»Meine Mutter hat mich als Kind öfter gezwungen, die Hände unter fließendes Wasser zu halten, und sie hat dann Essen zwischen ihren Fingern durchgequetscht«, sagte sie, »um mir eine Vorstellung von Verdauung zu geben.«

»Jeden Morgen«, sagte ich, »sogar als ich erst fünf war, hat meine Mutter gesagt: ›Wir wollen doch mal sehen, ob wir es bis zum Abendessen schaffen, ohne irgendwas zu essen.‹«

»Wir hatten sehr komplizierte Regeln, wenn wir abends auswärts gegessen haben«, sagte Marilyn, »was wir immer taten. Grundsätzlich keine Vorspeise und keinen Nachtisch, und wenn man ein Extralob haben wollte, bestellte man …«

»Eine Vorspeise statt der Hauptspeise«, sagte ich. »Und kein Brot.«

»Ich verzichte noch heute aufs Brot«, sagte sie, »aber ich glaube, das ist das einzige, was geblieben ist.«

»Ich denke oft, was ich bloß mit dem ganzen Platz in meinem Gehirn anstellen würde, wenn ich mich wegen meiner Figur nie schlecht gefühlt hätte.«

»Jemanden lieben«, sagte sie, »Kinder großziehen, den ganzen bodenständigen Kram, den man macht, wenn man aufhört, nur verkopft zu sein.«

»Dann wäre es vielleicht nicht schlecht, sich in einen Spiegel zu verlieben«, sagte ich.

»Oder in einen Mann, der dir beweisen kann, daß deine Mutter sich geirrt hat.«

Ich dachte an Carter Thompson, der mal gesagt hatte, meine Handgelenke seien nicht schlank genug, und an Erik, dessen Interesse an Sex versiegte, als er trocken wurde, und auch nicht wiederkam, als er wieder zur Flasche griff.

»Es gibt einen Grund dafür, warum unsere Mütter so waren«, sagte Marilyn, »aber wir müssen nicht drüber reden, wenn dir das zu nahe geht.«

»Nein, ich weiß, was du meinst«, sagte ich, aber ich war mir dessen ganz und gar nicht sicher.

»Klär das für dich, und da draußen wird eine gute Liebe auf dich warten«, sagte Marilyn. »Ich weiß es.« Sie stopfte die Dunhills in ihren Rucksack und signalisierte der Bedienung, daß sie zahlen wollte.

Das äußere Ende der Commercial Street war für den Verkehr gesperrt, und eine Straßenband spielte. Die Musiker waren aus Afrika, die eine Hälfte Weiße, die andere Zulu, und sie hatten eine Zulu-Tänzerin dabei, eine Frau, in die ich dreimal reingepaßt hätte und die, wie meine Mutter gesagt hätte, wenig schmeichelhaft gekleidet war, und als sie tanzte, als sie ihren Körper bewegte – halb zur Musik und halb zu dem Rhythmus, den sie in sich hatte –, konnten selbst die Steifsten unter uns nicht anders, als auf der Straße mittanzen.

Die Männer und die beleibte Frau vollführten auf der Bühne den Kriegstanz der Zulu, einen Tanz, so alt wie Afrika, bei dem es aussieht, als würden die Krieger abwechselnd das rechte und linke Bein bis über den Kopf nach hinten werfen.

»Das hat die feindlichen Stämme bestimmt beeindruckt«, sagte Marilyn und fing an zu tanzen.

Auch ich fing an zu tanzen, zuerst langsam, dann, im Einklang mit dem Rhythmus, immer schneller und schneller. Ich warf die Arme und Beine in die Luft und vergaß – für einen Augenblick und dann immer länger –, mir darüber Gedanken zu machen, wie ich aussah, und ich wußte, daß Marilyn recht behalten und gute Liebe kommen würde, wenn ich einfach immer so weitertanzen könnte.

Am Dienstag abend hielt ich im Fine Arts Center meinen üblichen Technikvortrag, und danach sprach er mich an. Es regnete draußen vor dem Hörsaal, und ich hatte die Kapuze aufgesetzt, und ich weiß noch, daß ich dachte, wie albern ich wohl aussah, daß es aber noch alberner wäre, die Kapuze im Regen abzunehmen.

»Sind Sie Lucy O'Rourke?« sagte er. »Ich heiße Marcus, Marcus Larisa. Ich finde Ihre Arbeiten toll. Alle, die ich bisher gesehen habe. Ich hab mir gewünscht, Ihnen das mal persönlich sagen zu können.«

»Sind Sie der Maler?« sagte ich. Marilyn hatte gesagt, daß der Typ, der das Malereiseminar gab, ganz süß sei.

»Nein, nein, ich arbeite in der New Yorker Stadtbibliothek, hauptsächlich als Spendenbeschaffer, und schreibe nebenbei. Ich bin für zwei Wochen hier, um ein Buch über die Geschichte von Cape Cod abzuschließen.«

Er wurde immer nasser im Regen, patschnaß, aber er schien es nicht zu merken. Sein Haar war schwarz und wurde vom Regenwasser noch dunkler. Ein Tropfen blieb kurz an seinen Wimpern hängen und rollte dann geradewegs zu einem kleinen Muttermal auf seiner Wange.

»Wie wär's«, sagte er, »hätten Sie nicht Lust, mal mit mir auszugehen?«

Ich legte die Stirn unter der Kapuze in Falten.

»Morgen abend«, sagte er, »oder Donnerstag?«

»Was haben Sie denn heute abend vor?« sagte ich.

»Nichts«, sagte er, obwohl ich sah, daß seine Freunde auf ihn warteten.

»Dann einen Moment«, sagte ich, »ich hol nur rasch meine Schlüssel. Brauchen Sie einen Mantel oder so?«

»Nein, der Regen hört gleich auf.«

Wir gingen die Commercial Street entlang, bis sie in einer zwei Meilen langen Mole endete, einem Wellenbrecher, über tausend Tonnen Felsen, die von irgendwo hergebracht und in einer Linie ausgelegt worden waren, durch den Hafen von Provincetown und hinaus zu den Leuchttürmen auf Wood End und Long Point.

Der Regen hatte aufgehört und war zu Dunst geworden, der im Nachtwind wehte und die Lichter des Ortes wie Weihnachtsbaumkugeln aussehen ließ. Ich trug noch immer das Kleid von meinem Vortrag, aber ich hatte klugerweise meine Pumps gegen Sandaletten eingetauscht. Doch die Felsen waren glitschig, und ich konnte nicht sehen, wo ich die Füße aufsetzte, da sich mir mein Kleid um die Knöchel bauschte.

Ich habe ein Repertoire von fünf Geschichten, die ich über mich erzähle, wenn ich möchte, daß sich jemand in mich verliebt, entweder ernsthaft oder nur so zum Spaß. Es sind Geschichten von unterwegs, überwiegend Abenteuergeschichten, die ich mit meiner Kamera zu erzählen versucht habe, aber aus irgendeinem Grund eignen sich Worte besser. Ich war bei der dritten – über die zwei Wochen, die ich in Belize im Knast saß, weil ich nachts Aufnahmen von den Rauschgiftschmugglern gemacht hatte, die mit ihren Booten vor der Küste in den Wellenbrechern landeten –, als Marcus mich fragte, ob es mir unangenehm sei, einfach nur zu reden. Dann fragte er mich, warum ich nicht verheiratet sei.

»Ich suche mir immer den falschen Mann aus«, sagte ich. »Ich bin schon dafür berühmt. Mein Freund Henry sagt, ich kann aus jedem Mann den falschen machen.«

»Dann sind Sie wohl die falsche Frau«, sagte er.

»Manchmal«, sagte ich. »Manchmal waren die Männer auch bloß Verlierertypen. Aber alle haben sie mir Fotos gegeben, alle haben sie mir Geschichten gegeben.«

»Das ist auch wohl alles, was Verlierertypen zu geben haben, oder?« sagte er. »Geschichten.«

»An der Uni hat man uns beigebracht, daß es allein darum geht«, sagte ich, »um das Bild und die Geschichte, die es erzählt.«

»Uni«, sagte er. »Alle reden nur um den heißen Brei herum, keiner wird konkret.«

»Genau wie ich«, sagte ich, »aber ich arbeite dran.«

»Ich auch«, sagte er, und er nahm meine Hand.

Als wir eine halbe Meile draußen waren, fing der Wind an zu heulen, und die Wellen spritzten über die Felsen und hinterließen Pfützen zu unseren Füßen.

Meine Kenntnisse über die Küste von New England waren so gering, daß sie in die Tasche meines langen, bunten Kleides gepaßt hätten, aber dann meinte ich mich zu erinnern, mal gehört zu haben, daß die Flut schnell und mit Macht kommt.

»He«, sagte ich und blieb auf meinem Felsen stehen, während Marcus auf einen anderen sprang, »wissen Sie eigentlich, was Sie hier draußen machen?«

»Nein«, sagte er, »ich dachte, Sie wüßten es.«

Und er hob mich von meinem Felsen auf seinen und küßte mich, und es war viel zu früh, aber ich erwiderte seinen Kuß.

»Ich denke, es könnte gefährlich werden«, sagte ich, »wenn die Flut rasch kommt. Wir versuchen es morgen noch einmal. Und dann zieh ich mir auch kein Kleid an.«

»Soll das heißen, du willst mich morgen wiedersehen?« sagte er, und als er sich mir zuwandte, lachte sein ganzes Gesicht.

»Ja«, sagte ich, obwohl ich nicht gedacht hätte, daß die Antwort so einfach sein würde, und er drückte meine Hand, und wir gingen zurück auf die Lichter der Commercial Street zu, zurück zu meinem Zimmer im Gästehaus des Fine Arts Center.

Auf der Couch zog er meine Füße auf seinen Schoß und fing so selbstverständlich an, sie zu massieren, als wären wir schon seit zwanzig Jahren zusammen. Er sagte, ich sähe müde aus, und ich erwiderte, daß ich nicht müde sei, was stimmte, aber er faßte es als Aufforderung auf, mich erneut zu küssen. Mir gefielen seine Küsse, mir gefiel der Geschmack nach Meersalz an seinem Schnurrbart, mir gefiel es, meine Hände in seinem dichten, schwarzen Haar zu vergraben.

Als seine Hände zum erstenmal meine Brüste berührten, schob ich ihn weg.

»Okay«, sagte ich. »Jetzt erzähl mir deine Geschichte.«

Er lehnte sich auf der Couch zurück und blickte mir direkt in die Augen. »Ich habe einen wunderbaren Sohn, der der Mittelpunkt meines Lebens ist. Ich war lange sehr unglücklich verheiratet, und eines Tages bin ich aufgewacht und wußte, daß die Ehe zu Ende war. Ich bin bei meiner Frau geblieben wegen meines Jungen, aber schließlich habe ich begriffen, daß ich ein besserer Vater wäre, wenn ich auch ein glücklicherer Mensch wäre. Jetzt führe ich mein eigenes Leben. Ich habe gute Freunde und die Schriftstellerei, die mir großen Spaß macht. In den letzten drei Jahren habe ich mich vor allem darum bemüht, authentisch zu leben, und es muß wohl funktioniert haben, sonst hätte ich nie den Mut gehabt, dich zu fragen, ob du mit mir ausgehst.«

»Das ist eine gute Geschichte«, sagte ich und dann: »Wenn du willst, kannst du mich noch etwas küssen.«

Vielleicht war es wegen seiner dunklen Augen und weil ich siebzehn gewesen war, als ich das letzte Mal von einem

Jungen mit dunklen Augen geküßt worden war. Vielleicht lag es daran, daß ich an der Ostküste meiner Kindheit war. Vielleicht hatte es etwas damit zu tun, daß ich meine nackten Schultern an der billigen Kordcouch spürte. Jedenfalls ließ ich an dem Abend nicht zu, daß er mir die Bluse auszog, und schließlich bat ich ihn zu gehen.

»Weil ich dich wirklich mag«, sagte ich und meinte es auch so.

Er sagte: »Du magst mich wirklich, aber?«

»Ich mag dich wirklich, Punkt aus«, sagte ich. »Und deshalb möchte ich, daß du jetzt nach Hause gehst.«

»Wie in der guten alten Zeit«, sagte er, und sein Lächeln verriet mir, daß er mir glaubte. »Wie die Liebenden in Keats' *Ode auf eine griechische Urne.*«

»Genau«, sagte ich, obwohl ich mich nicht mehr gut an die Liebenden erinnern konnte. »Morgen abend«, sagte ich, »gehen wir bis ans Ende der Felsen.«

Nach dem Seminar gingen Marilyn und ich ein Eis holen: Vanille-Softeis, aber in Provincetown bekommt man das Vanilleeis in psychedelischen Farben: grün und pink und gelb und blau.

»Ich find's toll«, sagte sie. »Ich sag bloß, schlaf nicht mit ihm.«

»Er küßt gut«, sagte ich. »Danach schaut er mir direkt in die Augen.« Wir gingen bis zum Ende der Docks, wo die Fischer ihre Boote entluden.

»Denkst du nicht daran, dich zu schützen, Lucy?«

»Du meinst Kondome?« sagte ich.

»Ich meine dein Herz.«

Hundert Möwen erfüllten die Luft über uns, als die Sonne hinter dem Dorf versank und der Himmel eine Farbe irgendwo zwischen rosa und blau annahm.

»Alles Gute in meinem Leben habe ich dadurch gekriegt, daß ich mich Hals über Kopf in etwas hineingestürzt habe«, sagte ich.

»Klar«, sagte sie, »und alles Schlechte in deinem Leben

hast du dadurch gekriegt, daß du dich Hals über Kopf in etwas hineingestürzt hast.«

Dagegen konnte ich kein Argument anführen, also schwieg ich. Ich sah zu, wie ein Fischerboot genau in dem Moment anlegte, als ein Kombi neben ihm hielt. Ein dunkelhaariger Mann winkte und lächelte, drehte sich um und schimpfte auf den Motor. Die Frau in dem Wagen lief los, nahm die Heckleine und wickelte sie rasch um eine Klampe.

»Was macht er?« sagte Marilyn, und ich wußte, sie meinte, beruflich, und als ich sagte, er ist Wissenschaftler, spitzte sie die Lippen, als hätte sie genau das vermutet, als würden Wissenschaftler, was das Brechen von Herzen angeht, sogar Rockstars in den Schatten stellen.

»Hör mal, Lucy, wenn du nicht mit ihm schläfst und er dich nicht anruft, hast du nichts verloren.« Der Fischer hievte sich mit seinen Unterarmen auf die Anlegestelle und gab der Frau dann einen langen, innigen Kuß.

Wenn ich nicht mit ihm schlafe, dachte ich, bin ich der einzige Mensch in Provincetown, der keinen Sex hat.

Ich sagte: »Marilyn, wir leben in den neunziger Jahren, und in den neunziger Jahren vertritt man die Haltung, wenn ich doch mit ihm schlafe und er mich nicht anruft, habe ich trotzdem etwas gewonnen.«

»Im Grunde deines Herzens weißt du, daß das ausgemachter Schwachsinn ist«, sagte sie.

»Ich weiß im Grunde meines Herzens, daß du mich magst«, sagte ich und legte den Arm um sie. »Marilyn, ich bin fünfunddreißig, und ich bin wegen der Verabredung heute abend so nervös wie nie. Hat das etwa nichts zu bedeuten?«

»Es gibt einen Grund dafür, warum du das tust, Lucy, und ganz tief in dir weißt du, daß die Nachricht nicht gut ist.«

»Du hast recht, aber ich kann's nicht ändern.«

»Bestell ihm von mir«, sagte sie, »wenn er wieder in New York ist und all seinen künstlerisch angehauchten Freunden erzählt, er hat mit Lucy O'Rourke gevögelt, steige ich ihm aufs Dach. Ich weiß, wo diese Bibliothek ist. Glaub ja nicht, ich mache meine Drohung nicht wahr.«

»Sag ihm das doch selbst«, sagte ich. »Komm doch einfach mit zu mir und warte, bis er mich abholt.«

Genau um acht Uhr vier klopfte es an der Tür. Marilyn und ich sprangen gemeinsam auf, aber ich war schneller. Er trug ein weißes Baumwollhemd und eine olivenfarbene Leinenhose. Ich dachte daran, wie oft ich mir in den letzten fünfzehn Jahren mit Cowboys und Zimmermännern einen Mann gewünscht hatte, der wußte, wie man sich kleidet.

Ich entschuldigte mich und ging ins Schlafzimmer, um – jetzt, da ich sein Outfit gesehen hatte – zu entscheiden, was ich anziehen würde.

Ich weiß noch, wie ich, als ich in Hope meine Tasche packte, dachte, es sei egal, was ich anzöge, wenn sowieso alle Männer schwul sind, und jetzt mußte ich dafür büßen. Ich hatte drei Möglichkeiten zur Auswahl. Keine sagte mir zu.

Wenn ich die weite Baumwollbluse über einem geblümten Rock trug, sah ich zwar einigermaßen schlank, aber alles andere als sexy aus. Wenn ich die doppelseitig tragbare Kunstseidenjacke trug, sah ich aus, als hätte ich mir alle Mühe gegeben, aber auch, als wollte ich mich in einem Zelt verstecken. Wenn ich das schwarze Kleid mit den Seitenschlitzen und dem tiefen Dekolleté anzog, sah er viel zuviel von all dem, was an mir nicht stimmte.

»Und was sehen Sie, wenn Sie an die Zukunft denken?« hörte ich Marilyn sagen und machte, so schnell ich konnte.

Ich zog alle drei Sachen dreimal an, drehte mich und zog den Bauch ein, fand meine Hüften und meine Taille und meinen Bauch abscheulich, verfluchte meine Mutter, weil sie es geschafft hatte, daß ich noch immer in den Spiegel schauen konnte, ohne die geringste Ahnung zu haben, ob ich gut aussah oder nicht.

Aufgrund der Theorie, daß Selbstvertrauen sexyer ist als ein Dekolleté, entschied ich mich für die Baumwollbluse, öffnete die Tür und trat hinaus.

Das Restaurant Martin House hatte einen Holzfußboden und edle Tischtücher und eine Dessertkarte, in der die Preise sämtlicher Kunstwerke an den Wänden verzeichnet waren. Die Auswahl war schier endlos, Kalmartintenpasta und Lachs-Carpaccio und schwarzer Kaviar mit Kartoffelbrei. Ich drehte und wendete die Speisekarte immer wieder.

Das Glücksgefühl war meinem Körper völlig fremd. Ich konnte mir beispielsweise nicht vorstellen, gleichzeitig glücklich zu sein und zu essen. Es fiel mir ungeheuer schwer, mich auf die Speisekarte zu konzentrieren, die Worte waren da und auf ihre Art verführerisch, aber sie ergaben für mich keinen richtigen Sinn. Und wenn das Bestellen schon so schwierig war, was würde erst passieren, wenn das Essen kam? Wenn ich es im Mund hatte, würde ich es runterschlucken können, würde ich mich an so simple Dinge erinnern wie zum Beispiel, wie man Messer und Gabel hielt?

Marcus schien ein ähnliches Problem zu haben, und er hatte die Kellnerin schon zweimal weggeschickt, als mein Blick wieder auf die kleine Schiefertafel fiel, die auf unserem Tisch stand.

»Die Tageskarte«, sagte ich.

Und er sagte: »Gute Idee.«

Ich sagte: »Ich konnte gestern nacht nicht einschlafen.«

»Tut mir leid«, sagte er. »Weil ich es so übereilig hatte.«

Die Kellnerin unternahm einen dritten Anlauf, aber wieder vergeblich.

»Ich konnte nicht schlafen«, sagte ich, »weil ich glücklich war.«

»Weil du glücklich warst«, sagte er. »Wieso hast du mir das nicht gesagt? Wieso warst du so zurückhaltend?«

»Du meinst, all die Monate?« sagte ich.

»Was passiert hier eigentlich?« sagte er, und seine Schuhe schlossen sich unter dem Tisch um meine.

»Etwas«, sagte ich, tonlos, aber er hörte es.

Als wir an diesem Abend auf die Straße traten, schwebten wir mehr, als daß wir gingen, zwischen den Gruppen in Leder gekleideter Männer und den Babys und den Junkies, vor Bars voller tätowierter Frauen und Männer, die ihre Kleider auszogen. Ich sah ein Holzschild mit der Aufschrift Café Heaven und dachte, ab sofort werde ich nur noch dort essen.

Wir gingen zum Ende des Fischereipiers, wo ich drei Stunden zuvor Marilyn hoch und heilig versprochen hatte, nicht mit Marcus zu schlafen. An der Konservenfabrik ging ein Generator klickend an und aus, und Markus setzte mich auf einen der Pfähle und küßte mich. Dann zählte er mir alle Gründe auf, warum er sich in mich verliebt hatte, dann zählte er die Teile meines Körpers auf, die er bisher gesehen hatte und mochte.

Auf der braunen Kordcouch küßten wir uns in eine Art Taumel, aber jedesmal, wenn er mir die Bluse aufknöpfte, knöpfte ich sie rasch wieder zu. Aus irgendeinem Grund hatte ich mir dieses Szenario nicht vorgestellt, als ich überlegte, was ich anziehen sollte, hatte nicht bedacht, wie stark sich mein Rockbund von meinem weißen Bauch abheben würde. Das Licht im Wohnzimmer war so hell, und noch mehr Angst hatte ich vor dem Bett.

»Du bist noch nicht so weit, mit mir zu schlafen«, sagte er. »Ich weiß das.« Und das aus seinem Mund zu hören war ein Schock, denn es war wahr. »Aber ich möchte neben dir im Dunkeln liegen«, sagte er, »und meine Arme um dich legen und mit dir einschlafen und aufwachen und im Café Heaven mit dir frühstücken.« Sein Blick sagte mir, daß er alles wußte, und er schaltete das Licht aus und nahm meine Hand.

Am nächsten Tag lief das Seminar so gut, daß wir noch zwei Stunden dranhängten. Um genau halb acht abends klopfte Marcus wieder an meine Tür.

Wir gingen zu den Dünen, die das Ende der Insel umsäumen, und legten uns in den Sand. Drei Füchse spielten unterhalb von uns, und obwohl kein Mondschein war, konnten wir sie im Sternenlicht sehen, konnten dem leisen Raunen ihrer Pfoten im Sand lauschen.

Ich trug das weniger gewagte von den beiden Kleidern, die ich am Abend zuvor verworfen hatte. Es war farbenfroh und körperbetont und knöchellang, unten etwas eng, nicht gerade das beste Outfit für einen Spaziergang auf den Wellenbrechern.

Die Flut strömte unter den Felsen herein und klang genauso wie der Rio Grande draußen vor meiner Tür im Frühling, und ich erzählte Marcus von Hope und der Ranch, die meine Großmutter mir vererbt hatte, daß nach einem guten Sommerregen die Weide mit Lupinen übersät war, daß die Espen so kunstvolle und regelmäßige Muster annahmen wie die schönsten Webstoffe, sich wie eine Indianerdecke über die Hügel ausbreiteten, die sanft zu den Bergen hin anstiegen.

Ich konnte mir vorstellen, daß er mich dort besuchen kam, an einem kalten Weihnachtsmorgen Schlittenschellen an den Pferden befestigte, ein Feuer im Holzofen und die Weide still wie ein Gebet.

Wenn ich dem Wasser angestrengt lauschte, so wußte ich, würde es mir alles erzählen. Ich hatte es all die Jahre immer wieder um Vergebung gebeten, und ich dachte, Marcus könnte die Antwort des Wassers sein, sein Segen, sein Geschenk.

»Was denkst du?« sagte Marcus.

»Daß ich mich nicht darauf verstehe, glücklich zu sein«, sagte ich. »Stark und aufgeregt, spontan, sogar intelligent, aber Glücklichsein, das ist wie die Garderobe einer anderen Frau.«

»Sieh mal da«, sagte er und zeigte auf die Lücken zwischen den Felsen direkt vor uns, wo irgend etwas leuchtete, das nicht allein vom Widerschein der Lichter des Ortes kommen konnte. Als wir näher kamen, wurde es heller, dieses Licht von unten, und wir legten uns flach auf die Felsen, um zu sehen, was es war.

Mein erster Gedanke war, daß es Gott oder Carlos Castaneda sei. Mein zweiter , daß irgendein Ekzentriker aus Provincetown eine Unterwasser-Lightshow montiert hatte, etwas Geheimnisvolles und Schönes, um seine Herzallerliebste zu beeindrucken.

Doch als wir mit dem Gesicht ganz nah über dem Wasser waren, sahen wir keine Glühbirnen, sondern Lichtpartikel, die sich sehr schnell bewegten. Es mußten an die Hunderttausend sein, und sie bewegten sich alle gleichzeitig durch die Hohlräume unter uns, Diamantketten aus Licht, und die Felsen unter Wasser waren Schatztruhen, die Juwelen einfangen sollten. Es waren Kondensstreifen, Federwolken aus Licht, als blickten wir nicht ins Wasser, sondern in den Himmel, und als drehte sich die Erde so schnell, daß die Milchstraße außer Kontrolle geraten war.

Marcus griff nach unten, und als er die Hand wieder herauszog, war sie voller wäßrigem Leuchten, das er über meinen bloßen Arm fallen ließ. Ich kletterte hinab zum unteren Rand des Wellenbrechers, hob mein Kleid hoch und steckte die Füße ins Wasser. Das Licht floß über sie hinweg und zwischen meine Zehen. Ich spritzte mit den Füßen Wasserbögen hoch, höher als mein Kopf ins Dunkel hinein. Mein Kleid war jetzt patschnaß, und ich zog es aus und machte einen Hechtsprung ins erleuchtete Wasser. Als ich die Augen unter der Wasseroberfläche öffnete, war mir, als würde ich zwischen den Sternen schwimmen.

Marcus saß am Rand und schaute mir zu, die Schuhe ausgezogen und die gute Hose aufgekrempelt und die Füße im Wasser.

»Komm her«, sagte er, nachdem ich zwei Kreise geschwommen war, und ich schwamm zu ihm und versuchte, ihn zu mir zu ziehen, aber er zog mich aus dem Wasser und stellte mich neben ihm auf die Füße. Es war dunkel, aber nicht so dunkel, daß er mich nicht sehen konnte. Ich machte die Augen ganz fest zu, versuchte mit aller Willenskraft, die Scham zu vertreiben.

»Du bist schön«, sagte er. »Schau dich an, Lucy, bitte mach die Augen auf.«

Und ich machte die Augen auf und sah an meinem Körper hinunter, und ich sah, daß das Licht aus dem Wasser an mir haftete, an meinen Brüsten und meinen Oberschenkeln und meinem Bauch, daß es in der Luft schwächer und dann an den Stellen wieder heller wurde, wo Marcus Hände meine Haut berührten.

Wir beobachteten gemeinsam, wie das Leuchten glitzerte und schwächer wurde, und dann schöpfte Marcus mehr Licht und ließ es über mich laufen, manches blieb haften, manches spülte fort. Dann schaute er mich von oben bis unten an – intensiv, prägte sich alles ein –, so lange, daß ich glaubte, es nicht auszuhalten, aber ich hielt es aus.

Einen Moment lang war mir kalt, die Abendluft auf meinem nassen und reglosen Körper, doch dann waren seine Finger auf mir, löschten nacheinander die Lichter wie Kerzen, und dann waren sie in mir, und sein Mund war an meinem Hals, und seine Stimme in meinem Ohr, eine andere Art von Liebkosung, und mir wurde so warm von seinen Händen, daß ich meinte, all das Licht wäre in mir.

»Ich falle«, sagte eine Stimme, die, wie ich wußte, meine war, das Ich, das wußte, daß die Felsen steil und scharf waren und daß ich bei dieser Art von Sinneslust niemals würde stehenbleiben können, doch der Rest von mir dachte wortlos, *sei's drum.*

»Keine Angst«, sagte er, »halt dich fest«, und ich schloß meine Arme fester um seinen Hals und ließ ihn mein ganzes Gewicht tragen.

Am nächsten Morgen waren wir wieder auf der Commercial Street, und er sagte: »Neulich beim AA-Treffen ist etwas ganz Erstaunliches passiert«, und so, wie sich mir dabei der Magen zusammenzog, weiß ich nicht, wie es mir gelang weiterzugehen.

»Ein Mann, den ich aus New York kenne, ist übers Wochenende hier. Er hatte Angst, allein hinzugehen, also bin ich mitgegangen«, sagte er, und ich bekam wieder Luft.

Dann gingen wir ins Zentrum für Meeresbiologie und erfuhren dort von einer Mitarbeiterin, daß die Lichter Mikroorganismen waren, die Biolumineszenz genannt wurden. Sie sagte, sie würden nur bei Berührung, bei einer gewissen Reibung, leuchten, und ich wurde rot, als sie das sagte, aber sie bekam es nicht mit.

Unsere nächste Station war der Juwelierladen. Etwas zur Erinnerung, hatte Marcus gesagt; ich glaube, er benutzte das Wort »Ohrringe«, und ich hatte eingeräumt, daß ich gern etwas Bleibendes von ihm hätte. Doch in dem Laden war laute Musik, und dann hatte Marcus auf einmal einen Ring in der Hand – Silber an den Rändern, ein Streifen Gold dazwischen – und sagte, ich finde den hübsch, Lucy, was meinst du?

Ich nahm den Ring und hielt ihn in der Hand, das Gewicht des Silbers, das zarte Gold. Ich gab einen zustimmenden Laut von mir, ein Nicken und ein Murmeln. Er nahm mir den Ring aus der Hand, zählte sein Geld, hatte vierzig Dollar zu wenig, stülpte vor den Augen des Juweliers sein Portemonnaie um und sagte: »Mehr hab ich nicht.«

Ich stützte mich an der Fensterbank ab und blickte hinaus. Der Hof vor dem Laden war voller Barbie- und Ken-Puppen in anzüglichen Posen – es mußten an die Hundert sein. Ein Ken in einem Hochzeitskleid stieg aus einem Bus in die Arme eines anderen. Zwei Barbies in Leder fuhren auf einem Fahrrad zu einem Transvestitenball. Ein anderer Ken saß fröhlich in einem Margarinefaß, Arme und Beine gen Himmel gestreckt.

Ich drehte mich wieder zu Marcus um und hielt ihm meine rechte Hand hin, und mir stockte der Atem, als er mir den Ring auf den Finger schob.

Später in den Dünen, in denen Eugene O'Neill sein Meisterwerk schrieb, schauten wir zu, wie die Sonne im blauen Wasser der Bucht versank.

»Wie schön ist das?« sagte er, als sein Blick auf den Ring

fiel. Dann ließ er sich auf die Knie fallen, als wollte er beten, und schlug mit den Fäusten in den Sand.

»Was hast du?« sagte ich, als er sich auf den Rücken hatte fallen lassen, die Augen geschlossen, einen Arm über die Brust gelegt, und mit den Zehen Sand in den Wind schnippte.

»Du bist die Lehrerin«, sagte er, die Augen noch immer geschlossen, »du mußt selbst dahinterkommen.«

»Du liebst mich«, sagte ich, weil es die einzige Antwort war, und er rollte sich wieder auf die Knie und zog mich zu sich hinunter.

»Ich liebe dich«, sagte er. Einfach so.

Am letzten Morgen rannte ich die Treppe zu Marilyns Zimmer hoch, um sie zu erwischen, bevor sie nach Hause fuhr. Sie saß gegen das Kopfende ihres Bettes gelehnt und las ein überdimensionales Buch.

»Ich fahre nicht«, sagte sie. »Ich habe gestern mit dem Wertpapierhändler gesprochen. Er sagt, ich hätte mir noch eine Woche Erholung verdient. Du solltest auch bleiben, wenn du es einrichten kannst.« Sie klopfte neben sich auf das Bett, und ich setzte mich.

»Ich würde gerne«, sagte ich, »aber ich bringe Marcus nach Hause in die North Bronx, und anschließend fahre ich zu meinem Vater, ich hab ihm versprochen, bei ihm zu übernachten.«

»Und dann fährst du den ganzen Weg zurück nach Boston, um deinen Flug zu kriegen?«

»Ich bin eine Vagabundin der Landstraße«, sagte ich. Ich spielte mit dem Foto des Wertpapierhändlers neben ihrem Bett. »Er ist süß«, sagte ich.

»Eine ganz schön weite Strecke für zwei Männer, denen es vielleicht nicht unbedingt in erster Linie um dich geht«, sagte sie. Sie nahm das Kopfkissen und legte es sich auf den Bauch.

»Er hat gesagt, daß er mich liebt.«

»Dein Vater?«

»Ja, sicher«, sagte ich.

»Lucy«, sagte sie, »Marcus kann dich noch nicht lieben.«

»Ich weiß nicht«, sagte ich, zog das Kissen von ihrem Schoß und haute ihr damit auf den Kopf. »Ich fühl mich jedenfalls zur Zeit ziemlich liebenswert.« Auf einmal hatte ich die Lichter auf meinem nackten Bauch wieder kalt und deutlich vor Augen. »Hast du schon mal was von Biolumineszenz gehört?«

»Ein bißchen«, sagte sie, »aber ich hab so was schon ewig nicht mehr gesehen.«

»Wir sind gestern abend drin geschwommen«, sagte ich. »Du hättest dabeisein müssen.«

»Ich bin heilfroh, daß ich nicht dabei war.«

»Nein, wirklich, Marilyn. Du hättest deinen Körper bestimmt gemocht, mit den Lichtern drauf. Ich glaube, ich habe meinen gemocht.«

»Ich nicht«, sagte sie. »Nicht mehr in diesem Leben.«

»Ich hab was für dich«, sagte ich und ging nach draußen vor die Tür, wo ich das Foto an die Wand gelehnt hatte. Es war eine Aufnahme, die ich von Marilyn gemacht hatte, als sie auf der Straße tanzte, mit wirbelndem Körper, in seiner Bewegung verlangsamt durch die Blende und das Dämmerlicht, die Augen fest geschlossen, die unangezündete Dunhill noch zwischen ihren Fingern, einen Ausdruck höchst konzentrierter Freude im Gesicht.

Sie nahm das Foto entgegen, und ich konnte ihr am Gesicht ablesen, daß sie wußte, wie toll sie aussah, und daß sie am liebsten vor Freude wie ein Mädchen herumgehüpft wäre, aber sie schaute das Foto nur lange und zufrieden an und legte es aufs Bett.

»Und ich hab was für dich», sagte sie und hielt mir das Buch hin, in dem sie gelesen hatte. Es hieß *Paris war eine Frau*. »Ich hab keine Ahnung, ob es gut ist oder nicht«, sagte sie. »Gekauft hab ich es wegen des Umschlagfotos.« Vorn auf dem Umschlag saßen zwei junge Frauen, im Stil der vierziger Jahre gekleidet, in einem Pariser Straßencafé und schienen ein für beide überaus unterhaltsames Gespräch zu führen. Marilyn sagte: »Wir hätten mal zusammen da sein sollen.«

»Vielleicht fahren wir ja irgendwann mal zusammen hin«, sagte ich.

»Nein«, sagte sie. »Wir hätten *damals* dort sein sollen.« Dann sah sie den Ring an meinem Finger. »Verdammt noch mal, Lucy, ich laß dich kaum zehn Minuten allein, und schon heiratest du hinter meinem Rücken.«

»Nein, nein«, sagte ich, »der sieht bloß aus wie ... er steckt doch auf der anderen Hand. Ich meine ... na ja, ich weiß auch nicht, was das bedeuten soll.«

»Tu mir den Gefallen und finde es heraus«, sagte sie, »zum Beispiel heute noch.«

»Und wenn Marcus der Richtige ist, Marilyn? Was, wenn ich meine Schulden bezahlt und meine Lektionen gelernt habe und er die Belohnung ist?«

»Dann wird er bestimmt nichts dagegen haben, wenn du ihn fragst, was der Ring zu bedeuten hat.«

»Was soll ich nur machen, wenn ich dich nicht mehr habe, um mir zu sagen, wie ich mit mir selbst klarkommen soll?« sagte ich.

»Das gleiche wie ich, wenn ich dich nicht mehr habe, um mir zu sagen, wie ich mit meiner Kamera klarkommen soll. Jedenfalls«, sagte sie und gab mir die Visitenkarte des Wertpapierhändlers, auf der die Telefonnummer umkringelt war, »weißt du, wo du mich finden kannst.«

»Es wäre trotzdem schön, du weißt schon, in Paris«, sagte ich.

»Lucy, diese Woche war Provincetown Paris«, sagte sie. »Ruf mich an und erzähl mir, wie es mit dem Mann läuft.«

Wir fuhren gemächlich über den Highway 6, auf dem für einen Sonntagnachmittag erstaunlich wenig los war. Marcus hatte die Wiesenblumen, die er für mich, nicht ohne sich blutige Hände zu holen, gepflückt hatte, auf dem Schoß liegen, und wir hatten das Verdeck runtergeklappt, der Auspuff lauter denn je. Ich fuhr, unbeeindruckt von dem Krach, stur mit beiden Händen am Lenkrad.

»Ich möchte dich im September besuchen kommen«, sagte ich.

»Das wäre toll«, sagte er, mit einer Stimme, die keinen Zweifel daran ließ, daß es das nicht war. Und plötzlich änderte sich alles, als hätte jemand die Rollen von zwei verschiedenen Filmen zusammengeklebt.

Der Verkehr staute sich, als wir uns dem East Sandwich näherten, und der Auspufflärm dröhnte laut in meinem Kopf. Mein Gesicht im Rückspiegel gehörte nicht mehr derselben Frau; selbst mein Finger sah eingequetscht und häßlich aus unter dem Ring. Und auf dem Beifahrersitz saß nicht mehr Marcus, sondern Gordon, Carter, Josh, Erik und all die anderen, die *liebe mich, liebe mich, liebe mich, aber nicht ganz so doll* gesagt hatten.

»Ich bin anders als sie«, sagte Marcus, »aber mein Leben ist im Moment ein wenig wie ihr Leben. Ich möchte dir die Geschichte erzählen, Lucy, bitte.«

Es war eine Geschichte, wie sie typisch war für die Ostküste, voller Anwälte und Therapeuten und einer zusammengeschusterten Sorgerechtsregelung, einer Exfrau, die einen kleinen Jungen aus einem Auto klaute und den Anrufbeantworter mit endlosen Beschimpfungen vollquatschte und einer neuen Regelung, die kurz vor der Unterzeichnung stand, einer Welt, die von meiner so weit entfernt war, daß ich absolut nichts begriff, bis Marilyn mich am nächsten Tag darüber aufklärte, daß das alles nichts anderes bedeutete, als daß Marcus noch nicht richtig geschieden war.

Was ich sofort begriff, war, daß ich ein Geheimnis bleiben mußte – zumindest ein Weilchen –, und ich hatte mir schon etliche Männer früher geschworen, daß ich aus mir nie ein Geheimnis machen lassen würde.

Der Verkehr setzte sich wieder in Bewegung. Marcus' Stimme war ruhig und voller Logik: Er hatte nicht damit gerechnet, schon so schnell wieder eine Frau kennenzulernen, der Anwalt hatte ihm geraten, seiner Frau Zeit zu geben, sich zu beruhigen, er hatte mir die ganze Geschichte ersparen wollen, weil sie so abgedroschen war, das Ganze werde in einigen Monaten geklärt sein. So reihte sich eine logische Begründung an die andere, bis es so viele waren, daß wohl jeder logisch denkende Mensch es irgendwie verstanden hätte.

Ich mußte mich ungeheuer konzentrieren, um das Gaspedal und die Bremse zu bedienen, um zu verhindern, daß meine Hände nicht vom Lenkrad rutschten. Und sämtliche Wiederholungen in meinem Leben kamen mir plötzlich wie ein Stau auf einem Highway an der Ostküste vor. Es war das Ende des zwanzigsten Jahrhunderts, und man konnte keinen Unterschied mehr zwischen einem Buick und einem Toyota und einem Chevrolet feststellen. Ich wollte die Kraft haben, mich ernst zu nehmen. Ich wollte die Kraft haben, mein Leben zu ändern.

»Ich muß dein Gesicht sehen«, sagte ich, »wenn wir so ein Gespräch führen. Es bringt nichts, wenn ich dein Gesicht nicht sehen kann.«

»Dann machen wir irgendwo Pause«, sagte er, »essen eine Kleinigkeit.«

Das Restaurant hieß Al Fresco, und als wir es betraten, merkte ich nur, daß wir vom Martin House weit entfernt waren.

»Möchten Sie einen Tisch mit Aussicht?« sagte der Kellner, ohne uns anzublicken.

»Auf was?« sagte Marcus, und wir bekamen einen, direkt am Fenster, mit Blick auf eine Reihe von Geschäften.

Ich entschuldigte mich, um meinen Vater anzurufen.

»Ich werde wohl etwas später kommen«, sagte ich. »Der Verkehr ist fürchterlich.«

»Fällt dir nicht auf, Lucille«, sagte er, »daß du dich immer wieder in solche Situationen reinreitest?« Und mir blieb eine Sekunde das Herz stehen, bis ich begriff, daß er nur den Sonntagsverkehr meinte.

Erst als ich das Gesicht des Kellners sah, wußte ich, daß ich weinte. Ich zeigte auf die Speisekarte: Penne, Bleistiftspitzen hatte meine Mutter sie genannt, eins von den zwei Gerichten, die in meiner Familie immer gern gegessen wurden.

»Sag mir, was du brauchst«, sagte Marcus. Es war ein Ausdruck, der für einen New Yorker ziemlich einleuchtend klang, aber als ich so dasaß, wußte ich, daß ich ihn noch nie gehört hatte.

»Ich denke«, sagte ich, »ich muß allein damit klarkommen.«

Er nickte. Das Essen kam. Nur Sekunden später, wie es mir schien, kam der Kellner zurück und fragte, ob irgendwas nicht in Ordnung sei. Wir nahmen unsere Gabeln.

»Ich möchte dich um etwas bitten«, sagte ich, den Blick auf seine ungegessenen Ravioli gerichtet. Eine Welle aus Schmerz breitete sich von meiner Brust aus, und ich ließ sie durch Waden und Muskeln wogen und durch meine Finger und Knie aus mir herausrollen. Ich holte tief Luft und zuckte zusammen, als eine weitere Welle mich erfaßte. Niemand hatte mir erzählt, daß es so körperlich sein würde, dieses Sich-Lösen von alten Gewohnheiten, diese plötzliche Möglichkeit loszulassen.

»Ich möchte dich bitten, mich in Ruhe zu lassen, bis alles vorbei ist, und ich meine nicht nur die Scheidung, ich meine alles. Die Anrufe mitten in der Nacht, die Selbstmorddrohungen, die Besuche morgens um sechs, um das Schlafzimmer zu überprüfen. Ich will nicht mal eine Postkarte von dir, bis alles vorbei ist, bis du nicht mehr glaubst, daß es allein ihre Schuld ist.«

Draußen wurde es dunkel. Eine Glühwürmchen kam ans Fenster, flirtete, so dachte ich, mit der Kerze zwischen uns.

»Du bist eine kluge Frau«, sagte er, »weitaus klüger als ich«, und ich versuchte, nicht laut loszulachen.

»Ich fürchte«, sagte ich, »das besagt im Moment nicht viel. Aber es könnte sein, daß ich klug werde. Noch ein paar Lektionen mehr und ein wenig Zeit zum Üben. Ich könnte mir vorstellen, daß wir beide klug werden.«

»Ich schwöre, Lucy, wenn du wartest, bis das alles vorbei ist, gehöre ich dir für immer«, und er faltete seine Serviette auf seinem Teller zusammen.

Ich sagte nicht, *der letzte Mensch, der das zu mir gesagt hat, ist vor vier Jahren an Krebs gestorben*. Ich sagte nicht, *die Vögel, die Früchte fressen, haben mehr Zeit zum Singen*. Ich sagte nicht, wie sehr ich die Castaneda-Herausforderung leid war, immer nur aus Liebe zu handeln, wenn ich doch zum größten Teil aus Angst bestand. Ich sagte nicht, was Marilyn gesagt hätte: daß ein kluger Mensch die Worte *für immer* nicht schon in der ersten Woche in den Mund nehmen würde.

Einen Moment lang dachte ich an all die guten Fotos, die ich von Marcus in Provincetown geschossen hatte, dachte, was für eine gute Geschichte sich daraus machen ließe. Dann fiel mir ein, was Marcus über Verlierer und ihre Geschichten gesagt hatte. Einige meiner besten Freundinnen und Freunde waren Verlierer, und wir hatten ein paar gute gemeinsame Geschichten. Aber ich wollte nicht so sein wie sie, nicht mein ganzes Leben lang.

»Okay«, sagte ich schließlich, und dann noch einmal: »Okay.«

Ich brachte Marcus die letzten fünfzehn Meilen zu seiner Wohnung. Wir saßen im Cabrio vor seinem Briefkasten am Ende der kleinen Straße. Die Grillen zirpten wie verrückt, und die Nacht war klamm, und alles roch nach süßem Tee.

»Wir sind erst am Anfang«, sagte er und küßte mich. Dann wandte er sich ab und ging zum Haus.

Ich saß noch lange im Wagen in der feuchtkalten Luft, bis ich anfing zu bibbern. Ich versuchte, das Verdeck zuzumachen, aber meine Finger kamen nicht mit den Schnappverschlüssen klar. Ich drehte den Zündschlüssel und zitterte plötzlich noch heftiger. Dann wendete ich den Wagen.

Es war die alte Lucy, dachte ich, die am liebsten zurückgelaufen wäre, die Lucy, die noch nie jemandem getraut hatte, die Lucy, die wußte, daß alle Menschen eins gemeinsam haben, nämlich daß sie am Ende fortgehen. Oder war es die alte Lucy, die Gas gab und mit quietschenden Reifen davonfuhr, ohne in den Rückspiegel zu blicken, weil sie wußte, daß sie sonst sehen würde, wie er mit seiner Ex- oder Nichtexfrau sprach.

Die entscheidendere Frage war natürlich, was die neue Lucy machen würde, und obgleich ich mir ziemlich sicher war, daß es die alte Lucy nicht mehr lange geben würde, hatte ich ein wenig Angst, daß die neue Lucy noch nicht richtig aufgetaucht war.

Zurück auf der Schnellstraße wurde alles noch verwirrender. Ich hatte nicht richtig zugehört, als Marcus mir den Weg beschrieb, und obwohl ich wußte, wohin ich wollte, geriet ich ständig auf die falsche Brücke: die Tappan Zee, Throgs Neck, sogar die Triborough; sie lauerten mir auf, und ich mußte immer wieder die letzte Ausfahrt nehmen und über Umwege zurück in die Stadt fahren.

Ich war kurz davor, das Handtuch zu schmeißen, an eine Tankstelle zu fahren und Henry anzurufen, damit er mir all das sagen konnte, was er mir mit Sicherheit sagen würde, zum Beispiel, ob ich unsere Regel bezüglich verheirateter Männer vergessen hätte und was ich denn erwartet hätte, wie ein Techtelmechtel von einer Woche, und das ausgerechnet in Provincetown ausgehen würde, und ehrlich gesagt, Lucy, meinst du nicht, du könntest aus Versehen nur einmal was richtig machen?

Henry war schon öfter mein Lebensretter gewesen, als ich zugeben wollte, und aus diesem Grund brauchte er mich als Ertrinkende. Aber ich war stärker als die Frau, die er im Cataract Canyon aus dem Fluß gezogen hatte. Ich konnte schwimmen und mich treiben lassen und strampeln und sogar so lange wie nötig die Luft anhalten, vielleicht so lange, bis eine Scheidung über die Bühne gegangen war, ganz sicher so lange, bis ich es über die George Washington Bridge geschafft hatte.

Nachdem ich auf meinem Weg aus der Stadt das vierte und letzte Mal falsch gefahren war, sah ich sie aus dem Dunst über mir aufragen. Die Stadt erleuchtete den Himmel taghell, und die Brücke war in der kühlen Luft um drei Uhr morgens fast leer. Die Lampen auf beiden Seiten huschten so schnell vorbei, daß ich mir einreden konnte, sie wären die Lumineszenz, im Radio lief etwas Jazziges und Monotones, und ich kannte den Weg von der Brücke zum Haus meines Vaters, und ich glaubte nicht, daß ich mich noch einmal verfahren würde.

Und als ich auf der anderen Seite der Brücke war und die Schilder sah, begriff ich mit einemmal, wie viele Wahlmöglichkeiten ich hatte. *Philadelphia. Washington. Interstate 80 und Westen.* Ich überlegte, ob das Kabrio wohl bis Hope durchhalten würde, und hielt es nicht für sehr wahrscheinlich. Dann sah ich ein Schild in Richtung New England und Cape Cod und entschied mich im selben Augenblick.

Ich könnte es noch rechtzeitig nach Provincetown schaffen, um mit Marilyn im Café Heaven zu frühstücken, und wir würden über die Dinge reden, über die zu reden ich mich bislang nicht getraut hatte. Wir würden über die Commercial Street gehen und ausschließlich überflüssige Dinge einkaufen: Fußmassagelotion und alte Schals. Wir würden abends Hummer essen und Chardonnay trinken, wie ich es an meinem ersten Abend getan hatte, an dem ich zuvor das japanische Kaninchen gekauft und geglaubt hatte, ich wäre für alles aufgeschlossen. Ich würde mit ihr auf die Felsen gehen, wo die Lichter im Wasser tanzten, und ich würde mir irgendwas überlegen, wie ich Marilyn dazu bringen konnte, darin zu schwimmen. Ich war nicht sicher, was danach passieren würde, aber was auch geschah oder nicht geschah, ich wußte, es würde in Ordnung sein, weil einzig und allein zählte, daß wir im Wasser zusammen lachen würden, sehen würden, wie die Lichter unsere Körper berührten wie Sterne. Und sie würde nach Hause zu ihrem Wertpapierhändler fahren. Und ich würde auf meine Ranch zurückkehren und sehen, ob ein neuer Jahreszeitenreigen mich klüger machen würde, und dort am Fluß darauf warten, daß die neue Lucy nach Haus kam.

Epilog

ELLIE DIE HÜNDIN UND ICH MACHEN AUSSER AN REGENtagen noch immer unseren täglichen Spaziergang: die Zufahrt hinunter und dann ein Stück jenseits der Ranch den Waldweg hoch zum Spar Hill Pass, wo wir hinauf zum Aussichtspunkt steigen. Von dort können wir über den ganzen Antelope Park und den Rio Grande blicken, der sich so verschlungen wie die Handschrift meiner Großmutter durch den Park windet, über die benachbarte, fast fünftausend Hektar große Soward-Ranch, die rundherum von der Bergkette umschlossen ist.

Heute fängt der Red Mountain so viel Alpenglühen ein, daß es fast unerträglich schön ist, und auf dem Waldweg liegen zwanzig Wapiti wie streitlustige Hunde, und Ellie scheucht sie auf, aber mehr auch nicht. Bristol Head liegt im Nachmittagsschatten, darunter meine Ranch, wie nachträglich dort hingesetzt und zwergenhaft klein im Vergleich zu allem anderen, selbst zu dem jungen Fluß, der gerade mal zwanzig Meilen alt ist.

Auf dem Weg hier herauf haben wir an der Scheune haltgemacht, und in einer Schachtel auf dem Heuboden habe ich ein paar Fotos aus den zwanziger Jahren gefunden – eine streng aussehende Frau, ein gebeugter Mann, eine Schar Kinder, denen wohl aufgetragen wurde, ernst dreinzublikken, was keinem von ihnen gelang, ein verspielter Hund.

Wenn man sich ein Foto als eine Art Geschichte denkt, dann weiß man, daß die Frau spätabends betet, endlich in die Wechseljahre zu kommen, daß der Mann gerade die Fallen am Berghang aufgestellt hat, daß der kleinste

Junge Sorge hat, weil er so still ist, daß das älteste Mädchen Briefe an ihren Liebsten in Durango schreibt, daß der Vater den Burschen jede Nacht in seinen Träumen windelweich schlägt.

Alles ist wie von Houdini in Szene gesetzt, Winkel, Lampen und Spiegel. Ich trage eine Kamera um den Hals, seit meine Finger sie scharf stellen konnten. Es macht mir angst, wie sie mich tief ins Herz der Welt treibt, es macht mir angst, wie sie mich von ihr fernhält, wie die Geschichten mit jedem Klicken des Auslösers kommen. Geschichten sind unerbittlich und akzeptieren kein Nein. Sie erzählen sich mehr durch das, was nicht gezeigt wird, als durch das, was gezeigt wird.

In dieser Höhe in den Rocky Mountains ist fast nie Nebel, und wenn doch, ist er so schnell und so früh am Tag wieder verschwunden, daß er einem wie eine Erinnerung oder ein Traum erscheint. Statt Nebel haben wir aber heftige Gewitter und hellen Sonnenschein und so klare Luft, daß man nie in ihr verschwinden kann, und wenn man noch so weit geht. Auch das Land verschwindet nicht; es ist da, tagaus, tagein, die Wolken malen Formen darauf, die Seen und Flüsse werfen das eigene Spiegelbild zurück, so klar, daß man es einfach nicht übersehen kann.

Es ist der 21. September, Tagundnachtgleiche, ein Tag, den ich wegen seiner Ausgewogenheit liebe, und B. J. und Paul Stone kommen zum Abendessen. B. J. bringt Himbeerpie mit und Paul Wapitisteaks. Ich mache einen Salat aus dem, was mein Garten noch zu bieten hat, und den Kartoffelbrei mit halb Sahne und halb Milch und Knoblauch, der hier in der Gegend schon ein wenig Berühmtheit erlangt hat.

Zu meinen Füßen wuchern Kastillea, die Blüten eine unglaublich zarte Mischung aus rubinrot und weiß, und ich richte das Objektiv nach unten, stelle scharf und mache ein Stilleben mit Wanderschuhen, weil mir gefällt, wie das verwaschene braune Leder die biegsamen und leuchtenden Blumen umrahmt.

Ich hatte mal einen Lehrer, der mir sagte, ich sollte mich so unsichtbar wie möglich machen, daß eine Kamera eigentlich dazu bestimmt sei, auf einem Stativ zu verharren und wie durch eine zufällige Windbö betätigt zu werden. Ich wußte, noch während er das sagte, daß er log, wußte, daß ein Foto zwei Geschichten gleichzeitig erzählt, die vor der Kamera und die dahinter. Ich wußte, je komplizierter die Beziehung, desto besser das Foto. Die wunderbarsten Werke der Welt sind im Grunde alle Selbstporträts, der Künstler als U-Bahn, als Berg, als Himmel.

In diesem Moment blicke ich von den Kastillea auf und sehe das kleine Mädchen – vielleicht sieben Jahre alt –, das den Berg hinauf auf mich zukommt. Die Kleine hat ein rotweiß gepunktetes Kleid und schwarze Schuhe an, weiße Socken mit Spitze um die Knöchel. Sie trägt einen kleinen Koffer, der jedoch viel zu groß für sie aussieht, um ihn allein zu tragen. Ich folge mit den Augen der Spur, die sie im hohen Gras hinterlassen hat, zurück zur Middle Creek Road und sehe ein Fahrrad auf seinem Ständer stehen, einen großen, geblümten Korb vorne am Lenker.

Im Nu ist sie oben auf dem Berg, setzt sich ins Gras und öffnet den Koffer, verschränkt die Arme auf der Brust, als würde sie abwarten, was als nächstes passiert. Ellie knurrt oder bellt das kleine Mädchen nicht an, was noch nie vorgekommen ist. Sie trottet, fast ganz ohne Argwohn, direkt zu dem Mädchen hin, leckt ihm zweimal die Hand, entscheidet sich für die Seite, wo der Koffer nicht steht, dreht sich dreimal rasch im Kreis und legt sich hin.

Die Kleine kommt mir bekannt vor, und da sie schnurstracks hier heraufgestiegen ist, als würde ihr das Plätzchen gehören, möchte ich nicht zugeben, daß ich ihren Namen vergessen habe.

»Hi«, sage ich, und sie hält eine Hand hoch, sagt aber kein Wort.

Der Koffer ist, wie ich sehen kann, voll mit 18 × 24 Fotos, die mir ebenso unbekannt sind wie die in der Scheune meiner Großmutter. Sie kramt kurz darin herum und reicht mir dann eins. Mir wird klar, daß sie irgend etwas Bestimmtes im Sinn hat, also setze ich mich auf die andere Seite von Ellie. Man hat mir immer nachgesagt, daß ich gut mit Kindern umgehen kann, aber das könnte noch so eine Lüge sein, die man mir über mich erzählt hat, und dieses Mädchen hat irgend etwas an sich, das in mir den Wunsch erweckt, ich wäre nicht hier.

Auf dem ersten Foto fährt die Kleine, so schnell sie kann, über eine vielbefahrene Straße. Eine junge, hübsche Frau ist leicht unscharf hinter ihr zu sehen. Sie ist eben aus einem Auto gestiegen und läuft dem Mädchen nach. Es regnet ein wenig, und der offene Trenchcoat der Frau flattert auf beiden Seiten. Die Autos, die von hinten näher kommen, haben das Licht und die Scheibenwischer an. Es ist Dämmerung.

Endlich öffnet die Kleine den Mund. »Meine Mutter sagt, daß ich mir ein Eis holen wollte«, erläutert sie. »Mein Vater sagt, ich wollte ihn auf der Arbeit besuchen.«

Ellie ist neben dem kleinen Mädchen eingeschlafen und fängt an zu winseln, was sie oft im Traum tut. Das kleine Mädchen streichelt Ellie sanft den Rücken, bis sie wieder ruhig wird, greift dann in den Koffer und nimmt ein weiteres Foto heraus.

Auf diesem wird die Kleine in einem Kinderwagen geschoben. Zwei große Hunde gehen auf beiden Seiten neben ihr her, Schäferhundmischlinge, der eine hell, der andere dunkel. Die Kamera ist nah dran; die Frau, die den Kinderwagen schiebt, ist an der Taille abgeschnitten. Die Kleine, etwa fünf Jahre jünger als jetzt, blickt geradeaus, ohne zu lächeln. Sie hält sich an den beiden Hunden fest, klammert sich in ihr Fell, und aus irgendeinem Grund lassen die beiden Hunde das zu.

»Das sind Salt und Pepper«, sagt die Kleine. »Hunde aus der Nachbarschaft, die mich immer beschützen wollten. Manchmal haben sie, wenn wir schon längst ins Haus gegangen waren, noch stundenlang unten an der Einfahrt gesessen und sind erst verschwunden, wenn mein Vater mit Steinen nach ihnen geworfen hat.«

Die nächsten paar Fotos sind so unscharf und dunkel, daß kaum etwas zu erkennen ist, was bedeutet, daß entweder jemand eine falsche Blende eingestellt hat oder die Fotos abends im Haus ohne Blitz bei spärlicher Beleuchtung gemacht wurden. Eine Frau hat am Küchentisch den Kopf auf die Arme gelegt, die Finger umschließen ein Whiskyglas. Ein kräftiger Mann liegt mit dem Gesicht nach unten auf einem Bett, das zu klein für ihn ist, die Fingerknöchel berühren den Boden. Eine kleine Gestalt zusammengerollt in der Trommel eines Wäschetrockners.

»Da hab ich mich immer versteckt«, sagt das Mädchen, »bis ich zu groß dafür war.«

Ich überlege noch immer, woher ich die Kleine kenne, und vor allen Dingen möchte ich die Situation etwas aufheitern, und so erzähle ich ihr, daß ich schon seit langer Zeit Fotos mache, daß das meine Lieblingsart ist, eine Geschichte zu erzählen. Ich sage, daß ich mich immer um ein ausgewogeneres Verhältnis von Licht und Dunkelheit bemühe als auf den Fotos, die sie mir zuletzt gezeigt hat. Daß ein Bild nicht funktionieren kann, wenn von beidem nicht genug da ist.

Sie blickt mich mit hochgezogenen Augenbrauen an, und dann huscht so etwas wie Enttäuschung über ihr Gesicht.

»Es gibt nur eine einzige Geschichte«, sagt sie und kramt weiter in den Fotos.

Irgendwo in der Ferne grollt Donner. Ellie wird wach und schmiegt sich noch etwas enger an das Bein des Mädchens, zittert jetzt am ganzen Körper wie immer bei Gewitter.

Auf dem nächsten Foto ist der Kopf der Kleinen zur Seite gewandt, weil sie einen jungen Springerspaniel betrachtet, der sich gleichfalls umgedreht hat, um sich zwischen die Kleine und ihren Vater zu stellen, der gerade ins Zimmer gekommen ist und die Hände nach unten streckt, als hätte er vor, sie hochzuheben. Der kleine Hund hat seine schwarzweiß gefleckten Ohren nach hinten gelegt, und er knurrt so, wie Welpen es tun, wenn sie eigentlich gar nicht so genau wissen, was sie da machen. Das Gesicht der Kleinen ist wie erstarrt, das Lachen bleibt ihr im Halse stecken, die Augen sind weit aufgerissen. Der Vater sieht die Kleine an und hat sich von der Kamera abgewandt, doch selbst bei diesem schrägen Winkel kann ich die Wut in seinem Körper sehen.

»Nach zwei Tagen haben sie den Hund wieder weggegeben«, sagt das Mädchen. »Sie haben gesagt, es ging nicht anders, weil er mich immer umgestoßen hat.«

Ich blicke in Richtung Zufahrt, hoffe, daß B.J. früher eintrifft, damit sie mir hilft, mit der Kleinen zurechtzukommen. Ich versuche wieder, das Thema zu wechseln, und erzähle ihr von einigen Fotos, die ich kürzlich gesehen habe, den neuesten Aufnahmen, die mit dem Hubble Space Telescope gemacht wurden, Fotos, die Hunderttausende von Galaxien in einem Teil des Weltalls zeigen, wo Wissenschaftler bisher keine Galaxien vermutet hatten.

Auf den Fotos, die ich noch am besten in Erinnerung habe, weht eine der neuen Galaxien durch eine andere hindurch. Bilder von davor und danach: zuerst eine vollkommene Spirale und dann ein zerpflückter, zotteliger Doughnut. Als ich sie sah, dachte ich an meine Kreditkartenabrechnungen, meine Hypothek, all die kleinen Dinge, über die ich mir tagtäglich Gedanken mache.

»Wir könnten also zum Beispiel hier sitzen«, sage ich zu ihr, »ein Sandwich essen, und auf einmal kommt irgendeine Galaxie durchgesaust.«

Die Kleine kaut mit stillem Verständnis auf einem Finger, als hätte sie schon ihr ganzes kurzes Leben gewußt, daß so etwas möglich ist.

»Es gibt nur eine einzige Geschichte«, sagt sie, als wäre ihr das eben erst in den Sinn gekommen, als hätte sie es nicht schon kurz zuvor gesagt.

Auf dem nächsten Bild hat die Kleine die Beifahrertür eines rollenden Autos geöffnet. Die Kamera hat sie in dem Augenblick in der Luft festgehalten, als sie gerade vom Trittbrett springt. Hinter ihr im Auto bemerkt die Mutter, was ihre Tochter macht, der Mund ansatzweise zu dem

O eines Schreis geformt, das Knie gebeugt, als sie vom Gas- zum Bremspedal wechselt.

»Sie haben gesagt, da habe ich Mr. Magoo gespielt«, sagt das Mädchen.

Auf dem letzten Foto, das die Kleine mir zeigt, liegt sie unter einem Zementkübel und schreit vor Schmerzen.

»Sie haben gesagt, ich hätte gedacht, der wäre voll mit Wasser und Fischen«, sagt sie.

Ich betrachte die Kleine eindringlich, und sie schenkt mir ein winziges Lächeln.

Auf jedem Foto, das sie mir gezeigt hat, hat sie große, dunkle Ringe unter den Augen.

Ich blicke wieder zu meiner Auffahrt, aber noch immer ist niemand zu sehen. »Weißt du«, sage ich, »ich weiß ja nicht, wie lange du hierher gebraucht hast, aber wäre es möglich, daß wir mit den Fotos irgendwann später weitermachen? Ich erwarte Freunde zum Abendessen. Aber vielleicht hast du ja Lust, mit uns zusammen zu essen.«

Die Kleine seufzt. »Ich dachte, es wäre am besten, es langsam angehen zu lassen«, sagt sie, »aber wenn du es eilig hast, können wir die Sache hier auch im Schnelldurchgang erledigen.«

Während ich mich noch frage, welche Siebenjährige so einen Ausdruck wie *im Schnelldurchgang erledigen* benutzen würde, reicht sie mir schon das nächste Foto.

Es zeigt, wie die Kleine rückwärts fällt. Ihr Vater, dessen Rücken der Kamera zugewandt ist, hat die Hände fest auf ihren Schlüsselbeinen und stößt sie die Stufen hinter dem Haus hinunter. Sie versucht, das Gleichgewicht zu halten, nicht auf den frischen, weißen Kies zu fallen, den ihre Mutter erst einige Wochen zuvor ausgestreut hat. Sie strauchelt über die ausgelegten Balken, die den Kies umgrenzen. Sie blickt von ihrem Vater weg, auf die lila Tulpen.

Und dann muß ich die Augen schließen, weil ich nicht daran denken will, daß die Tulpen ihre Lieblingsfarbe haben und daß es so viele wie in diesem Jahr noch nie gegeben hat und daß ihre Mutter gesagt hat, es bedeute, daß sie

Glück haben wird, daß es ihr Glücksjahr sein wird, und daß sie an diese Tulpen denkt, als sie sich schließlich ergibt, ihrem Vater und der Schwerkraft, als sie mit dem Kopf auf dem Boden aufschlägt. Sie denkt noch immer an die Tulpen, als er sie gegen den Holzstapel schleudert, an ihre leuchtendgelbe Mitte, die sie an ein Lächeln erinnert. Sie muß die ganze Zeit an sie denken, daran, daß sie sich jeden Abend schließen, *damit nichts ihnen weh tun kann,* hatte ihre Mutter gesagt. Sie denkt noch an sie, nachdem er weg ist und sie in den Wäschetrockner kriecht, weil sie ganz genau hineinpaßt, und sie denkt, *vielleicht kommt das mit dem Glück ja erst noch.*

Als ich die Augen öffne, lächelt das Mädchen wieder, aber jetzt voller Freundlichkeit, ohne jede Spur von Furcht.

»Wow«, sage ich.

»Ja«, sagt die Kleine.

Und ich sage: »Komm und setz dich auf meinen Schoß.«

Der Wind ist wieder stärker geworden, läßt das Gras wogen, als wäre es Gottes Vorstellung vom Paradies entsprungen, und ich weiß, was ich eigentlich als nächstes tun sollte, aber ich kann mich nicht dazu durchringen.

»Weißt du, wo ich an dem Tag mit meinem Dreirad hinwollte?« sagt sie und blickt zu mir auf. Das Haar weht in Strähnen um ihren Mund. »Weißt du, wo ich jeden Tag meines Lebens hinwill?«

Ich schüttele den Kopf, aber sie weiß, daß ich weiß, daß wir beide die Antwort wissen.

»Ich bin nicht sehr gut darin, mich um Dinge zu kümmern«, sage ich.

»Du wirst es lernen«, sagt sie, und sie gibt einen Laut von sich, der fast ein Lachen ist. »Du bist meine einzige Chance.«

Ellie wedelt mit dem Schwanz und schielt zu mir herüber, vergewissert sich, daß mir klar ist, was ich ihrer Ansicht nach tun sollte.

»Da sind noch mehr Fotos«, sagt die Kleine.

»Wir haben Zeit«, antworte ich, und als ich das sage, entspannt sich ihr ganzer Körper.

»Wir kaufen dir eine Blue Jeans«, sage ich. »Als allererstes, und ein Paar vernünftige Schuhe.«

Die Kleine rollt sich auf den Rücken und strampelt mit den Beinen in der Luft. »Ich wußte, daß du so sein würdest«, sagt sie, »sobald du dich an den Gedanken gewöhnt hast.«

Sie klappt den Koffer zu, steht auf und klopft sich hinten das Kleid ab. »Ich lasse die am besten bei dir«, sagt sie, »damit du sie sicher aufbewahrst.«

Das Wort »sicher« ist ganz schön gewagt, und das weiß sie auch.

»Bis bald«, sagt sie und will den Hügel hinabrennen. Dann überlegt sie es sich anders und legt sich hin, in ihrem gepunkteten Kleid, läßt sich bis ganz unten hinabrollen, steht auf und geht durch das Gras, das so hoch ist, daß es sie fast verschluckt.

Ellie wedelt jetzt seit zehn Minuten mit dem Schwanz.

»Siehst du?« sagt sie, und ich höre es.

All die Jahre hab ich gedacht, die Wahrheit würde mich umbringen, und jetzt hab ich statt dessen Lust, mich den Hügel hinabrollen zu lassen.

Ich blicke in die andere Richtung, und B.J. ist jetzt in der Einfahrt, mit einem großen Strauß gelber Sonnenblumen in der Hand, und Paul fährt direkt hinter ihr vor. Sicher hat er auf der Ladefläche wieder irgendeine neue Erfindung, die er ausprobieren möchte. Aus B.J.s Wagen steigt noch jemand anderes, und ich sehe, daß es Bobby ist, der Segelpilot, und ich kann kaum glauben, daß es schon wieder die Jahreszeit ist, doch dann schaue ich mich um und sehe die Farbe auf den Bergen.

Sie begrüßen einander und plaudern, meine Freunde, in ihren warmen Freizeitkleidern wie ein Bouquet aus leuchtenden Farben, und ich muß daran denken, wie es im tiefsten Winter war, als wir hier unter anderthalb Metern Schnee begraben waren, wie weiß alles über Wochen war, die Berge, der Fluß, sogar der Himmel, als wäre alles zu Kristall gefroren, und daß es, als der Frühling kam, jeden Tag ein wenig wärmer wurde und die Welt wieder Farbe bekam, wie ein Bild, das nach und nach ausgemalt wird, das blaue Wasser, das im Fluß aufstieg, die schwarzen Pinselkämme der Bergwipfel, Salbeibüschel, die durch die dünner werdenden Schneewehen in die Höhe trieben, und das Kornblumenblau des Himmels Ende April.

Lange Zeit hatte mich das gleichsam verschluckt, etwas Kaltes und Farbloses, aber der Herbst ist da, und bald wird alles ein wahres Farbenmeer sein; ich spüre es in der Luft wie den Spätsommerregen.

Ellie, die beobachtet hat, wie die Autos in die Zufahrt rollten, legt mir ihre Streichel-mich-Pfote auf den Oberschenkel, und als ich sie kraule, gibt sie ein leises Summen von sich und macht ein paar Schritte in die Richtung unserer Gäste, und dann duckt sie sich wie ein Wildhund und dreht sich nach mir um.

»Gleich«, sage ich, als sie einen Schmetterling entdeckt und ihn in die Kiefern jagt, die vereinzelt auf dem Berggipfel stehen.

Ich blicke wieder zum Haus und gönne mir einen Augenblick lang den Wunsch, daß Marcus hier wäre und mit uns zu Abend essen könnte. Aber der langsame Wechsel der Jahreszeiten hat mich gelehrt, geduldig zu sein, die Tage mit Leben zu verbringen und nicht wie früher mit Warten, den Schnee jeden Tag zu lieben, bis er sich in Regen verwandelt.

»Okay, ich bin soweit«, sage ich zu Ellie und lasse den Blick noch ein letztes Mal rundum wandern, nach Süden zu den Bergen und zum Fluß, wieder in Richtung des Grabes jener Frau, die sehr viel wußte, als sie mich erwählte, hierherzukommen und mich um dieses Paradies zu kümmern.

Es gibt Menschen in meinem Leben, die glauben, daß ich am Ende hier oben allein bleiben werde: mein Vater, Henry, und auch meine Großmutter sagt das jeden Abend, wenn sie aus ihrem Grab zu mir spricht. Es ist leicht zu glauben, daß Alleinsein ein Zeichen von Stärke ist, aber der Fluß hat mich vor langer Zeit gelehrt, daß es von noch größerer Stärke zeugt, sich verwundbar zu machen. Zu sagen, ich liebe dich, ich lasse mich auf dich ein, ich möchte, daß du bei mir bist.

Ein Hund. Eine Freundin. Ein kleines Mädchen, das ich fast vergessen hätte. Die Kleine hatte recht, als sie sagte, daß es nur eine einzige Geschichte gibt, und ich habe hier die ganze Zeit versucht, sie zu erzählen. Wie B.J. gern sagt: Danach ist nur noch der Himmel die Grenze.

Die Nachmittagssonne taucht die Gebäude der Ranch in eine kräftige Farbe, die ich, das weiß ich, mit meiner Kamera nicht einfangen kann.

Nie hat es einen besseren Zeitpunkt gegeben, ins Bild zu treten.

Ich nehme den Koffer, pfeife einmal nach Ellie und eile im Laufschritt den Hügel hinab.

Danksagung

Folgende Geschichten erschienen bereits in nachstehenden Publikationen: »Dann steht man auf und frühstückt« in *Elle* und »Walzer mit der Katze« in *The Mississippi Review* und in *Redbook.*

Ich schulde den Menschen Dank, die an dieses Buch glaubten, als niemand sonst das tat, vor allem Shelton Adams, Roy Parvin, Terry Tempest Williams, Judith Freeman, Marie Howe, Louis Owens und Fenton Johnson. Zudem danke ich Carol Houck Smith für ihr energisches Redigieren, Liz Darhansoff für ihre Ehrlichkeit, Tal Gregory für seine Arbeit mit meinen Geschichten, Charlotte Gullick für ihr Ohr und ihre Ideen sowie Leo Geter, dessen kreativer Geist eine unerschöpfliche Quelle der Inspiration ist. Mein ganz besonderer Dank gilt den Teilnehmern an meinen Workshops im ganzen Land, denn – vor allen Dingen – euer Talent und euer Enthusiasmus schickt mich immer wieder zurück an meinen Computer.

Pam Houston

Wildnis im Herzen

Aus dem Amerikanischen von Ulrike Wasel und Klaus Timmermann. 284 Seiten. Serie Piper

Pam Houston ist süchtig nach Abenteuern. Kein Fluß ist ihr zu reißend und kein Berg zu hoch auf ihrer Suche nach den extremen Seiten des Lebens. Stets zieht es sie in die entlegensten und unberührtesten Gegenden der Erde: in die Berge Colorados, auf die Stromschnellen wilder Flüsse oder in die Einsamkeit Alaskas. Sie fühlt sich dort am wohlsten, wo nur noch Steinböcke, Bären, Kojoten und Krokodile leben. Packend, unerschrocken und voller Humor erzählt sie von der Faszination der Wildnis, die sie in ihrem Herzen trägt.

»Das Buch liefert tiefenscharfe Erkundungen einer passionierten Beobachterin. Es sind Botschaften aus dem Herzen einer romantisierten Wildnis, die sich unterm Strich als kaum verstellte Liebesgeschichten einer Erotikerin des Natürlichen offenbaren.«
Facts

05/1343/01/L

Beryl Markham

Westwärts mit der Nacht

Mein Leben als Fliegerin in Afrika. Vorwort von Martha Gellhorn. Aus dem Englischen von Günter Panske. 314 Seiten. Serie Piper

Tania Blixen beschreibt sie als eine hinreißende Frau: Die unternehmungslustige Beryl Markham, die den größten Teil ihres Lebens in Afrika verbrachte, war ganz versessen auf die Löwenjagd und das Fliegen. Wie einen Abenteuerroman schildert sie ihr aufregendes Leben im Afrika der Kolonialzeit, als Kenia noch ein Ort war, an dem Europäer ihre Träume von unberührter Wildnis und Exotik verwirklichen konnten. Sie erzählt von ihrem Alleinflug über den Atlantik von Ost nach West, der sie 1936 auf einen Schlag weltberühmt machte, von einer dramatischen Rettungsaktion im afrikanischen Busch und von ihrem Leben als Frau in Kenia. Kein Geringerer als Ernest Hemingway sagte über sie: »Ihre Bücher sind phantastisch, weit wichtiger als meine eigenen Romane.«

05/1074/01/R

SERIE PIPER

Jamie Zeppa

Mein Leben in Bhutan

Als Frau im Land der Götter. Aus dem Englischen von Karina Of. 367 Seiten mit 15 Farbfotos. Serie Piper

Bhutan – das ist das geheimnisvolle »Land des Donnerdrachens« im Himalaja zwischen Tibet, Indien und Sikkim. Aus purer Abenteuerlust beschließt die Kanadierin Jamie als 24jährige, für zwei Jahre in Bhutan Englisch zu unterrichten. Dort begegnet sie einer vom Tourismus noch unberührten Welt. Sie entdeckt die sensationelle, wilde Schönheit der Natur, die faszinierende buddhistische Religion, die traditionsreiche Kultur mit ihren überwältigenden Klosterburgen und uralten mystischen Bräuchen. Mehr und mehr erliegt sie dem Zauber dieses einzigartigen Landes. Jamies tiefe Zuneigung zu den einheimischen Kindern und ihre Liebe zu dem Bhutaner Tshewang führen schließlich dazu, daß sie für immer bleiben möchte – gegen alle Widerstände … Eine mitreißende Reportage einer mutigen jungen Frau und das bewegende Zeugnis einer großen Liebe zwischen den Kulturen.

05/1079/01/L

Lieve Joris

Mali Blues

Ein afrikanisches Tagebuch. Aus dem Niederländischen von Ira Wilhelm und Jaap Grave. 313 Seiten. Serie Piper

Was macht Lieve Joris' Erzählungen über fremde Länder so besonders berührend? Sie *lebt* mit den Menschen an den Orten, bevor sie über sie schreibt. Die Afrikaner, die sie auf ihren Reisen trifft, sind Überlebenskünstler, die Zauberei, Tradition und Moderne zu vereinbaren wissen. Im Bewußtsein der politischen Unfähigkeit ihrer Regierungen nehmen sie mit Mut und viel Humor ihr Leben selbst in die Hand – wie der junge Amadou aus einer kleinen Stadt am Ufer des Senegal, der sich als einziger Besitzer eines Fernsehapparats in seiner Nachbarschaft eine gute Einnahmequelle verschafft hat. Oder der Schulinspektor Sass, mit dem die Autorin die Wüste Südmauretaniens durchqueren will und der erst einmal warten muß, bis ein paar pfiffige Automechaniker auf Kamelen angeritten kommen und seinen Toyota reparieren. Lieve Joris schildert die Hoffnung und die Poesie dieses Kontinents.

05/1070/01/R

Lieve Joris

Die Tore von Damaskus

Eine arabische Reise. Aus dem Niederländischen von Barbara Heller. 301 Seiten. Serie Piper

Wie ein Roman liest sich die Geschichte der jungen syrischen Soziologin Hala, die mit ihrer Tochter Asma allein in Damaskus lebt. Zwölf Jahre zuvor hatte die Geheimpolizei bei einer Razzia Halas Wohnung gestürmt und ihren Mann Ahmed verhaftet – er war Marxist. Halas Leben wird nun bestimmt von der konservativen Familie ihres Mannes, der wechselhaften Tagespolitik und ihrem eigenen Wunsch nach einem selbständigen, unabhängigen Leben. Lieve Joris begleitet sie auf ihren Fahrten kreuz und quer durchs Land, wo sich karge Wüstenlandschaften und üppige Oasen abwechseln, modernste Großstädte und kleine Dörfer. Hinter dieser farbenprächtigen Welt verbirgt sich jedoch Halas Lebenstragödie, denn längst hat sie aufgehört, ihren Mann zu lieben. Nun aber steht eine Amnestie bevor und damit auch die Rückkehr von Ahmed …

05/1071/01/L

Michael Asher

Zu zweit gegen die Sahara

Per Kamel auf Hochzeitsreise. Aus dem Englischen von Hanna van Laak. 352 Seiten mit 36 Fotos von Mariantonietta Peru. Serie Piper

Eigentlich ist das Unternehmen, das Michael Asher sich vorgenommen hat, schwierig genug: Er möchte auf dem Kamel die Sahara durchqueren, knapp siebentausend Kilometer durch Sand und sengende Hitze – etwas, was vor ihm noch kein westlicher Mensch gewagt hat. Damit aber die Sache nicht zu harmlos, zu unproblematisch wird, funktioniert er die Expedition zur Hochzeitsreise um und nimmt seine Frau Mariantonietta mit, die er fünf Tage zuvor geheiratet hat. Auf diese abenteuerliche Weise entstand Stoff in Hülle und Fülle für ein außergewöhnlich spannendes und amüsantes Buch, an dessen Ende Asher resümiert: »Wir drehten uns um, um einen letzten Blick auf die Sahara zu werden. Für jeden von uns hatte die Wüste eine eigene Bedeutung.«

05/1066/01/R

SERIE PIPER

SERIE PIPER

Wilfred Thesiger

Die Brunnen der Wüste

Mit den Beduinen durch das unbekannte Arabien. Aus dem Englischen von Peter Stadelmayer. 357 Seiten mit 25 Abbildungen und 2 Karten. Serie Piper

»Wer heute nach dem Leben suchen wollte, das ich in der arabischen Wüste geführt habe, wird es nicht finden; denn nach mir kamen die Ingenieure und die Ölsucher. Heute ist die Wüste, durch die ich reiste, von den Spuren der Lastkraftwagen gekerbt und von den Abfällen der Importe aus Europa und Amerika übersät«, schreibt Thesiger im Vorwort seines fesselnden Expeditionsberichts. In den Jahren 1947 bis 1950 hatte er sich den Wunsch seines Lebens erfüllt: Er durchquerte die Wüste Rub al Khali in Saudi-Arabien, das »Leere Viertel«, und lebte mit den Beduinen. Was er über diese unberührte Welt des Schweigens, die es heute so nicht mehr gibt, aufgezeichnet hat, ist ein bedeutendes Dokument.

05/1067/01/L

Hauptsache weit weg

Abenteuerliche Frauen-Leben. Herausgegeben von Susanne Aeckerle. 237 Seiten. Serie Piper

Viele Frauen reizt der Gedanke, nicht nur in die Ferne zu reisen, sondern auch dort zu leben, zu arbeiten und – zu lieben. Und schon immer gab es mutige und starke Frauen, die sich auf den Weg machten: in die Wüste, nach Grönland, zu den Scheichs, in den Busch, zu den Kopfjägern. Dort blieben sie für ein paar Monate, ein paar Jahre – oder ein ganzes Leben.

Elf berühmte abenteuerliche Frauen sind in diesem Band vereint: Daisy Bates, Margaret Mead, Florinda Donner, Dian Fossey, Sophie Caratini, Maria Sibylla Merian, Anna Leonowens, Anne Spoerry, Lady Hester Stanhope, Christiane Ritter und Carmen Rohrbach.

05/1068/01/R

Strapazen Nebensache

Abenteuerliche Frauen reisen. Herausgegeben von Susanne Aeckerle. 230 Seiten. Serie Piper

Ob mit dem Fahrrad durch Afrika, mit dem Kamel durch die australische Wüste, zu Fuß quer durch Tibet, im einmotorigen Flugzeug über den Atlantik, als Einhandseglerin um die Welt oder im Frauenteam zur Spitze des Annapurna: Reisen, die Welt sehen, Abenteuer erleben – das hat auch Frauen schon immer gelockt. Dieses Buch vereint zehn Berichte abenteuerlicher Frauen: Mary Kingsley, Alexandra David-Néel, Robyn Davidson, Bettina Selby, Helen Thayer, Lucy Irvine, Elly Beinhorn, Beryl Markham, Gudrun Calligaro und Arlene Blum.

»Jede Reise ist ein Abenteuer oder kann zu einem werden. Auch heute noch, wo wir ohne großen Aufwand die entferntesten Orte der Welt erreichen können. Und es wird immer Frauen geben, die über alle Grenzen hinaus nach dem Neuen, Unbekannten, der persönlichen Herausforderung suchen.«

Aus der Einleitung

05/1069/01/L

Abenteuerliche Frauen

Starke Geschichten. Herausgegeben von Annika Krummacher. 121 Seiten. Serie Piper

Ob als Fotoreporterin allein durch den afrikanischen Dschungel oder mit dem Fahrrad durchs Katmandu-Tal, als Jagdführerin in Alaska, zu Besuch bei einem senegalesischen Stammeskönig oder als Lehrerin im fernen Bhutan – die fünf Frauen in diesem Buch haben sich einen großen Lebenstraum erfüllt. Ihre Suche nach dem Abenteuer und ihre Sehnsucht nach der Ferne haben sie nach Afrika, Asien und Alaska geführt. Deborah Copaken Kogan, Bettina Selby, Pam Houston, Lieve Joris und Jamie Zeppa erzählen von wunderbaren Naturerlebnissen und lebensgefährlichen Situationen und entführen die Leserinnen in fremde Länder und zu exotischen Völkern. Ein Buch für Frauen mit der Sehnsucht nach Abenteuer und Wildnis im Herzen.

05/1353/01/R